戲非戲141

步步生蓮

卷十八

荷破葉猶青

月關作品

高寶書版集團

戲非戲 DN141

步步生蓮

卷十八：荷破葉猶青

作　　者：月　關
責任編輯：李國祥
執行編輯：顏少鵬
出 版 者：英屬維京群島商高寶國際有限公司臺灣分公司
　　　　　Global Group Holdings, Ltd.
地　　址：臺北市內湖區洲子街88號3樓
網　　址：gobooks.com.tw
電　　話：（02）27992788
E-mail：readers@gobooks.com.tw（讀者服務部）
　　　　　pr@gobooks.com.tw（公關諮詢部）
電　　傳：出版部（02）27990909　行銷部（02）27993088
郵政劃撥：19394552
戶　　名：英屬維京群島商高寶國際有限公司臺灣分公司
發　　行：希代多媒體書版股份有限公司發行/Printed in Taiwan
初版日期：2011 年 2 月

國家圖書館出版品預行編目資料

步步生蓮. 卷十八, 荷破葉猶青 / 月關著. -- 初版 . -- 臺北市 : 高寶國際出版 : 希代多媒體發行, 2011.02
面 ;　公分. -- (戲非戲 ; DN141)

ISBN 978-986-185-556-1(平裝)

857.7　　　　100000378

目次

四百三一　中計

竹韻見他舉止如此從容，不禁欽佩地道：「老爺子如此膽色，小女子著實佩服。」

李一德呵呵笑道：「姑娘敢夜闖老夫的所在，這身膽色更是令人欽佩。姑娘如果想取老夫項上人頭，想必方才就已得手，既肯弄出聲息喚醒老夫，當然不會是想對老夫下手，老夫又何須恐懼呢？再說，我李家雖非龍潭虎穴，可也不是那麼好闖的。這麼多年來，還沒人敢夜入李宅，防衛難免鬆懈，這才容得姑娘登堂入室，現在嘛……如果姑娘真要對老夫不利，再想安然離開，卻是大不容易了。」

竹韻嫣然道：「這個我也相信。小女子自蹈險地，正為藉此表明小女子的一番誠意，老爺子可肯與我開誠布公地談一談嗎？」

李一德用有趣的眼光看著竹韻，問道：「姑娘要和老夫談些什麼呢？」

竹韻神情嚴肅起來：「銀州李氏，漢家大族，如今為虎作倀，助契丹叛逆耶律盛堅守城池，老爺子身為李氏家主，難道……」

李一德哈哈大笑，擺手道：「姑娘如果想用漢胡之分勸說老夫，那妳現在就可以離開了。我銀州李氏，於這西北苦寒之地掙扎求存，靠的是自家的本事，與漢胡有什麼關係？利益所至，漢人兵馬對我們照樣如狼似虎，只要處之得宜，胡人對我們亦可親如兄弟，以漢胡之分來定親疏遠近，實是愚蠢之極！」

「啪啪啪！」竹韻輕輕鼓了鼓掌：「老爺子既然不是那麼迂腐不化的人，那就好辦多了。那咱們就拋開大義，只談利益。」

李一德失笑道：「老夫還不知道姑娘到底是什麼人呢，不知姑娘又能給老夫什麼利益呢？」

竹韻道：「老爺子，我是蘆嶺州楊太尉的人，這次奉楊太尉之命，夜入銀州城，是專程求見老爺子的，至於說利益，楊太尉送於老爺子的利益就是：確保李家聲威不墮。」

李一德雙眼微微瞇起，沉聲道：「此言何意？楊太尉保我李家聲威不墮？嘿！契丹、蘆嶺州聯袂而來，兵臨城下氣勢洶洶，銀州城危在旦夕，我李家子姪助慶王守城，正為了保住我銀州城。攻打我銀州的是楊太尉，他反要大剌剌地說什麼保我李家聲威不墮？」

竹韻道：「老爺子此言差矣，一飲一啄，莫非前定。如果慶王不奪銀州，又怎會引來契丹人和我蘆嶺州兵馬聲討？老爺子不指摘慶王，反而捨本逐末，是何道理？慶王是契丹叛臣，他占據了銀州，契丹蕭后肯答應嗎？慶王一來，引來契丹鐵騎，西北諸藩必遭池魚之殃，銀州防禦使李光霽被殺，就是前車之鑑。為了避免我西北久陷戰火烽煙，楊太尉這才揮兵來攻，正是為了一勞永逸，永除後患，老爺子雄踞西北數十載，不知經歷過多少風風雨雨，難道還看不透嗎？」

李一德哈哈大笑道：「如果楊太尉攻得進城來，還用得著派妳一個女子偷偷摸摸來見老夫嗎？諸般花言巧語，不過是想誆老夫為妳所用罷了。我李氏家族、無數子弟都在銀州城中，如果與慶王為敵，恐怕要落個兩敗俱傷，你們在城外，能予老夫什麼助力？」

竹韻反駁道：「慶王一日不死，契丹一日不安。不管付出多大代價，契丹必然要剿滅慶王。契丹兵馬一旦西下，必然打破西北諸藩的平衡局面，為了永絕後患，西北諸藩也必然以慶王為敵，必欲除之而後快。因此，慶王在銀州一日，銀州就休想有一日安寧。

「守銀州？守得住嗎？守得了一時，守得了一世嗎？天下沒有攻不破的城池，只在時日長短罷了。慶王據銀州，宋國不會答應，契丹不會答應，府州、麟州、蘆嶺州不會答應，夏州李氏一旦騰出手來也不會答應，他在銀州一日，兵災一日不斷。

「我知道老爺子有李半城的綽號，可是儘管如此，老爺子又有多少子姪可供死傷？身為李氏家主，老爺子如今身處亂世，卻仍可以錦衣玉食，處之泰然，憑的是李氏家族在銀州的勢力，可是戰事不斷，死傷持續，老爺子睡的安心嗎？城外兵馬損失慘重，對城中守軍恨意漸深，一旦城破，銀州城就是一個玉石俱焚的局面，唐國江州就是前車之鑑，到時候耶律斜軫一旦下令屠城，老爺子就算不怕一死，又何以對李氏族人交代？」

李一德目光一寒，沉聲道：「姑娘有何高見？」

竹韻道：「銀州軍中，不乏李氏族人，據我所知，慶王奪銀州，銀州兵馬有的潰散了去，有的遙奔夏州，投靠李光睿去了，但是老爺子的族人，卻大都歸順了慶王。如今慶王於每戶中抽調壯丁守城，其中更有大半是受老爺子驅策的，如果老爺子振臂一呼，這兩路人馬必然群起響應。老爺子獻城有功，我家太尉必全力保障銀州無恙，不受契丹兵災。」

李一德目光閃動，久久方道：「契丹人劫掠成性，野蠻兇殘，一旦城破，亂軍入城，就算他們的南院大王恐也約束不住他們，楊太尉有何把握，能保我銀州不受兵災？」

竹韻嫣然一笑，說道：「老爺子，我家太尉敢這麼說，自然就有這個把握。事關重大，我現在也不能透露太多，如果老爺子拿定了主意，決心與我家太尉合作時，就請拿出你的誠意來，那時，我家太尉自然會拿出一個讓老爺子滿意的答案來。」

她娉婷起身，悠然道：「在這銀州城，李老爺子手眼通天，堪稱地下皇帝，如果老爺子拿定了主意，想必自有辦法與我家太尉聯絡，小女子這就回去了。明日，想必會有一些事情發生，好教老爺子曉得我家太尉的手段。為保銀州李氏一族安危，還望李家主早做決斷，告辭！」

竹韻坦坦蕩蕩走向門口，暗暗聚神做著戒備，門一拉開，院中發出整齊畫一的鏗鏘之聲，刀槍並舉，劍戟如林，這片刻工夫，院中竟已聚集了無數李家子弟，牆頭、屋頂、假山、廊柱後面，則冒出了一個個手持諸葛連弩的漢子。

這樣威勢，看得竹韻暗捏了一把冷汗，她忽然覺得自己有點托大了，如果李一德現在喝一聲「殺」，恐怕她馬上就得被射成刺蝟，然後剁成肉泥，那些隱形匿蹤、奇門遁甲之術，在這樣的天羅地網之中也全沒了用武之地。

竹韻站住了身子，片刻之後，房中傳出李一德的聲音：「統統退下！」

李家子弟立即潮水般退卻，片刻工夫，人滿為患的庭院中已空無一人，靜了片刻，蟋蟀又復唧唧鳴叫起來。竹韻暗暗吁了口氣，一陣風來，只覺背上都已被汗打溼，她語氣卻仍平靜如常，回身拱手道：「今日一番話，還望老爺子好生思量，小女子靜候佳音，告辭。」說罷身形一晃，消失在門廊之下……

*　*　*

慶王耶律盛握著隆興翼獻上的書信和破譯的傳單，面孔扭曲著，猙獰如同厲鬼。他

「砰」地一拍桌子，喝道：「去，把劉繼業一行人給我拿下。」

「遵命！」羊丹墨答應一聲，轉身就往外走。

「且慢！」耶律盛忽又喚住了他，繞室疾行兩匝，回首向隆興翼道：「劉無敵是我守城的最大憑仗，這個……會不會是楊浩的離間之計？」

隆興翼上前道：「大人，屬下也曾有過這個疑慮，可種種跡象，都證明劉繼業並不清白。大人向漢國求援，劉繼元不肯出兵，只遣一員將暗中相助，可見根本沒有與大人結盟的誠意，一旦有什麼風吹草動，這個人左右搖擺、騎牆望風，也是必然。

「再者，劉繼業一開始巡視四城，每逢城外強敵攻城，他都守在迭刺六院部主攻的方向，可是後來卻突然移駐南城，專與蘆嶺州『對敵』，豈不可疑？屬下聽說那劉無敵愛兵如子，每臨戰事，身先士卒，戰後休整，必慰問傷兵，獎勉士卒，三軍不解甲，他絕不安睡，三軍不吃飯，他水不沾脣，可是如今他是怎麼做的呢？大戰一停，他只是四城巡走一遍，與其說是慰勉三軍，倒不如說他是窺探各方動靜，前後行徑大相迴異，其中就大有可疑了。

「第三，楊浩自開封赴蘆嶺州，初來乍到，如果不是與折楊兩家有所勾結，怎麼會懂得楊家的軍用祕語？而且從俘兵那裡得來的消息，城外所換的主將姓折，嘿！恐怕就連楊家也來了人，只是我們還不知道而已。最最無可辯駁的是……」

他長長地吸了口氣，沉聲說道：「這封信是從劉繼業的親兵身上搜出來的，人證、物證俱在，無可辯駁。大人有愛才之心，卻須小心為人所乘。」

耶律盛一面聽他說，一面踱著步子，久久不作一語。隆興翼催促道：「大人，當斷不斷，反受其亂吶。」

耶律盛霍然止步，沉聲道：「羊丹墨，請劉繼業來，本王……還要試他一試！」

羊丹墨怔了一怔，忙拱手稱是。

才一炷香的時間，劉繼業便跟著耶律盛到了。只見劉繼業衣甲整齊，彷彿根本不曾睡過，耶律盛疑心大起，試探笑道：「將軍來得倒快，還不曾安睡嗎？」

羊丹墨搶著道：「末將是在路上遇到劉將軍的。」

劉繼業本來要睡下了，可是發覺身邊侍衛少了一人，一開始他手下的人還當這人去解手方便，並未在意，可是左等不回、右等不回，不免起了疑心，四處一找，根本不見這人蹤影，於是急忙稟告劉繼業，劉繼業聽了急忙著衣披甲出來尋找，也沒弄明白其中緣由。

這時候，羊丹墨恰來尋他，便把他引來見慶王，那個士卒下落不明，劉繼業再如何聰明絕頂，也不會想到城外會派出飛簷走壁的高手，對他身邊一名微不足道的侍衛下手，他倒擔心這名侍衛眼見城池攻守之戰如此殘酷，竟爾膽怯逃出了軍隊，又或是違反軍紀，私宿娼家，至夜不歸，如果真是這樣，那可真是丟盡了臉面。

真相未明之前，他自然不想說與羊丹墨知道，於是便誆說本已睡下，但是放心不下城守，於是又披衣而起，夜巡城頭，如今他對耶律盛自然也是這套說詞。

耶律盛先入為主，現在就像鄭人疑斧，沒事還要瞧著他處處可疑，何況劉繼業這番說詞並不高明，他不動聲色地打個哈哈道：「劉將軍辛苦了，本王有劉將軍這樣的良將相助，真是本王的福氣。」

劉繼業道：「慶王謬讚了。不知大王召末將來，有何吩咐？」

耶律盛笑吟吟地道：「劉將軍是本王的客卿，何談吩咐？本王是有一件事情想與將軍商議。」

「大王請講。」

耶律盛瞇起眼睛，說道：「這幾日，南城蘆嶺州兵馬折損嚴重，已然失了銳氣，攻城軟弱無力。本王以為，如果我們能再予之重重一擊，蘆嶺州軍必然潰敗。蘆嶺州一敗，單憑耶律斜軫勞師遠征、孤掌難鳴，就更難發揮作用，銀州之圍便迎刃而解了。」

劉繼業動容道：「未知大王有何妙計？」

耶律盛見他神色疑心更重，他陰陰笑道：「我軍已多日不曾出城襲擾，本王之意，今晚出其不意，盡出大軍，突襲蘆嶺州軍營。使耶律墨石、羊丹墨與將軍各領一路軍，三軍齊發，行破釜沉舟一擊。從往昔偷襲戰來看，夜晚指揮調度不易，敵營又不明我軍底細，素來只做防禦，不敢冒險反擊，而耶律斜軫更不敢貿然出兵來援，以免為我軍所趁，如此，當可一戰而克蘆嶺州軍營，不知將軍意下如何？」

劉繼業變色道：「使不得，蘆嶺州軍這些時日加強了戒備，軍營內外布設重重障礙，夜晚奇襲，光是那三道機關遍布的壕溝，就不知要損失多少兵馬，敵營中一旦有了防範，夜戰難以盡展我騎兵所長，更難奏效。如此情形，就算奇襲成功，我軍折損也將不可勝數，那時但憑一些戰意不堅的銀州兵和剛剛拉上城頭的壯丁，如何抵得住迭剌六院部的精兵？」

耶律盛臉上笑容更盛：「那依劉將軍，本王該怎麼辦？」

劉繼業斷然道：「據城而守，城中積糧，可供十年之用。而城外數萬大軍，蘆嶺州新建，家底甚薄，能撐多久？契丹大軍只靠劫掠四方百姓，更加難以支撐，若是遠自契丹運糧，一路消耗下來，到了銀州城下，十停糧草剩不下兩停，如此耗損，他們承擔不起。我們在城中多撐一日，便多一分安全。耶律斜軫四處劫掠，攪得天怒人怨，本地各方百姓難尋生路，久而久之，必也不再懼其兵威，憤然反抗，形勢就會發生逆轉，那時敵兵久疲，我軍再反守為攻，一戰可克。」

聽到這裡，與那信中所言結合，耶律盛哈哈大笑：「劉將軍好打算，哈哈哈……真是有道理，太有道理了。」

劉繼業欣然道：「大王從善如流，假以時日，不止一座銀州，整個西北形勢，都將發生翻天覆地的變化。」

慶王耶律盛捧腹道：「嘿嘿，劉將軍終於說了一句大實話。」

劉繼業終於發現他笑得有些詭異，不禁愕然道：「大王此言何意？」

耶律盛笑容一斂，厲聲喝道：「來人，把他給我拿下！」

兩廂帳下暗伏的虎賁立即一擁而出，不由分說便將劉繼業反剪雙臂，捆了個結結實實。劉繼業大驚道：「慶王，你這是何意？」

耶律盛冷笑一聲道：「本王玩了一輩子陰謀詭計，豈會由得你擺布？把他押下去，立即拘捕他的人，如有膽敢反抗者，格殺勿論！」

第二天，楊浩又試探性地進行了幾次攻城，仍然如同演練一般，打得不痛不癢，從城中兵馬的指揮調度上來看，風格已然與劉繼業的打法有所不同，夜間又使竹韻入城，摸清了城中變化，得知慶王果然中計，將劉繼業父子全被拘押了起來，不禁大喜。

這兩天李一德那邊毫無動靜，不過從他不肯殺死竹韻，也不向人洩露那晚情形來看，李一德顯然是抱著觀望的態度，不願就此絕了自己的後路。如今劉繼業被抓，李家在城防上有那麼多人，李一德不可能不知道，對慶王必然更加產生離棄之意。不過想要就此迫他就範卻不容易，弱國無外交，你有多少本錢，才是談判成功與否的關鍵，現在還要打一打，把守軍打痛了，李一德才會考慮與他合作的可能性。

楊浩決定，今天要拿出全部實力，狠狠地打上一場了！

四百三二　攻城攻心

攻城，向來是守城的一方占據地利，攻城的一方付出的犧牲比較大。但是守城一方雖然占據著局部優勢，可是已經形成了圍城的局面，就說明攻城的一方已經掌握了戰場主動，戰還是不戰掌控在攻城一方的手中，整個戰場形勢是向攻城一方傾斜的，因此，除非糧草無以為繼，又或守城一方有比較強大的援軍趕來，否則再牢不可摧的城池早晚也有攻破的一天。

對這一點，李一德心知肚明，他之所以站在慶王這一邊，一方面是因為慶王詐城已成現實，他的軍隊已經控制了銀州城，李一德的勢力雖然極是龐大，卻不能和一支軍隊對抗；另一方面，圍城大軍中有契丹人馬，契丹人破城之後燒殺搶掠、乃至屠盡全城，搶掠一空的風氣太盛，相較而言，慶王已決心以銀州為根基，所以他對銀州百姓的禍害比起城破之後契丹人造成的傷害已算是微乎其微了，因此李一德抱著契丹人馬久戰無功自然退卻的幻想，半推半就地站到了慶王這一邊。

可那晚竹韻的一番話卻深深地觸動了他，竹韻神出鬼沒的一身武功他並不放在心上，古往今來比竹韻還厲害的奇人異士多得是，但是他們的作用終究有限，就算竹韻能殺得了他，也不可能消滅或左右整個李氏家族。然而一支由單兵武力遠不及竹韻這樣的江湖奇人的士卒組成的軍隊，想要毀滅李氏家族、乃至把整個銀州城夷為平地，卻不是什麼難事。

竹韻分析的對，即便他能拖到契丹退兵，只要慶王在這裡一天，契丹就絕不會甘心，早晚還會揮兵來攻。契丹一旦揮軍西進，西北諸藩必然擔心契丹就此在銀州扎根，把契丹的勢力伸進西北範圍，西北諸藩人人自危，不管是被奪了銀州的李光睿，還是麟州、府州、蘆嶺州，勢必也要除慶王而後快，以免予契丹人西進的口實……

李一德越想越不安，他的信心終於動搖起來。當城外排兵布陣，再度準備攻城的時候，李一德坐不住了，他換了一身裝束，在李家幾個核心人物的陪同下，悄悄地趕往南城。

南城上，曾經指揮所部人馬為慶王修建甕城的銀州軍李指揮就是銀州李氏子弟，他眼見城外大軍正在集結，馬上指揮所部調整好狼牙拍，搬運滾石檑木、架柴起火，煮起沸湯滾油，又將取自銀州府庫的箭矢扛上城頭，一匣匣地每隔十步放上一匣，打開匣蓋，亮出箭矢……

正在緊張地忙碌著，一個民壯打扮的人匆匆跑到他身邊，對他附耳說了幾句話。李指揮大吃一驚，他抬頭看看正站在箭樓上指揮調度的羊丹墨沒有注意他，便立即轉身沿著運兵道向城下跑去。

「老爺子，您怎麼來了？」李指揮奔到一個穿著帶笠斗篷的人面前，惶急地道。

那人掀開風帽，古銅色的臉龐，花白的鬍鬚，濃眉闊口，十分武勇，正是銀州李氏家主李一德。

李一德微微一笑，說道：「老夫上城看看。」

李指揮驚道：「這可不成，蘆嶺州軍的攻城器械十分厲害，他們擁有大量的石炮和弩箭，大戰一起，刀槍無眼，不能衛護您，一旦傷了老爺子……」

李一德淡淡地道：「去安排一下。」

李一德在李氏族人面前向來說一不二，李指揮情知再勸不得，跺了跺腳，只得轉身又飛奔上城，不一會兒，他的親兵帶了幾套軍衣趕來，李一德與幾名李家子弟匆匆換上衣服，便隨著那人上了城牆。

*　　*　　*

攻城，除了裡應外合、詐城、偷襲這些容易得手的手段，就只有硬碰硬了。先期大抵要用拋石機、弓弩等進行破壞城牆、殺傷敵人，等到使用雲梯、撞木、破城錘的時候，那已是短兵相接的最慘烈階段了。

今日臨戰之前，耶律斜軫攻打的東城正在上風處，耶律斜軫向城中撒發了大量揭帖，全部是用契丹文寫就的，揭帖中軟硬兼施，威逼守軍投降，但凡投降者，既往不咎，赦其反叛之罪。否則，城破之日就是屠城之時，滿城契丹武士一個不留。

而楊浩所部，則搬開了營前一切障礙，推動望樓、雲梯、拋石機各種大型攻城器械，一個個方陣排列整齊，每個方陣中都有一具大型雲梯或拋石機，所有的方陣井然有序地向城下逼近，舉止整齊畫一，卻始終保持著平靜，與前幾天的攻擊明顯有些不同，雙方還未交戰，一片肅殺的氛圍便籠罩了整個戰場，城頭守軍似也有所覺察，頓時有些騷動起來。

李一德扮成親兵站在李指揮身後，看著蘆嶺州軍的嚴整陣容，只見旌旗飄揚，行伍整齊，刀槍劍戟，寒光颯颯，行進之間直透出一股肅殺之氣來，不禁喃喃自語道：「訓練有素啊，如此嚴整的軍容，我只從李光儼的三千近衛精騎兵那裡見過。這城下十六個方陣，怕不下五千之眾……咦？」

李一德雙眉一鎖，凝視向遠處看去，只見蘆嶺州軍營後方塵土飛揚，一隊隊人馬魚貫而入，影影綽綽也不知道到底有多少人，李一德不禁為之色變：「蘆嶺州還有增兵？」

「駕！」楊浩一磕馬腹，催馬前行，麾下兩百重甲鐵衛就像一座鐵山一般隨之前移，手中長槍斜斜前舉，不動如山，其徐如林，這支隊伍雖然不是主攻的人馬，卻把城外戰陣的殺氣提升到了巔峰。

「小六，鐵牛。」

「末將在。」

「先以石炮，毀敵防禦。繼以弓弩，射殺守軍。」

「末將遵命！」二人領命離去。

「木恩、木魁。」

「末將在。」

「本帥予你二人各兩千兵馬，各領雲梯六十架，望樓車十架，撞城車兩架，摺疊橋、鵝車洞子、木牛、木幔……輪番攻城，不予敵軍片刻喘息之機，今日定要打出我蘆嶺州軍的威風來，縱不破城，也要打它個千瘡百孔！」

「末將遵命！」

「柯鎮惡、穆羽。」

「末將在。」

「本帥予你火藥箭一萬枝、毒藥箭一萬枝、砒霜煙火球五千枚、揚塵車三十輛、火藥兩桶、猛火油十桶，木恩、木魁攻城時，要予以壓制協助，同時竭力破壞城牆。」

「末將遵命！」

「回來！」

楊浩喝住二人，笑了笑道：「柯將軍，如非生死存亡的關鍵時刻，主將身先士卒，就不是激勵三軍士氣了，而是不盡其責。懂嗎？」

柯鎮惡赧然道：「末將明白。」

「好，你們去吧。注意靠近西城的那一片區域，那一片城牆少近陽光，牆磚溼重，在下面掘地洞以猛火油烘乾，再用火藥轟炸，可收奇效。」

「遵命！」穆羽答應一聲，拉著姐夫興沖沖地去了。

楊浩觀摩了多日折惟正的攻城戰術，這兩日佯攻時又親自操練，對攻城戰術頗有心得，今天他終於親自操刀上陣了。

折子渝和折惟正一左一右陪在他的身邊，折子渝對楊浩這兩日的舉動頗感奇怪，明知他此舉必有用意，但是她卻不知道楊浩的用意何在，這對她這種好奇寶寶來說可是一種極大的煎熬，然而以她的矜持個性，楊浩不說，她已是絕不會再問出口了，她只斜睇著楊浩問道：「楊太尉，那我們現在該做些什麼呢？」

楊浩微微一笑，答道：「我們就在這裡觀敵瞭陣。」

他把手重重地向前一劈，大戰開始了……

*　　*　　*

大旗揮動，烽煙如雲，金鼓聲鳴，殺聲如潮。

李一德一班人在強烈的箭雨攻擊下已持盾退到了遠處，巨大的石塊呼嘯著砸到城頭，碎石屑蹦到頭面上隱隱生痛，儘管他們退得夠快，眼睛還是被毒煙熏了，毒煙一熏，眼睛紅腫，流淚不止，喉嚨又癢又痛，李指揮派人拿來浸了水的毛巾分發給他們，再一次勸家主下城，李一德堅決不允，因為戰事正忙，李指揮無暇多勸，只得匆匆趕到兩軍陣前。

上風處的揚塵車揚起了漫天塵土，遮天蔽日。火藥箭、毒藥箭如一顆顆流星，射得城頭到處都是惹人劇咳不止、難以呼吸的氣味，尤其是砒霜煙火珠，打在哪兒就黏在哪兒，濃重的氣味教人為之窒息，其火水潑不熄，處理起來十分麻煩，只能用沙土予以掩埋。

緊接著，一架架雲梯搭上了城牆，人如蟻聚，流矢如雨，城頭上下到處是一片刀光劍影，檑木滾石、沸湯滾油，毫不吝嗇地澆下去，澆出一片片淒厲的慘叫，一枝枝箭矢，也在飛快地奪去城頭士兵的生命。

不時有人衝上城牆，又被守軍拚命地壓制回來，後面的人踏著戰友的屍體又毫不猶豫地衝上去；狼牙拍一拍下去，血肉四濺；巨大的檑木滾石將無數士兵砸得血肉模糊；時而有人渾身著火，揮舞著雙手絕望地摔下城頭，時而有人被車弩貫入皮甲，手中的長槍還未搠中爬上城牆的士兵，便慘叫著倒飛出去四丈有餘。

每個人都在扮演著生殺予奪的死神角色，又在扮演著被人收割的生命。但是他們沒有一刻的猶豫，做為一個戰士，他們的生命本就是為了這一刻的輝煌。

大戰一刻不停地持續著，將過中午，楊浩仍一動不動地站在中軍觀敵瞭陣，臉上始終帶著一成不變的笑容。其實眼看著戰士們流血，他的心也在痛，但是慈不掌兵，既然走到了今天，他同樣沒有退路，唯有向前再向前。需要他不計犧牲的時候，他只能強迫自己冷血。

這還只是一個開始，今後他要經歷的殘酷和無奈還多著呢，如果能用一時的殺戮，換來長久的和平，那也是值得的。至於永久，他從不相信一勞永逸，不管是一國還是一家，氣運來了，就興了，氣運去了，就亡了。這氣運與天地鬼神無關，但它起落無常，人世間便也經歷一個個輪迴，永無止歇……

「轟！」

靠近西城牆的地方發出了一聲巨響，那是火藥爆炸的聲音，這個時代的火藥已經根據不同配比創造出了多種型號，其中已有極為貼近黑火藥標準配比的炸藥，但是由於火藥純度不夠，單純的爆炸效果作用有限，所以並不為火藥匠人們所看重，他們製造火藥主要還是與其他藥物配合使用，比如砒霜，用以起到化學武器的作用。但是集中大量標準配比的黑火藥，其爆炸威力還是相當驚人的。

那片城牆因為經常處於背陰的一面，又受護城河水的浸蝕，所以常年處於潮溼狀態，被猛火藥自地洞中猛烈燃燒了一個上午，城牆都被烘乾了，堅固厚重的的城牆上便出了一道道裂紋，這時用火藥進行爆破，產生了驚人的效果，只見一股黑滾滾的濃煙像蘑菇雲一般湧起，無數的磚石飛上半空，向四下撒落。

因為這一面城牆一直用大火焚燒著，所以城頭守軍不多，城下也無人攻城，對士兵造成的殺傷力並不大，但是整片城牆都因為爆炸垮坍了下來。雖說高及五丈、底寬八丈、頂寬六丈，呈梯形建築的城牆又厚又重，大量火藥的爆炸效果也只是產生了破壞作用，不能把整片城牆澈底弄倒，但是對守軍信心的打擊卻是不言而喻的。

剛剛從前陣撤換下來、正在休整所部的木恩，見狀抓緊時機一面用拋石機擴大戰果，用車弩、一品弓壓制赴援的守軍，一面組織雲梯和望樓，衝向那處垮榻下一丈有餘的城牆。

石塊、弩箭、煙火珠漫空飛舞，給赴援的守軍造成了不小的麻煩，但是呈傾斜狀倒下來的城牆到處都是鬆動的磚石，想要快速撲上去，對蘆嶺州士兵也有很大的困難，城頭左右守軍一面用石炮和弩箭交叉射擊，用強大的火力阻止蘆嶺州軍靠近，一面組織大量人手修補缺口，許多早已被召集在城內等候的民壯和健婦，在契丹兵的威嚇下，背著早已準備停當的沙袋向城頭撲來，這些沙袋都是劉繼業主持守城時命人備下的，如今劉繼業成了階下囚，他準備的這些東西卻還是派上了用場。

城外士卒可不管你是民壯還是健婦，踏上了戰場就是敵人，箭矢毫不猶豫在向他們傾瀉過去，許多人扛著沙袋倒下，連人帶土填了城牆，沙袋堆砌逐漸升高，漸漸將那段城牆墊平，緊跟著是無數的泥土和水填補了縫隙，下邊是鬆動不平的磚石，上邊是一層泥濘，已不易攀爬了。

但是修補城牆的百姓和民壯已拋下了不止五百具屍體，而且這種匆匆填平的城牆堅固性有限，城上防禦設施也盡被破壞，守軍不易發揮地利效果，很容易成為蘆嶺州軍的主攻方向，蘆嶺州軍還是集中了多架攻城器械，向這裡梯次移動。

此時，已是夕陽西下，一抹暮色染上城頭。

「節帥，挑燈夜戰吧！」剛剛退下來休息的木魁赤裸著上身，左臂包紮著傷口，獰眉立目地趕來向楊浩請命。

楊浩默默地注視戰場良久，心中權衡半晌，搖了搖頭，吩咐道：「鳴金收兵。」

木魁一愣，大叫道：「收兵？」

楊浩冷冷向他一望，淡淡地問道：「沒有聽到我的軍令？」

木魁只好回首大叫道：「收兵，收兵，鳴金收兵啦！」

士兵們潮水一般退了下來，喧囂塵上的廝殺聲停止了，戰場突然變得出奇地安靜，許多體力透支的士兵這才發現自己連最後一絲力氣都已被抽盡了，他們搖搖晃晃地趕回營中，便一頭倒在地上，再也懶得動上一下了。

城牆上下到處都是血肉模糊的屍體，一些殘破的屍體還倒掛在城頭堞牆上，或者半懸在踏橛箭上，損毀的雲梯、撞城車、摺疊壕橋還在燃著火、冒著煙，向人們宣告這裡剛剛發生過的慘烈一戰。

「老爺子，咱們是不是該回去了？」

一個驚魂未定的李家人向久久凝視楊浩軍營不語的李一德輕輕喚道，他們站的太久了，如果不早些離開，恐有被羊丹墨發現的危險。

李一德一言不發，轉身就走，踏著遍地的死屍，繞過一段被砸壞的運兵道，雙腳踏上地面的時候，李一德環顧左右，只見一具具屍體被搬下城牆，許多被抓來守城的百姓低低嗚咽，更多的人如行屍走肉一般面無表情、神態麻木，拖著疲憊、傷痕累累的身子，在契丹士卒的咆哮喝罵聲中機械地加固著城防。

他緩緩低下了頭，沉聲說道：「回去，把各支各房的主事人都給我叫來，老夫有要事商議！」

蘆嶺州軍中開始重新布設營防，營中一處處炊煙，便也在此時裊裊升起，這就是他們的生活……

楊浩先派了人快馬趕向耶律斜軫的陣營，詢問他們今日的戰果，然後穿梭於軍營之中，探望慰問各營士卒，折子渝亦步亦趨地跟在他的身後，默默地凝視著楊浩沉重得有些佝僂的背影，折子渝的眼波也在蕩漾。忽然，她加快了腳步，追上去與他走了個並肩，輕聲道：「心裡很難受吧？在戰場上……」

「我明白。」

楊浩打斷了她的話，默默地走了兩步，楊浩忽又站住腳步，回過頭來向折子渝一笑，低聲道：「我真的明白……」

夕陽的餘暉映在他的眸子裡，他的眸子閃閃發亮，隱隱泛著與晚霞一樣的血色……

四百三三　陷城

「竹韻姑娘。」

一見竹韻現身，李一德便露出了微笑，揚聲說道：「姑娘總算依約出現了，老夫已恭候多時了。」

竹韻向李一德抱一抱拳，輕輕巧巧地在椅上坐了，美目朝兩旁形容剽悍的兩隊武士盈盈一瞟，嫣然道：「老爺子考慮的怎麼樣了？」

李一德凝視著竹韻，沉聲道：「老夫想知道，如果老夫能助楊太尉一臂之力的話，楊太尉能給老夫一個什麼承諾？老夫如何能夠相信，楊太尉能控制得住契丹人馬，進城之後不會縱亂兵搶掠焚城，害我銀州百姓？」

竹韻一聽他話中之意，心中大喜，面上卻越加沉著，翹起大指道：「老爺子有這分棄暗投明的心思，對銀州百姓不啻有再造之恩，功德無量啊。至於楊太尉的善意，老爺子大可放心。銀州也罷、蘆嶺州也罷，打的都是大宋的旗號，在本國領土上，誰敢冒天下之大不韙，幹出屠城的蠢事來？

「再者說，李光睿無力庇佑銀州，將它淪落於契丹叛賊之手，我家太尉一旦取了銀州，會把它拱手奉還李光睿嗎？當然不會，以後這銀州就是我家太尉的了，銀州如果變成一座死城，那取來何用？我家太尉這番心思，想必老爺子已然知悉，有鑑於此，只要老爺子助我家太尉奪了銀州，我家太尉自會竭力保全銀州。」

李一德不為所動，冷靜地道：「道理是這個道理，可是城池一旦破了，契丹兵入城之後會幹些什麼，我很清楚，不要說楊太尉，就算是契丹南院大王耶律斜軫提了劍親自站在城頭約束軍紀，也控制不住這頭出閘的瘋虎了。」

竹韻伸出一根青蔥玉指，輕輕搖了搖，笑道：「老爺子只知其一，不知其二，且莫著急，竹韻還沒說完呢。我家太尉有把握不讓銀州遭了那契丹兵災、保全銀州百姓，是因為……如果老爺子肯助我家大人一臂之力，這奪城之戰，我家大人根本不想讓契丹人參與。」

「你是說……由蘆嶺州軍獨力完成？」

「不錯，夜襲銀州城，由我蘆嶺州軍單獨完成。等到契丹人發覺有異時，銀州城頭已飄起我家太尉的帥旗了。耶律斜軫的使命是討伐謀逆造反的慶王耶律盛，不是與我家太尉爭奪銀州城，如果我們交出耶律盛的人頭，他有多大把握再奪銀州，而與我家太尉翻臉？如果我們再設計的精妙一些，對慶王逐而不殺，你說耶律斜軫會來奪城呢？還是去追耶律盛？」

李一德兩道長眉聳動了一下，說道：「就憑你們那些人馬，能搶在契丹人醒悟過來之前便迅速控制整個銀州城，可能嗎？今日蘆嶺州軍攻城，老夫曾往城頭瞭望，見你軍營後方塵土飛揚，大軍往來不息，初時也以為你們有援兵到了，仔細想想，卻覺大有可疑。蘆嶺州沒有那麼多兵馬，如果是折楊兩藩向你家太尉借兵，大隊人馬長途奔襲，聲勢甚大，也瞞不過慶王的耳目。你們不會以為慶王在橫山一帶全無細作探馬吧？」

竹韻莞爾道：「後營運兵，本就是疑兵之計。慶王在吊斗望樓之上，居高臨下看得清楚。縱然他沒有眼線斥候，也瞞不過他的，倒難為老爺子，只據此分析，便知端倪，那樣手段，雖瞞不過慶王、也未瞞得住老爺子，要瞞普通普通士卒和民壯百姓，大挫他們的士氣，卻是綽綽有餘了。」

李一德沉聲道：「既然如此，你們奪城兵馬從何而來？就憑你們營中現在那五、七千兵嗎？須知一旦趁夜入城，就是一場混戰，夜色茫茫之中，街頭巷尾，打得是一場爛仗，精良的裝備、嚴整的軍紀、將官的調遣統統派不上用場，比的根本就是兵力多寡，你們那麼點人，進了城四下一分，漫說控制全城，不被慶王一口吞掉就不錯了。」

竹韻接口道：「如果我家太尉還有足夠的兵力，可以保證迅速以壓倒性優勢控制全城呢？」

李一德反駁道：「以蘆嶺州精良的攻城器械，如果有足以控制全城的充裕兵力，戰況豈會如此慘烈？為什麼迄今並不動用？」

竹韻道：「一個力能拔山扛鼎的力士，也得雙足踏在結實的大地上才能運用他的力量；一匹日行千里的神駒如果陷在泥沼之中，照樣寸步難行。老爺子應該知道，從不曾習過攻城之法的將士，人再多也是送死，契丹有五萬令人聞風喪膽的鐵騎，來自最精銳的迭剌六院部，縱橫在草原上，向來所向披靡，可在銀州城下，他們的表現還不及我蘆嶺州未過萬的兵馬。兵，要用得其法，你說是嗎？」

李一德眼中露出疑惑的神色，目光閃動片刻，微微向前傾身，緩緩說道：「那麼……這支所謂的大軍，到底是什麼來路？」

竹韻微笑道：「小女子已經說的夠多了，老爺子該如何讓我相信你的誠意呢？」

李一德直起腰來，目視著竹韻，沉聲道：「來人，把九尾給老夫喚來。」當下便有一人急急走出廳去。

李一德道：「老夫將長房嫡孫交給妳做為人質，這個誠意，夠了嗎？」

在西北邊陲地區，還沿襲著先秦時期的習慣，勢力較落的一方向強者表示友好和締結同盟時，要將身分重要的子姪充作人質。眼下雖然是楊浩有求於李一德，但一旦破城，就是李一德仰賴楊浩了，李一德自然不敢以強者自居。再者說，西北貧窮百姓占多數，手中只要有錢有糧，兵殺沒了隨時可以再聚，而李家可消耗不起那麼多子姪。

竹韻肅然道：「老爺子有此誠意，自然夠了。」

李一德道：「相信竹韻姑娘對我李家早已打探的清清楚楚，老夫長房嫡孫，如今只有這麼一個，視若掌上明珠，如果楊太尉真有一支大軍，足以控制全城，那老夫就與你們合作。」

他正說著，一個二十五、六歲的美貌婦人牽著一個七、八歲的孩子走進廳來，那孩子正揉著惺忪的睡眼。

竹韻對李家的核心人物自然早就進行了一番打探，目光立即落在那童子的身上。這個童子就是李一德的長房愛孫九尾，《山海經》有云，青丘之國有狐九尾，先秦時期，九尾狐與龍龜麒麟等都是吉祥的神獸，其中九尾狐更代表子孫昌盛之意。到了唐朝時期，中原還有狐神、天狐的崇拜祭祀。李家子孫著實昌盛，但是長房這一支卻一直久無所出，所以好不容易得了個孫兒後，李一德就給他起了個九尾的乳名。

一見李一德，那美貌婦人便福身施禮道：「爹爹。」那孩子卻已鬆開母親的手，雀躍著跑過去，歡喜地叫道：「爺爺。」

「乖孫。」李一德笑吟吟地把孫子抱上膝頭，說道：「乖孫，咱們李家遇到了大麻煩，爺爺要和一個很大的部落締結聯盟，需要爺爺拿出最珍貴的寶物做為抵質，爺爺最珍貴的寶物就是乖孫，你敢不敢去為李家做這個人質？」

那小童頭髮剃成了茶壺蓋，兩邊垂著小辮子，頗有西域胡人之風。看其面相，虎頭虎腦，濃眉大眼，與李一德有幾分神似，李一德一問，他毫不猶豫地點了點頭，大聲道：「孫兒敢！」

「啊！」那美貌少婦驚呼一聲，趕緊掩住了嘴巴，眼中立即露出焦急、擔心的神情，可是李家的規矩顯然甚嚴，這樣的場合是沒有她婦人插嘴的分的，哪怕那當事人是她的兒子，少婦只以哀求的目光望著公公，卻不敢多說一句話。

李一德慈愛地摸著孫兒的頭髮，含笑道：「九尾啊，如果爺爺失信於人，他們就會砍了你的頭的，你也不怕嗎？」

九尾稚聲稚氣地道：「不怕。爹爹說過，有擔當的才是男子漢大丈夫，怕死的就不要做我李家兒郎。」

李一德哈哈大笑，連聲讚道：「好孩子，好孩子，這才是我們李家的種，哈哈哈……」

他一指竹韻，在孫兒屁股上拍了一把，說道：「去吧，聽那位姐姐的話，用不了多久，爺爺就接你回來。」

竹韻展顏笑道：「小弟弟，過來。」

九尾回頭看了看爺爺，李一德頷首道：「去吧。」

那小童便從爺爺膝上跳下來，雄糾糾、氣昂昂地走到竹韻面前，大聲道：「你要殺就殺吧，我李家的男兒沒有貪生怕死的。」

竹韻失笑道：「小弟弟生得這麼可愛，姐姐疼你還來不及呢，怎麼會殺你呢？你叫九尾是嗎？真是好名字，來，到姐姐身邊來。」

竹韻笑吟吟地說得客氣，一隻柔荑卻已輕輕搭在了九尾的肩膀上。那隻手手指修長、纖秀白皙，像一朵初綻的花蕊般誘人，這是一隻可以讓男人銷魂蝕骨的手，可是需要的時候，它也能生裂虎豹。

竹韻的手輕輕搭在九尾的肩上，這才向李一德嫣然一笑道：「這個祕密，城破之後，便再不是什麼祕密了，可是現在知道的人卻不宜過多，除了這位小兄弟，老爺子可以讓其他的人都退出去嗎？」

李一德毫不猶豫，馬上擺擺手，兩旁侍立的家將武士們立即退了出去，那美婦人擔憂地看了兒子一眼，張口欲言，終於只是嘆了口氣，默默地向李一德行了個禮，輕輕退了出去。

* * *

第二日一早，楊浩所部又向城下集結，東、北兩面，耶律斜軫也很默契地指揮軍隊開始強攻，如昨日一般慘烈的大戰再度展開了。

李家大宅此時的忙碌程度不亞於北城慶王的中軍帥帳，各支各房的重要人物進進出出，不斷有人銜命而去，悄悄融入來回調動、滿城遊走的軍士民壯之中。負責猝襲奪城的、暗殺慶王將領的、發動之時即四處點火製造聲勢的，還有負有一個特殊使命，控制地牢保護劉繼業父子性命的，所有的主事人都在調集自己的人手，緊鑼密鼓地進行著安排。

而楊浩也把今日攻城的指揮權再度交到折惟正手上，他自己坐於中軍，隨著他的一道道將領，心腹小校們馳馬往赴，在激烈的攻城中悄悄醞釀著另一個滔天巨浪。

天黑了，楊浩一如昨日，仍舊鳴金收兵，精疲力盡的士卒們回到了營寨，有最好的郎中、藥物和豐富的食物迎接著他們。楊浩對自己這支折損了至少三分之一的軍隊呵護有加，打仗就要死人、就要有損傷，但是經歷了這樣慘烈戰鬥的士兵，每一個都將是一筆寶貴的財富，他有錢有糧，只要擁有充足的領地，隨時可以擴充軍隊，但是這支軍隊是一支烏合之眾，還是一個有著勇猛作戰、號令如一的優良傳統的軍隊，這薪火相繼的重任，就要靠這些老兵了。

城中守軍一天大戰下來，也是個個精疲力盡，一身臭汗的羊丹墨連盔甲都來不及躺，便四仰八叉地躺到了榻上，就算他是鐵打的人，一天奔波下來也累散了架，喉嚨也喊得啞了。那廚子端了美味的菜飯進來，羊丹墨懶懶地躺在床上，根本不想爬起來。

「將軍，飯菜已經好了。」那廚子畢恭畢敬地道。

「放那兒吧，老子歇歇再吃。」羊丹墨閉著眼睛，有氣無力地道。

「將軍，飯菜放久了就涼了，你還是起來吃些吧。」

那廚子殷勤地說著，把菜盤捧到了面前，羊丹墨大怒，霍地坐了起來，大罵道：

「老子什麼時候吃……你要幹什麼？」

他一聲驚呼未止，托盤已整個砸到臉上，菜湯沸水潑了一臉，痛得他哇哇大叫，不由自主地閉上了眼睛。他情知不妙，一手去抹臉上菜湯，一手去拔腰間佩刀，可他眼睛還沒等睜開，一柄斫骨刀便狠狠劈在他的脖子上，半邊腦袋馬上歪到了一邊，那廚子還怕他不死，揮刀又是狠狠一劈，一顆人頭「吭」的一聲砸到了榻上，那廚子抹一把滿臉的鮮血，便拔足逃去。

守在門外的兵士忽聞帳中發出驚呼，急忙持戈衝進來一看，只見一具無頭的屍體坐在榻邊，羊丹墨那顆獰眉厲目的人頭就放在他的左手邊，後帳破了一個大洞，他們衝進來時，一個人的後袍剛剛從那破洞處消失，兩名士兵大驚失色，立刻搶步追了過去，頭一個人剛從破洞中鑽出去，一枝冷箭不知從何處飛來，便狠狠地摜入他的頸項，鋒利的狼牙箭透頸而入，箭尖緊貼著後一個人的右眼止住，嚇得他一聲尖叫，額頭一滴冷汗剛剛滑落，身側一柄斫骨刀便向他的頭頂狠狠地劈了下去……

像羊丹墨這樣遇刺的高級將領並不多，大多數將領用的不是銀州廚子，出入侍衛環繞，也不易近身。楊浩提議的斬首計畫，斬的並不是一個首，而是以實際指揮作戰的中下級軍官為主。他們職位不高，沒有扈從，又需要常和民壯、銀州兵打交道，是最容易下手的人群，而這些人一旦死掉，在新的將校任命之前，卻會立即造成指揮失靈，全軍癱瘓，效果比殺掉一員主將更加明顯，也更容易得手。

與此同時，小野可兒率領的由党項七氏精兵組成的四萬五千名精兵，也已從他們預先潛伏的地點飛快地趕向楊浩營地。四萬五千党項精兵，這是楊浩潛藏起來的實力，整整四萬五千名能征善戰的勇士，如果讓他們攻城，恐怕大多都做了炮灰，可是這支騎兵用來山野間作戰、街巷間混戰，卻絕不遜色於任何人。

楊浩一直苦苦支撐著，就是不肯動用這支祕密集結起來的預備隊，一方面是因為好鋼得用在刀刃上，他們用來攻城，作用並不明顯，另一方面也是因為如果拿不下銀州城，不能在地理上形成一個讓他進退自如的戰略縱深，就不能把党項七氏已投靠了他的祕密昭告天下，如今，終於是動用他們的時候了。

南城下，李指揮不懼疲勞，指揮所部修補城牆、堵塞城門，顯得異乎尋常地熱情。契丹兵精疲力盡，眼見他如此效力，樂得退到一邊去好生歇息，他們解了盔甲、丟下刀槍，懶洋洋地坐在碎石雜物上，正按著飢腸轆轆的肚子，伸著脖子盼著大鍋飯早點煮熟。沒想到，銀州兵突然像發了瘋似地作一聲喊，丟下沙袋、條石，拔出佩刀向離他們最近的契丹兵猛撲過去。

與此同時，散落各處的民壯也都按照預先的安排，向他們盯住的軍官們動手了。血激射，屍橫臥，南城守將羊丹墨被殺，軍中許多將校同時殞命，銀州兵和民壯突然造反，失去了指揮的契丹兵潰不成軍，堵向城門的條石、巨木被迅速搬開，城頭放下了吊橋，一枝枝火把就像流星一般被人從城頭拋了下去，照亮了進城的道路。

小野可兒的大軍人如虎、馬如龍，片刻不停地衝關而入，蹄聲如雷，震天撼地。

與此同時，城中處處火起，坐在牢房中的劉繼業發現幾名契丹兵吃過了飯、喝過了水，便一一趴伏在外間桌上，鼾聲如雷，正覺有些異樣，就見那個一直被契丹人呼來喝去，差遣得像個灰孫子似的牢頭老戴鬼鬼祟祟地走了進來，手裡攥著一柄解骨尖刀，揪住一個契丹兵的小辮子，像殺豬似地往喉嚨上一捅，隨即又向第二個人走去……

四百三四　坐擁銀州

耶律盛策騎狂奔，迎風烈，髮凜亂，夜色昏沉中也不知有多少兵馬跟著他逃了出來，倉皇回顧，他只能看到遠遠一道火把組成的洪流滾滾而至，緊緊躡在他的身後。

這一敗，敗得和他即將殺死耶律賢，登上皇帝寶座的那一刻一般莫名其妙。那一次思慮不謂不周詳、準備不謂不充分，可是千算萬算，就連宮門口有幾名兵士站崗都計算了進去，唯獨沒料到緊要關頭會出現三個奴隸，壞了他的大事。這一次，他本以為憑仗著牢不可摧的銀州城，可以和契丹、蘆嶺州抗上三年五載，直到把他們拖死、耗光，迫使他們無功而返，卻萬萬沒有料到占了一半兵力的銀州兵和民壯會突然造反。

當他清醒過來的時候，已經滿城混亂，帥找不到將，將找不到兵，處處火起，到處都是咆哮厮殺、精力充沛得像是一群野牛犢子似的党項兵，銀州兵反了、民壯反了，滿城的百姓都在推波助瀾。黑夜之中，攻進城來的党項兵如有神助，迅速占據了慶王府，東城、北城、南城兵馬則源源不絕，不斷地融入這場全城、全民的大戰亂中。

這樣的場面，換了任何一個人來都已無法實施有效指揮了，慶王當機立斷，立即率領親兵殺向西城，即便明知楊浩圍城一闕，故意留出西城來做為生路，必有陷阱，這時也只能硬著頭皮闖一闖了，如果再不走，不等到天亮，他可能就要死在哪個無名小卒的刀下。

耶律盛扯起大旗，一路往西城衝，一路吶喊聚兵，不少四散作戰的契丹兵見了慶王大旗都聚攏過來，追隨著他往西城逃，半路上遇到了領兵前來尋他的耶律墨石，兩下裡合兵一處，逃到慶王府也就是原銀州防禦使府附近時，不知從哪裡又殺出一隊俱著輕便的黑籐胸甲、青帕包頭、使短刀盾牌的兵馬，人數雖不過五百人上下，卻是殺氣沖霄、氣勢如虹，直向耶律盛的大旗衝來，耶律墨石急忙分親兵，親自拒敵，如今也不知生死如何，是否安然逃出了。

嘩啦啦似大廈傾，昏慘慘似燈將滅，想至此處，耶律盛悲從中來。

「啊！」一聲慘叫，前方一名士兵忽然連人帶馬仆倒在地，耶律盛大驚，還道前方有人埋伏，這時衝在前面的騎兵接二連三地連人帶馬摔倒在地，只聽人喊馬嘶，卻不見一人一馬爬起，耶律盛恍然大悟，大叫道：「前方盡是陷馬坑，往北逃！」

黑燈瞎火的，耶律盛也不辨道路還是野地，領著人馬便向北拐去，這一耽擱，追兵便近了，火把的洪流兵分四路，取直線襲向耶律盛所部的頭、中、尾，另一部截向了他們前面一箭之地，顯然是志在必得，絕不容他再逃走。

耶律盛猛地勒住戰馬，看了看西面，那裡黑沉沉一片，也不知被人挖了多少陷馬坑，往南看，山林莽莽，繞向銀州，往東看，四道火把洪流，像四枝利箭，分頭截向他的要害，耶律盛悲憤不已，忽然一提馬韁，拔刀在手，大喝道：「寧可戰死，絕不投降，殺回去！」

「殺、殺、殺！」響應聲此起彼伏，耶律盛聽在耳中，心中大感寬慰，隨他逃出城來的士兵至少在千人左右，這些人馬或可一戰，說不定……還能殺出一條生路來。

他大喝一聲，一磕馬腹，便向殺向自己中路的那支追兵義無反顧地迎了上去。誓死追隨他的本族士兵，和與契丹皇帝有不共戴天之仇的白甘部族人，毫不猶豫地跟在他馬後殺去……

* * *

緊跟而來的是耶律斜軫全部人馬，兵分四路，每一路軍人馬還在四萬左右，一見耶律盛困獸一般反身撲來，耶律斜軫暗暗冷笑，夜晚之中亮不得旗號，又因追得倉皇不能以鼓樂號令，他便立即以火把打出燈號旗語，號令其他三部呈環形向敵軍圍攏，勿使逃脫一個，自己所部則散開陣形，洪水一般向耶律盛俯壓下去。

楊浩夜襲銀州，使四萬餘一直蓄勢以待的精兵在李家子弟的帶領下裡應外合，迅速搶占各種要隘，一陣陣廝殺聲已傳入契丹軍營。耶律斜軫聞警而起，只見城中處處火起，卻不知到底發生了什麼事情，他一面派人與楊浩聯絡，一面迅速集結軍隊，把剛剛歇息的士兵都集中起來，以防生變。

這時楊浩已派人趕來見他，聲稱銀州兵譁變，開城迎楊浩軍入城，蘆嶺州所部正率譁變的銀州兵與契丹兵巷戰，搶攻各處城頭守軍，慶王耶律盛已向西城退卻，有遁逃的可能，請耶律大王迅速馳援。

耶律斜軫此番西來唯一使命就是誅殺叛逆耶律盛，一聽說他有逃走的可能，根本無從多想，立即揮兵便追。此時東、北兩城仍在契丹軍手中，趁著內亂他固然可以得手，可這一耽擱，只怕耶律盛早已逃之夭夭了，所以耶律斜軫揮軍沿護城河疾馳西城，待他趕到西城時，慶王耶律盛剛剛衝出城去，耶律斜軫馬不停蹄，立即自後追趕，緊緊咬住不放，終於逼迫耶律盛回軍決戰了。

「殺！」

雙方還有兩箭之地，耶律斜軫這一路軍突然又分裂開來，變成了一箭三頭，前方探出的衝鋒隊形像兩柄鋒利的刀子，掠著耶律盛的鍥形陣從兩側飛馳過去，迂迴側翼，且馳且射，漫天的箭雨就像一柄刀子，不斷地削減著耶律盛的人馬，不時有人跌落馬下，把那鍥形衝陣越削越薄。

「殺殺殺！」

雙方還未肉搏，已經紅了眼睛，所有的騎士都高舉起馬刀，屁股離鞍，雙腳踩直了馬鐙，做出了決死一戰的架勢。

兩支隊伍硬生生地碰撞在一起，就像一枝弓箭鋒利的尖端碰上了用床弩射出的踏橛箭，弓箭的尖端立即鈍了。騎兵在衝鋒中才能顯示它的威力，一枝失去了箭頭的箭，還有多大的威脅？

耶律盛手中一口刀左劈右砍，血光乍現，迎面之敵紛紛落馬，被他劈得頭頸分離、肢離破碎。耶律盛本來擅使的是一口長柄大刀，馬戰功夫驍勇無敵，可他當初闖宮弒君時，曾被羅克敵一槍刺穿肩頭，雖經名醫診治，但是一條臂膀卻再也使不得大力了，於是便換使了一口馬刀，這樣一來，比起他自己當初的武功固然是大打折扣，但是對上這些普通的士兵卻仍是勢如破竹。

血雨紛飛，憑著他精湛的武功、兇悍的氣勢和蠻牛一般的膂力，耶律盛馬不停蹄地一路向前衝、衝、衝……

殺！

眼前一個敵兵剛剛落馬，與此同時，耶律盛自己的右肋也被人一槍刺中，胯下戰馬被掉落馬下的一個士兵砍折了馬腿，戰馬悲嘶向前撲倒，耶律盛在馬背上借力一按，那馬轟然倒地的同時，他已飛身上了對面那匹馬。

耶律盛一扯馬韁，正欲回身再戰，忽見身後跟來的士兵已寥寥無幾，離得最近的幾名親兵也被人隔在了四丈開外，火把叢中，只見槍戟如林，正向他們身上招呼著。

耶律盛雙目泛赤，他大吼一聲，揮刀猛劈，架開一桿槍，順勢抹了那人的脖子，一顆人頭飛起，一腔熱血噴淺，耶律盛勒馬回轉，再也不管是否有人跟來，只顧向著前面那條一眼望不到邊的火的洪流，像一隻飛蛾般繼續衝去，鋼刀飛轉，血光四濺，當面之敵如刈草一般紛紛倒地……

雙方兵力相差實在是太懸殊了，契丹兵包抄上來，在黑夜中像一圈圈碩大的光環，緩緩向中間收攏，而困在中間的慶王兵馬就像一隻隻流螢。流螢的生命是短暫的，他們一隻隻地隕落，最後小環套大環，無數個光環的中央，只留下了一個仍在絕望地劈砍著的戰士，那是慶王耶律盛。

汗水已經沁溼了他的戰袍，身上染滿了鮮血，自己的摻和著敵人的，汗水和血水打溼了他的頭髮，溼漉漉的頭髮貼在額前，擋住了他的視線，可他卻一直沒有時間去擦上一把，終於，敵人退卻了。圍攏在他身周的敵人緩緩向後退卻，最後在他周圍形成了一個密不透風的環。

耶律盛這才抽暇拂開頭髮，擦去流到眼角的血與汗，定睛向前看去，只見正前方火把通明，一個騎在高大戰馬上的將軍被眾星拱月一般簇擁著，正冷冷地看著他。

「耶律斜軫！」

耶律斜軫提著馬韁，睨視著他，一言不發，耶律盛只覺手臂痠軟，已經快提不起手中的刀了，他深吸口氣，勉強舉起嚴重卷刃、已經從馬刀變成了鐵尺的鋼刀，厲聲喝道：「耶律斜軫，可敢與某一戰？」

耶律斜軫不答，卻一招手，立即有人呈上一柄弓、一枝箭。

耶律盛先是一怒，慢慢卻露出一副窮途末路的慘笑，他丟掉手中刀，緩緩抬起頭，望著滿天的星辰，望了許久，忽然閉上了眼睛，留在他腦海中的，只有那夢幻般美麗的星海。

弓弦聲響，耶律盛左肩一震，他咬了咬牙，大聲譏笑道：「耶律斜軫，就只這樣的箭術嗎？叫你的人把火把再打亮一些，不然就叫你的爪牙們動手，給我一個痛快。」

耶律斜軫還是沒有說話，耶律盛忽然發現中箭的左肩並不疼痛，反而有一種痠麻的感覺，他猛然明白過來，霍地張開眼睛，嗔目大喝道：「鼠輩，你想捉活的，在萬千臣民們面前把本王千刀萬剮嗎？」

他的兵刃已經丟下，便急急去摸腰間的的小刀，但是夜空中七、八條套馬索準確地落下，剎那間已將他捆了個結實。耶律盛努力張大眼睛，想痛罵、想掙扎，可是他的眼皮越來越重，當他被人從地上拖起來時，已昏昏欲睡……

＊　＊　＊

楊浩勒馬站在高坡上，看著契丹兵馬浩浩蕩蕩北去，暗暗鬆了口氣。

蕭綽的心思他著實猜度不透，這不是一個情欲和愛情就會迷昏她頭腦的女人，如果她想摟草打兔子，剿慶王、占銀州，兩樣一起來，恐怕自己真要請神容易送神難了。

儘管屆時他占了地利、人和，但對上這麼一個強敵也頭痛得很，那時就不得不硬起頭皮去和趙光義打交道了，幸好，耶律斜軫志在耶律盛，活捉耶律盛之後，他就痛痛快快地退兵了，看來北國的注意力一時半晌還不會放在西北上。

回過頭來，再向銀州城望去，楊浩心中感慨萬千，打下這座銀州城真是著實不易呀，可是能得到這座銀州城，再大的犧牲都值得，一座新建兩年的城市，對周邊地域的輻射力，無論如何都比不得這樣一座古城的。

淺灘上只能養蝦，永遠也養不出蛟龍。占據了銀州，他才能貫通橫山，威加党項八氏、西掠吐蕃健馬、北收回紇精兵、東得橫山諸羌之勇，真正擁有與夏州李光睿分庭抗禮的本錢，府州折氏、麟州楊氏才會真正唯他馬首是瞻。

眼前河渠縱橫，沃野千里，草浪綿綿，山巒起伏。當戰火硝煙遠離這裡的時候，很快就會牛羊遍野，牧馬成群，這片沃土將成為他的根基，擁有了這片廣袤的土地，他就大有用武之地了。想到這裡，楊浩豪情頓生，

折子渝策馬伴在他身旁，輕輕瞟了他一眼，眼神有些迷惘。

楊浩腰桿筆直地坐在馬上，縱目眺望遠方，睥睨四顧，意氣風發。那寬廣的額頭、挺拔的背項，甚至獵獵隨風的大紅披風，都透著一股英武之氣。他日漸地成熟了，已不再是當初程家大院裡相識的那個只會說風趣話的小家丁，他如今是一方統帥，掌握著不下五萬可以隨時出動的大軍，在西北，這樣強大的武力已足當一面之雄了。

楊浩似乎注意到了她的凝視，忽然回首望了她一眼。折子渝沒有迴避，只是輕輕問道：「你與契丹人合攻銀州，這消息恐怕已經傳回汴梁去了，堂堂宋國橫山節度使、檢校太尉，與外敵勾結，你猜趙官家會怎麼想？」

楊浩向她笑了笑，說道：「哪來的外敵？契丹與我大宋可是剛剛建交不足兩年的友邦。契丹叛逆耶律盛逃奔西北，殺我大宋銀州防禦使，奪銀州、治其民，身為宋將，本官豈能坐視？出兵逐匪，那是天經地義的事。契丹出兵圍剿叛逆，那也無可厚非，我們兩軍殊途同歸，對付一個共同的敵人，何罪之有？官家以何罪名治我之罪？」

折子渝板著俏臉又道：「那党項七氏出兵相助，你又作何解釋？党項七氏乃李光睿治下的部落，你調動党項七氏兵馬經過李光睿同意了嗎？剛剛到了蘆嶺州兩個月，便能驅策桀驁不馴的党項羌人為你所有，趙官家不生忌憚？李光睿肯善罷甘休？」

楊浩眨眨眼，狡黠地道：「這個更好解釋。李光睿又如何？難道不是我宋國之臣嗎？党項七氏俱是我宋國子民，他們自告奮勇，與我合兵一處驅逐外虜，朝廷應該予以嘉獎才對，若橫加指責，豈不冷了諸羌之心？至於李光睿……」

楊浩輕蔑地一笑：「李光睿本負有守土之責，卻將國土淪喪外敵之手，使我宋國百姓流離失所。他無力奪回失地，本官出兵，他有什麼好指責的？李光睿會幹出那麼不識大體的事來嗎？」

折子渝目中漸漸露出笑意，說道：「好吧，你楊太尉大仁大義，理應嘉獎，可是……如今銀州已經奪了回來，你總該交還李光睿了吧？」

楊浩大義凜然地道：「那是自然。這銀州並非無主之地，朝廷的江山社稷，豈能私相授予？可是西北不靖啊，為了不使銀州再度淪落外地之手，為了不使銀州百姓再受戰亂之苦，本太尉勉為其難，暫且代之治理銀州，等到李光睿大人解決了吐蕃、回紇之亂，有能力保護銀州的時候，本太尉一定將銀州拱手奉上，絕不拖延。」

折子渝嗤的一聲笑，趕緊搗住了嘴巴，楊浩目光也蘊起了笑意：「子渝，其實妳笑的時候非常好看，嘴巴不是櫻桃小口，未必就不漂亮，用不著一笑就掩口的。」

折子渝白了他一眼，臉蛋微暈地道：「今你動用了党項七氏的人馬，夏州李光睿一旦得知消息，必知心腹大患在銀州，而不在吐蕃與回紇。你在吐蕃和回紇那邊雖有一定的威望，但是以你的力量現在還不足以左右他們，如果李光睿不惜代價與之媾和，再揮軍前來接收銀州，你真的會把銀州交出去？」

「當然，這一點毋庸置疑。」楊浩毫不遲疑地道，隨即卻又說道：「不過……如果那時候銀州軍民、橫山諸羌、党項諸部、銀州左右的吐蕃、回紇百姓，不相信李光睿有保護銀州之力，堅決要求本太尉肩負起這分重任，唉……須知民心不可違、民意不可擋啊，說不得……本太尉就只有擔負起這分重任了。」

折子渝一雙美目用一種有趣的眼光看著他，看了半晌，才輕輕嘆了口氣：「楊太尉，我以前真的沒看出來你有這麼無恥……」

楊浩一本正經地道：「妳繼續深入地了解一下，就會發現，我身上的優點還不只這些呢。」

折子渝皺了皺鼻子，輕哼一聲沒有說話。

楊浩目光灼灼地望著她，用魅惑的聲調，稍稍帶上些磁性的沙啞，像個誘拐小蘿莉去看金魚的怪叔叔般柔聲道：「子渝，妳想不想更深入地了解、了解我呢？」

四百三五　兩截情怨

折子渝對楊浩的話似若未聞，她咳嗽一聲，提馬上前，用馬鞭往遠處一指道：「西北之地素稱苦寒，然而那是對整個廣袤的西北大地而言的。俗話說『黃河百害，獨富一套』，這片地方土壤肥沃，水源充足，只要少些戰亂，有明主經營，就是塞外的米糧庫，再往西去，又有綿延無邊的草原，水草豐美，可以放養牛羊、戰馬，還能與大食、波斯、天竺通商，若是經營得宜，便能成為西域之江南。」

楊浩暗暗嘆了口氣，一踹馬腹跟了上去。

折子渝又道：「從地形上來說，河西形勝，亦是英雄用武之地，河西之地夾以一線之路，孤懸兩千里，西控西域，東瞰中原，居高臨下，俯視河隴、關中，可謂進可攻、退可守。如今太尉得了銀州，與蘆嶺州遙相呼應，橫山南北已然貫通，又得麟府兩州之助，西北諸藩中，有資格與李光睿一較長短，成為西北王的，唯有太尉一人。不知太尉得了銀州之後，準備做些什麼？」

楊浩略一沉吟，一字字地道：「息兵戈、睦四鄰、修水利、興農耕、開工商、廣畜牧，招納四方百姓入我府境定居。」

折子渝欣賞地瞟了他一眼，讚道：「此言大善。大亂之後，民心思安，你能這麼做，必得擁戴。大治之後，誰想使其大亂，便是你治下之民的共同敵人，那時你振臂一呼，亦可全民皆軍。這麼做，甚好。不過，最難征服的就是民心，尤其是西域，諸族雜居，各有統屬，就算他們奉你為共主，彼此之間也難以像中原百姓那般容易相處。等到你治下之民多了，種種糾葛紛爭起來，一個不慎，內亂便起，這一點不可不防。」

楊浩的注意力終於全被她吸引到了公事上來，他鄭重地點了點頭，說道：「我知道，對我來說，哪怕以後有再多的敵人，最強大的敵人也是這件事。解決這個困難並不容易，對投靠我蘆嶺州的百姓，我打算定戶籍、納稅賦、通婚姻、設律法、興佛教……」

他吸了口氣，侃侃而談道：「這個問題，我早已想過了。西域諸族雜居，以前的上位者一向只控制、籠絡各族各部的首領，這樣一來固然省力，可是這些首領一旦起了異心，他們的部族百姓便也隨之響應，遂而生起戰亂。設立戶籍，在不觸及現在部族首領太多權力的前提下直接管理到戶，是加強對諸部族百姓直接控制的一個手段。

「納稅賦，哪怕是稅賦定得再低，也一定要繳納，這樣那些百姓才會漸漸知道在他們的部族首領之上還有一個更高的權力。尤其是少年兒童和今後新生的嬰兒，自小知道此事，就能潛移默化地樹立節度使府在他們心中的位置。稅賦，要按照戶籍，越過部族首領直接徵收到戶。」

折子渝輕輕嘆了口氣：「你的手段並不強烈，總在別人能夠接受的範圍之內，可是你每一步舉措，都著眼長遠，讓人不知不覺便著了你的道，有你這樣陰險的首領，真不知是禍是福。」

楊浩微笑著看向她，目光閃爍著奇異的光芒：「妳不覺得這是天縱英明嗎？從根本上解決諸族間的矛盾和紛爭，這不是造福千秋的好事嗎？說我著眼長遠嘛，嗯……這個倒是沒有錯，我唯一優於別人的長處不是文治武功，而是在一定程度上，我所做的事總能比他們看的更長遠，這個……是我的一項『天賦本能』，別人是學不來的，以後……妳會越來越了解的……」

折子渝被他奇異的目光看得好不自在，什麼『天賦本能』？楊浩話中有話……她突發奇想：「他對我……不會也利用那個什麼『天賦本能』預伏機心，著眼長遠了吧？」一想到自己的一舉一動，甚至未來的人生，都有可能被人規劃好了，不知不覺間，她就會按照人家的設計一步步走下去，折子渝不由激靈靈打了個冷顫，忽然覺得楊浩不像他外表表現得對自己那麼無害了，驕傲的小狐狸有點害怕了……

楊浩卻不知自己別有所指的一句話，會被折子渝理解到她自己身上，他又解釋道：「設立律法，諸部諸族，不管漢羌蕃紇，司法大權一定要掌握在節度使府，如今諸部族剛逢大亂，正要倚賴我的庇佑，多少會做出些讓步，這一點他們會同意的。

「掌握了司法權，民事糾紛、刑事案件，關乎百姓切身利益的諸多事務，就要受我節度使府的控制，這是樹立節府權威的關鍵所在，這一點解決了，縱然暫時節度使府不能取代部族首領對他們的控制，至少也能平分秋色。

「還有就是徵兵。西北各部族百姓都是平時務農、狩獵、畜牧，戰時集結為兵，西北的農業底子薄，要像中原一樣建立一支數量龐大的常備軍，領兵餉、吃軍糧，那是根本支撐不起的，至少現在支撐不起。但是常備軍必須要建立一支，這不只是為了抵禦外敵，更是有效實施內部統治的一個必須保障。」

他看來真是經過了深思熟慮的，侃侃道來極是流暢，說到這兒他沉默了一下，又道：「興修水利、發展農耕、開拓工商、獎勵畜牧，這個過程中，能夠加強諸部諸族間的合作和融合，通婚姻、興佛法更是解決他們生活習俗、文化觀念不同的一個好辦法。共同的生活、共同的信仰，很容易讓他們彼此之間產生認同感的。不過這需要時間，需要一個很長的時間。但是我有信心，許多旁人會走的錯路、彎路，我會繞過去的，如果讓我太太平平地實施治理，經過足夠長的時間，這種局面就會完全改變。」

折子渝幽幽地道：「只怕，不會有人坐視你強大如此。」

楊浩淡淡一笑，說道：「凡事一利，必有一弊，如果有人想發動針對我的戰爭，只會加強我的內部融合，怕他何來？」

折子渝再度望向楊浩，眼前這個人時而淺如小溪，時而深如大海，她真的猜度不透，楊浩的志向氣魄、心計才學到底有多少了。

這時楊浩卻嘆了口氣，喃喃地道：「可是，這麼多事，說來容易，要做卻並不容易。這不是我一個人做得來的，我需要人，需要大量的人才，需要大量肯聽我所命、為我所用的人才，要不然，再好的經，碰上個歪嘴和尚，也要給我念走了調，人才啊……」

人才當然有，不知就裡的人常說西域苦寒之地，便以為那裡盡是一片不毛之地，生活在那兒的人都是貧瘠、野蠻的，其實大不然，這裡是秦文化和唐文化的發源地，自秦昭王設立隴西郡，這裡就是西北重地，唐朝時隴西更是西出長安的第一大軍事、文化重鎮，人傑地靈。

僅唐一代，自此處入朝為仕的文臣武將就不計其數，然而文化是掌握在少數人手裡的，這些人大多是世家豪門子弟，這樣的人楊浩不會不用，卻不能只依賴於他們，否則就算他做了皇帝，出現在他面前的，也只能是一個個尾大不掉的門閥，後患無窮。

人才啊……

我又不是皇帝，不能開科舉從民間取士，這些人才該從何處來？

李煜一仰頸子，將杯中酒一飲而盡，醉醺醺地伏在案上，忽地放聲大哭。

曾經的一國帝王，國破了，家亡了，宗廟社稷都沒了，江東子民盡付人手，被自己昔日的臣子堵門索債，自己的愛妻受人淩辱，這世上還有比他活得更窩囊的人嗎？

那賤人自宮中回來，沐浴打扮一番之後還有心情去逛千金一笑樓。想到這裡李煜又羞又憤，將案上的酒杯酒壺奮力一拂，拂到地上摔得粉碎。

那晚，她還向自己解釋，因為皇子德崇突然闖至，這才幸而脫身，不曾被人淩辱，這番鬼話去騙誰來？皇宮大內規矩森嚴，父子也是君臣，誰敢如此無禮？他在唐國後宮遍布御花苑的「錦紅洞天」中臨幸嬪妃宮女的時候，太子仲寓什麼時候敢闖進來過？

這些天她常去千金一笑樓，李煜曾經使親信家人偷偷跟去過，她每次進了千金一笑樓的女兒國，都會無故消失一段時間，不知所蹤，不知去見了何人。而且他又打聽到，當今聖上趙官家，任南衙府尹時，就常去千金一笑樓，如今他做了皇帝，行蹤更加保密，誰知他會不會去？

這樣一想，難道女英不知廉恥，竟然早和趙光義苟合？

李煜越想越惱，再想到小周后，真是殺了她的心都有，可是他不敢，殺了女英容易，他怎經得起天子一怒？當他發現小周后常去千金一笑樓，而當今聖上也時常去那個地方的時候，他連派去跟蹤女英的家人都喚了回來，發現了真相又能怎樣？那個男人不是他能抗拒的，到時候還不是自己難堪？

今天女英又去千金一笑樓了，想必官家也已去了吧，兩人私室幽會，抵死纏綿……

李煜越想越怒，猛地大吼一聲，把面前的桌子一把掀翻，墨硯酒壺灑了一地，下人自門外偷偷摸摸朝裡邊看了一眼，見每日借酒澆愁，今日又喝得酩酊大醉的郡公爺正在發酒瘋，便吐了吐舌頭，縮回了頭去。

李煜抬起淚痕斑斑的臉，看著對面仕女撲蝶的屏風，依稀又回到了唐國的御花苑中，那春風暖雨、落絮飛雁的詩意生活。那時節吟花弄月、誦經禮佛、詩詞歌賦、弈棋作畫、賜酒賜宴、歌舞歡飲，好不快意，如今卻似囚犯，只少了一副腳鐐手銬，令人好生傷感，愁腸悲緒，湧上心頭，不由放聲吟道：「春花秋月何時了，往事知多少，小樓昨夜又東風，故國不堪回首月明中。雕欄玉砌應猶在，只是朱顏改。問君能有幾多愁，恰似一江春水向東流……」

李煜喃喃吟罷，闔目垂淚，忽地一陣腳步聲輕輕傳入耳中，李煜大吼道：「誰讓你們進來的？滾出去！」

這時他的鼻端嗅到了一抹淡淡的幽香，那是女英的味道，李煜如遭雷殛，脊背一下子僵硬起來，就像一隻遇上了天敵的貓，他弓著背，呼呼地喘息良久，眼睛始終不敢張開。

他不敢看女英那張嬌豔不可方物的俏臉，不敢看她那裊娜多姿的嬌軀，那本該是他獨享的尤物，現在卻被一個比他更強大的、讓他無從抗拒的男人奪了去，而他只能一籌莫展，他不敢再看女英，看到了她，就像看到了自己的恥辱，他只想逃避……

李燭胸腔起伏，喘息良久，忽然拔身而起，踉蹌地向屋後走去。

「站住！」小周后斷喝一聲，聲音中滿是悲愴。

這個人是她的男人，自她十五歲起，就陪伴至今的唯一的男人，在她心中，他滿腹錦繡，才華驚人，是天下間最優秀的男人，可是自倉皇辭廟，北遷汴梁以來，他越來越教她失望了。世上沒有不敗的英雄，遇到了更強大的敵人，他不是不可以亡國，不是必須得做天下間最強的男人才叫男人，可是就算敗，也該活得有氣節，活得像個堂堂正正的人，他的怯懦、自私、心胸之狹隘，都是以前她不可能看到的東西，而現在卻在她的面前一覽無遺。

李煜站住了，頭卻不回。

小周后回頭看了一眼，走過去一把抓住他的手腕，說道：「跟我來！」

李煜大怒，他敏感的才子心早已千瘡百孔，再受不得任何刺激了，女英什麼時候用這樣強硬的語氣跟他說過話？莫非攀上了那個人，做了他見不得人的地下情人就這般威風？

李煜把手重重地一甩，大吼道：「這裡還是我的家，我想去哪兒就去哪兒，為什麼要跟妳走？」

小周后一呆，淚水迅速盈滿了眼眶，她泣聲說道：「你整日宿醉不醒，除了自怨自艾，為這個家又做過什麼了？不是你當初只圖快樂，不知求治，至於國破家亡，被人拘若囚徒嗎？你只知怨天尤人，可曾挺起腰桿為了這個家做過半點事情？」

小周后一怒，李煜的氣焰登時又消了，他憤然轉身，拔腿便走，小周后急步追去。

＊　＊　＊

「妳……妳說什麼？」

李煜驚駭地瞪大眼睛，背後全是冷汗，醉意都嚇醒了：「潛逃出京？這……這些時日，妳常去千金一笑樓走動，不是去與官家幽會，而是與人計議此事？」

小周后杏眼圓睜，不敢置信地道：「你說什麼？你……你以為我去那千金一笑樓，是與人苟合，行那淫浪無行之舉？」

李煜自知失言，唯唯不語。小周后瞪視他良久，冷笑道：「你好，你好，原來你把我周女英想得如此齷齪不堪。我道你怎麼愁眉不展，每日都是宿醉不醒，原來你以為……嘿！你既以為我是去與官家幽會，怎生不拿出你一家之主、堂堂丈夫的威風來把姦夫淫婦捉個正著？你的本事就只有借酒澆愁、在這斗室之間逞威風嗎？」

李煜被她說得滿面羞慚，哀求道：「妳……妳不要說了，妳不知我這些時日受盡多少煎熬……」

小周后見他憔悴的模樣，鬢邊已露出絲絲白髮，心中不由一軟，當即閉口不言。李煜卻又驚又喜地握住她的雙手，感動地道：「女英，妳處心積慮，想著逃離汴梁，看來妳與官家真的沒有……沒有什麼，是我錯怪了妳。」

小周后幽幽地道：「你固然是喜極了我的，我知道。可是在你眼中，我與你珍愛的一幅古畫、一件珍本、一具古琴、一株奇葩又有什麼區別呢？你幾時想過我也是活生生的人，也有我的想法，你幾時了解過我的心？」說著，小周后忍不住流下淚來。

李煜面紅耳赤地道：「女英，為夫錯了，都是為夫的錯。那一天……妳入宮朝覲娘娘，真的不曾被官家辱了妳清白嗎？」

小周后大怒，甩開他的手喝道：「你在乎的，就只有這個嗎？我的生死安危，你可曾放在心上過？你知道了這件事又能如何？如果我真的為趙光義所辱，你是要為你的娘子去討還公道，還是一紙休書休了我？」

李煜訥訥地道：「我……我當然是把妳放在心上的，要是不在乎妳，我……我又怎會追問此事？」

小周后鄙夷地看了他一眼，又無可奈何地嘆了口氣道：「我說過了，那一日皇子德崇不知何故，如發癲狂一般去尋他，宮中內侍都阻攔不住，趙光義無奈，只好放我離開，接了皇子進去，我才逃脫大難。」

李煜大喜，連聲道：「那就好，那就好，女英，我真的錯怪妳了。」

小周后黯然道：「可是逃得了一時，逃不了一世，我躲得了今月，下個月又該怎麼辦？亡國之婦，賤若敝屣。如果趙光義要對妾身用強，妾身一弱質女流，又如何抗拒得了？這才想辦法逃走。」

一說逃走，李煜又緊張起來：「當今天下，盡在宋室手中，我們能逃到哪裡去？大理？契丹？抑或海外之高麗、東瀛？我們走得脫嗎？官家一旦發覺，必使大軍來追，我們插翅難飛啊，那時再落入官家之手，可是絕無生路了。」

小周后忍著氣道：「那麼，夫君有何辦法？等到入宮朝覲之時，妾身被趙光義凌辱，你便忍氣吞聲，繼續做你的隴西郡公？」

李煜羞得老臉通紅，聽她一提隴西，忽又想起一事，疑道：「不對啊，楊浩也是宋室臣子，他為何甘冒奇險救妳我離開？唔……他慷慨解囊，資助於我，又早作安排，冒著殺身之禍讓妳我投靠，莫非……莫非……」

小周后對此中緣由也是不甚了了，一聽他似有所察，不由雙目一亮，急忙追問道：

「莫非如何？」

李煜狐疑地道：「莫非那楊浩也是覬覦了妳的姿色，要打妳的主意？」

小周后瞪大了雙眼，臉上漸漸露出怒不可遏的神情，忽然揚起玉掌，便向李煜臉上摑去！

四百三十六　亂紛紜

那一掌眼看就要摑到李煜臉上，小周后又硬生生住了手，悲哀地道：「你……你的心胸，就只能想到這些東西嗎？」

李煜訥訥地道：「我……妳怎能怪我有此想法？如果不是因為這個理由，楊浩為什麼甘冒奇險來救妳我？想那趙官家不顧體面，這般的下作，楊浩……又能好到哪兒去？」

小周后緩緩搖了搖頭，堅定地道：「我不知道，從十五歲，我便入了宮，整日接觸的，只是針線女紅、詩詞歌舞，朝廷大事，不是我一個女流之輩所能了解的。楊浩為什麼要救我們？或許不是出於義憤，卻也絕不會如你想的那麼不堪。」

李煜妒道：「妳怎知道？」

小周后道：「因為，天下間姿色姝麗的女子數不勝數，楊浩身邊幾位妻妾的姿容你也見過的，楊浩縱然貪戀女色，也不是一個色迷心竅、不計後果的人。因為，這些天我常去千金一笑樓與他的人相見，如果他對我起了歹意，大可使人把我擄走，何必如此大費周章？因為，汴梁城丟了一個周女英算不得什麼驚天動地的大事，可是丟了一個隴西郡公，對朝野的震動之大就算白痴也能想得明白，他又何必堅持要帶上你和仲寓？帶上我們一家人也就罷了，他又何必要我們帶上徐鉉、蕭儼，盡是一些忠於唐室之人？這種作為，是一個貪戀女色的人做得出來的嗎？」

李煜微微蹙起了眉，他雖然不理政事，整日耽於詩文玩樂，但是畢竟曾做過一國之君，經手過許多國家大事，而且林虎子那般忠義無雙的直臣，就因為一幅肖像那麼簡單的計策，就被他中計殺了，此人可謂極為多疑。

方才他只是妒火中燒，滿腦門子想的都是又要換一頂綠帽子戴了，被小周后這一指責，才想起其中諸多疑點確實大可推敲，他沉吟良久，目中漸漸放出光來，驚喜地道：「楊浩有反心！」

「你說什麼？」

「一定是這樣！」

李煜越想越對，很篤定地道：「楊浩位至橫山節度使，坐擁西北一州之地，縱橫於諸藩之間，官家是鞭長莫及的。李光睿、楊崇訓、折御勳三人名為宋臣，實則是一路諸侯，楊浩豈有不想起而效之的心意？他縱然沒有奪取中原之意，必也存了割據西域的志向，他要救我離開，還讓我帶上忠於唐室的臣子，莫非……莫非他想扶我復辟，重振唐室？」

李煜越想越是興奮：「如今蜀國有人聚兵十萬舉旗造反，朝廷圍剿頗費氣力，這時候如果我能號召舊部，東山再起，到那時蜀地亂了，江南也亂了，楊浩在西北就能一身輕鬆，大展拳腳，他想利用我，他是因為我……才要救我們一家人離開。」

小周后結結巴巴地道：「楊……楊浩……有這樣大的野心？」

李煜喜不自勝地道：「一定是這樣，一定是這樣！他要利用我，我何嘗不可利用他？嘿，一旦離了這牢籠，說不定我真有機會光復唐國，再蒞帝位。」

說到這兒，他又患得患失起來，緊張地看著小周后道：「女英，妳說……他……他真的把握把咱們從汴梁城送走嗎？他如今遠在西北，有兵有地，一旦事敗，大不了與官家公開翻臉，可我們要是事機敗露，可就死無葬身之地了呀。」

小周后恨恨地道：「那我們就老老實實留在汴梁？你甘心教我受趙光義之辱？」

「自然不肯！」一想到自己有機會重新做皇帝，李煜激動得雙腿直打擺子，那帝王尊嚴也恢復了些，立即毫不猶豫地道，隨即卻又擔心起來：「可……妳說我還有機會嗎？肯追隨我的舊臣所剩無幾，江南已被宋軍占據，朕……我……」

說到這裡，他忽然熱淚滾滾，哽咽道：「恨只恨，當初不辨忠奸，寵信張洎、皇甫繼勳之流，誤殺林仁肇、潘佑、李平這些忠良啊。若是當初宋人兵臨城下時，朕聽陳喬忠言，死守金陵城，仗我六萬精兵，可用二十年之存糧，靜待勤王之師、忠君之百姓群起響應，豈會落得如此下場？如今再想重招舊部，恐怕前路險阻重重，終難成事……」

李煜淚水漣漣，越想越傷心，小周后卻驚奇地張大了眼睛，李煜不同於常人的多愁善感、喜怒無常的個性，在蒙著一層帝王薄紗的時候，在她心中也得到了美化，只覺這是一個不同於古往今來所有帝王的皇帝，是一個性情中人的表現，如今看來，卻是令人怒不可遏，他畏首畏尾一至於斯，哪有半點英雄血性？大好機會就在眼前，他居然在想……當真是迥異於常人。

小周后額頭青筋跳了幾下，咬著牙道：「我只問你，你走還是不走呢？」

李煜遲疑半晌，把腳狠狠一跺，發狠道：「如今生不如死，有何樂趣可言？便豁出去，走了吧。」

小周后大喜道：「好，那你聽我之計，咱們如此這般，使個名義，邀徐鉉、蕭儼偕其家人過府飲宴，其他舊臣，也盡可招攬，但是……若有一絲不可靠的，那也萬萬不可相招，以免壞了大事！」

＊　＊　＊

宋皇后如今已搬離了皇后的居處，住在宮中一處偏殿裡，這處偏殿平時少有人住，維修也不及時，裡面的條件自然差了許多。在她搬來之前，這裡做過簡單的整修，如今宮殿中還飄著一股油漆味，混合著潮溼的霉氣，十分難聞。

宋皇后躺在榻上，花容慘淡，兩眼無神。趙德昭、趙德芳、永慶公主三人圍繞在她榻邊，如今身邊的使喚人少了，那些宮人內侍侍候這麼一位皇后毫無油水可言，雖說奉了內侍都知顧若離所命，有暗中監視她的使命，到底不情不願，所以被永慶一趕，正好下去歇息，母子四人這才得以單獨相處，說上幾句知心話。

趙德昭紅著眼睛道：「二叔已對我們起了疑心，如今我貌似自由，實則已被軟禁，不管到哪兒，都有二叔的人跟著。與娘娘、德芳和永慶妹子彼此之間更難有機會相見，若非娘娘生了重病，我還沒有機會與你們見上一面。」

趙德芳恨恨地道：「何止大哥，就連我這樣的小孩子，還不是被那班內侍宮人看得死死的，宮外我是去不成了，整日都守在自己的院中，抬頭就只見那一角天空，與囚犯無異。」

宋皇后苦笑道：「如今我倒是盼著生病了，唯有我生了病，官家才沒有藉口阻攔我們母子相見。」

她拉著趙德芳的手，紅著眼睛道：「幽禁宮中對我來說倒沒什麼，我一個婦道人家，還能到哪兒去？可是你們年紀輕輕，可如何是好？德芳，我見到你們都還好生生的，心裡就踏實多了，這地方你們不可久留，官家對我們顯是有所懷疑的，如果他對我們生了歹意，奇禍立至，本宮死不足惜，可你們要是有個三長兩短，我……我九泉之下，如何去見你們的爹爹？」

說到這兒，她已淚水漣漣，永慶怒道：「說這些有什麼用？你們也罷了，他連我也看得死死的，我如今什麼也看不到、什麼也聽不到，如此這般，和已經死了有什麼區別？」

她看了趙德昭一眼，說道：「本指望大哥能揮師返京，誅除叛逆，誰知正如楊浩所料，大哥根本指揮不動那些驕兵悍將，如今我們唯一的希望就只有楊浩了，他已去了西域，手中握有兵權，他這個橫山節度使是咱們送給他的，總該投桃報李才是。」

宋皇后道：「可是……如今他在西北到底情形如何我們根本不知道，整日被一幫鷹犬耳目們盯著，我們不但打聽不到他一星半點的消息，更無法與他通些聲息，困在這兒能做些什麼？」

趙德昭和趙德芳相顧黯然，如今天下已盡在趙光義手中，他這個皇帝已坐得穩了，他們孤兒寡母的還有什麼力量改變局面？

默然半晌，永慶公主忽地跳了起來，目光閃閃發亮：「我有辦法了。」

宋皇后、趙德昭等人異口同聲地道：「什麼辦法？」

「出家！」

「什麼？」幾人大驚。

永慶公主道：「前朝曾有多位公主出家之先例，其中不乏為避皇室內爭之禍的，她們可以，我自然也可以。如今我被看得甚緊，如同一名囚犯，簡直是寸步難行，可是如果我出家為尼，循著前朝舊例，就得離開宮苑，住進寺廟。

「他再了得，也無法使許多耳目整日盯著我，你們也看到了，那些內侍宮人如今雖負有監視我們的使命，可是這樣清苦的日子，他們一個個都不情不願的，所以能偷懶就偷懶，如果我出了家，日子會更加清苦，雖說難免仍要有耳目眼線暗中監視著我，可是寺廟之中他們的行動終究要受約束，我的處境必然比現在要寬鬆許多，再者……有許多信徒香客來往不息，只要小心尋找，還怕找不到與外界互通聲息的法子？」

宋皇后驚道：「萬萬不可，官家正要將妳下嫁給魏相公三子，如果嫁了人，成了人家的媳婦，妳未必就不能恢復自由之身。這也就是眼前的事，我們難道還等不得？可是如果出家，妳這一生，豈不都要青燈古佛，長伴經卷了？」

永慶冷笑一聲道：「奶奶給我找的好夫君！我聽說魏相公那寶貝兒子，堂堂宰輔家的三公子，卻是古今罕有的吝嗇之徒，惜財吝嗇的手段，遠近聞名。六年前魏相公過世，遺下的房產田地，全被他仗著未來駙馬的身分占了去，一點也不分給兄弟姪子。

「占了遺產，他又只進不出，不肯供給族人生活，鬧得家人到現在還在跟他打官司，鄰里鄉人，莫不鄙視他的為人，這樣的貨色，我本不甘嫁他。只是這樁親事是奶奶親口訂下的，爹爹孝順，不肯悖逆奶奶遺願，總對我說，他縱對天下人不好，也不會虧待了我，不同意毀婚。

「那時我也毫無辦法，總不成為此負氣出家，如今卻不同了，我一家人危在旦夕，永慶一人前程又算得了什麼？我出家正是一舉兩得。要不然，聽說那魏相公家的規矩比皇家還嚴，我真嫁了去，嫁個人所不恥的丈夫也還罷了，在那樣的人家又哪有機會與外人通些聲息？」

宋皇后和趙德昭面面相覷，作聲不得，趙德芳年紀尚幼，對出家不甚了了，還不明白它到底意味著什麼，一聽說那未來姐夫如此噁心，這又是能得到外界消息、與楊浩溝通的唯一手段，立即拍掌雀躍道：「我贊成，姐姐好聰明，咱們就這麼辦了吧。」

北宋一朝，出家的公主很多，趙光義六個女兒中，就有兩個出家做了尼姑、一個做了在家的居士，可是如今的歷史顯然已做了改變，永慶公主搶在那還未出世的趙炅長女邠國公主之前，成了大宋公主中第一個比丘尼。

永慶公主主意已定，立即自床頭妝匣中取出一把剪子，喀嚓一聲剪去了一綹秀髮，宋皇后失色道：「永慶，妳做事怎麼這般莽撞？咱們再好生商議一下。」

「還有什麼好商議的？秀才坐而論兵，終究難成大事！」

永慶公主沉聲道：「我就對他說，爹爹駕崩，永慶悲慟不已，本有出塵之想，爾今娘娘沉痾不起，永慶更感人生無常，願就此削髮為尼，青燈古佛，為爹爹誦經超渡、為娘娘誦經祈福、為天下萬民祈太平。不管他應是不應，永慶從現在起，就是出家人了！」

說罷又是一剪下去，又是一綹秀髮飄落地上……

＊　　＊　　＊

「投靠本帥的羌、吐蕃、回紇、契丹、還有漢人部落村寨，依其人數多寡、生活習慣，或牧或耕，盡快劃定區域，同時登記造冊，這件事你親自去辦。」

「是。」

楊浩說完，又有些不安地道：「大哥身體不便，如此奔波……」

丁承宗微笑道：「這樣很好，越是忙碌，我才會覺得自己不是一個無用的廢人，何況這是為我自家兄弟做事。」

他的氣色果然甚好，神情舉止也漸漸恢復了昔日那個丁承宗的威嚴，楊浩甚感欣慰，點了點頭，目送丁承宗出了帥廳，轉身又對掌書記林朋羽道：「林老，募兵一事由你負責。除了募集常備軍，各個部落七歲以上、十四歲以下的孩子，也要定期進行軍訓，這一點很重要，戶籍還沒有完全造好，兩件事同步進行吧。」

林朋羽從一大堆正在處理的檔案公文中抬起頭來答應一聲。

「小羽，冬兒她們幾時可到？」

穆羽道：「我姐姐率軍親自護著四位夫人正趕來呢，大概後天便到銀州。」

「甚好！」

楊浩扶案而起：「范先生，銀州府庫的武器、存糧要盡快盤個清楚。還有，傷殘的士兵要好生安頓下去，就在銀州城中擇地定居，大戰之後，城中有許多孤寡的婦人，可由鄉老長輩盡力撮合，讓他們男女俱有所依，已不能做些營生維持生計的，由各鄉各里的鄉官保正們負責照料，此事關乎我蘆嶺州軍的軍心與士氣，且莫大意。」

營田使范思棋與負責民政的秦江、盧雨軒、席初雲等幾位官員正圍著一椿書案勾勾畫畫地議著事情，聞言忙答應一聲：「太尉儘管放心，此事下官已然安排下去，稍後還要親自過問。」

這時葉大少臂上架了一頭鷹興沖沖地闖了進來：「太尉，東京密信。」

廳中正在忙碌的人都抬起頭向楊浩望來，楊浩眉頭一動，急急取下鷹足下竹管，驗過封漆，取出信件，發現這封信是用最高級別的軍用祕語寫成的，楊浩急忙讓穆羽取來破解祕本，親自伏案逐句破譯，看過之後慢慢直起腰來，臉上露出似笑非笑的神情。

見廳中靜悄悄的，所有人都在望著他，楊浩哈哈一笑道：「看什麼？有諸多事情待做呢，都用心把手上的事情做好。」說罷向穆羽要過火摺子，迎風一抖，燃起火苗來，將那一片薄綢燒了個乾淨。

此時百餘健騎護著七、八輛大車正向銀州北城趕來，前方遠處高聳巍峨的銀州城已赫然在目。前方一輛車子裡坐著崔大郎，在他手上，也拿著一幅薄薄的絲綢，仔細看了半晌，崔大郎取火來將那絲綢燒盡，喃喃自語道：「這個楊浩，竟有這般料事如神的本領？他們……果然起了逃出汴京的心思……」

崔大郎驚嘆於楊浩對此事的預見能力，不過注意力主要還是放在這件事將為他所扶持的人能帶來多少好處。崔大郎輕輕叩擊著車中小榻的案板，沉吟半晌，搖頭道：「不過……楊浩百密一疏啊，或者說……他的心還不夠狠。要號召舊唐臣民，那個人未必得活著；要讓舊唐能臣為其所用，那個人更不能活著；有他兒子，足矣。這個惡人，還是我來當吧。」

他的目中露出一絲肅殺之氣，提起筆來，取一篇絲綢，寫了一份任誰也看不懂的「鬼畫符」，小心地塞入一個竹筒，牢牢繫在鷹足下。

當那蒼鷹展翅飛起時，另一頭雄鷹也自銀州城內沖霄飛起……

銀州防禦使府、後來的慶王府，如今已做了楊浩的帥府。

楊浩離開帥府，與他親自任命的銀州判官李一德巡視了一番正在重新進行營建加固的銀州城，見城池正在利用原有的防禦設施進行加固，進展迅速，不禁欣然點頭。他四下看看，扭頭對李一德道：「李大人，這兩日諸事過於忙碌，還未來得及去見那個人，如今那人情形如何？」

李一德自知他說的是誰，便笑道：「奉太尉所命，下官一得了手，立即就把他們父子及其所屬全部轉入了我李家深宅，除了安排人手嚴加看管，限制了他們的行動，飲食寢居可都不曾委屈了他們，太尉儘管放心。」

楊浩欣然道：「甚好，折姑娘已經隱約聽說助慶王守城的是一員漢國大將，也曾向我問起，被我搪塞了過去。雖說劉繼業保了漢國，與麟州老房素無往來，可是他們畢竟是一家人，他的夫人又是府州折帥的胞姐，如果折姑娘知道了，有些事我就不便去做了。」

李一德微笑道：「太尉起了愛才之心，想要收伏此人？」

「不錯。」

李一德喟然一嘆道：「他本麟州楊氏長房長子，可是既扶保了漢國劉氏，便再不與本家往來，忠義無雙啊，這樣一個人，想讓他歸心，難。而且，雖說他與麟州楊家不再往來，卻與折楊兩家有著牢不可分的親戚關係，如果他不肯歸順太尉，如何處置便很是令人頭痛了。」

楊浩心中其實已然有了計較，對楊繼業這員名將，他是打定了心思想要招攬的，不過他也知道想讓此人歸心，不是效仿大耳賊來個三顧茅廬就能解決的，楊繼業就似那義薄雲天的關雲長，曹阿瞞對他不可謂不好，最後還不是過五關斬六將殺回了大哥身邊。

楊繼業並不是一個一條道走到黑的人，記得關於他的記載中，此人也曾因見宋國勢大，勸說過主公棄城投降，以保富貴與性命，可是國主劉繼元不肯，他便誓死護城。直至城破，劉繼元被宋國生擒活捉，派人到猶在捨命死戰的楊繼業面前勸降，他這才棄了兵刃，大哭拜伏，從此歸降了宋朝。

當然，這只是史書記載，楊浩到這時代久了，已經知道不但許多民間傳言面目全非，就是官方的史書，也是矯本朝之過，飾前朝之非，有許多不翔不實之處，這些記載是否完全屬實，他也不甚了了。正因如此，他還抱著萬一之希望。

如果楊繼業果真忠義無雙，寧死不降，那他也不會殺了此人的。一旦殺了他，就是在自己與折楊兩藩之間埋下了一顆炸彈，弊大於利，何況既知他的命運走向，以後未必沒有機會再招攬此人，就算此人最終的結局仍是歸了大宋，決定西北命運的是他楊浩的實力強大與否，是他能否充分利用宋國與契丹之間的矛盾，宋國不遜於楊繼業的名將有得是，也不怕再多一個對手了。李繼遷在中原已不可動搖的時候，還不是在西夏成功地建立了自己的勢力，自己難道還不如一個蠻子？

是以聽了李一德的話，他只微微一笑，說道：「總要試一試才知道啊，走吧，我去見見他。」

兩人下了城，登上戰馬，方欲趕往李家老宅，忽有一名帥府親兵策馬趕來，到了近前匆匆下馬，抱拳施禮道：「太尉，崔大郎已到帥府，帶了一位高鼻深目、穿一身白的客人，求見太尉。」

楊浩如今處處要用錢，少不得還要大力借助繼嗣堂之力借貸一筆款項，一聽崔大郎到了，不禁大喜，至於那客人是誰，他倒沒有放在心上。楊浩便對李一德笑道：「呵呵，有客人來了，那人且不著忙，我先去見見這位貴客。」

四百三七　有客自遠方來

楊浩和李一德回到帥府，扳鞍下馬進了府門，只見庭院中停了十餘輛車子，本來很寬敞的庭院，因為停了這麼多的車輛就顯得擁擠多了。隨行的護衛們駐紮在府外，但是那些馬車周圍還有許多高大肥胖的黑奴，看樣子應該都是閹奴，頷下不見鬍鬚，俱都穿著異族服裝，態度溫馴得像一頭頭駱駝。

「這些黑奴，大概就是那高鼻凹目、一身白衣的異族客人的僕從了，崔大郎中原世家之後，府中出幾個黑奴、崑崙奴都不稀奇，卻絕不可能所有的僕從都用了異族人。」

楊浩提著馬鞭與李一德大步趕向庭中，一邊向旁邊那些車馬打量，偶見一車轎簾掀起，裡邊隱約坐著幾個女子，雪白的衣裳，緋紅的縵領，蠻腰香臍赫然在目，偏偏臉蛋卻用絲巾遮了起來，只露出一雙嫵媚大眼，也正向外瞟著，楊浩一怔，趕緊轉過頭去，人家的女眷，是不宜多看的。

邁步進了正廳，崔大郎正負著雙手四處張望，一見他來，趕緊上前一步，抱拳施禮道：「大郎見過楊太尉，冒昧登門，還望太尉莫怪。」

崔大郎私下是楊浩的合作夥伴，論實際掌握的勢力，更不在楊浩之下，不過公開場合他還得恭恭敬敬，不能露出絲毫的不恭神色。

楊浩初得銀州，正開皁納民、招兵買馬，急需大量錢財和生產工具，少不得還要向這位神通廣大的崔大郎進行借貸，一見他趕到，甚是歡喜，連忙上前扶起，含笑道：「大郎不必客氣，你我相識於微末，素來是知交好友，哪來這麼多規矩？這位是？」

他一面說，目光已向旁邊含笑站起的商人看去，那人頭纏白巾，正中翠綠一塊美玉，身穿一襲白色長袍，寬襟大袖，滿臉絡腮鬍子，正笑咪咪地看著楊浩。

楊浩一問，崔大郎忙道：「啊，這位是我的大食國好友，東來做些生意，聽聞太尉大名，便想來拜會一番，太尉如今在西域舉足輕重，還望今後對他多多照拂。」

那高鼻凹目的大食國人單手撫胸，笑吟吟地道：「哈希姆・伊本・栽德・伊本・阿里・伊本・侯賽因・伊本・阿里・伊本・艾比・塔利卜見過太尉大人，我自到西域，就聽說過太尉大人的名聲，得知崔大郎兄弟與太尉大人是素識，這才讓他帶我來拜見大人。」

他那一長串名字聽得楊浩有點頭暈，只記住一個哈希姆，後面一長串名字都忘了，那大食商人想必早已知道自己的名字對東方人來說是一個很麻煩的事情，又笑著接口道：「太尉大人叫我塔利卜就行了。」

楊浩鬆了口氣，忙道：「塔利卜先生是遠方來的朋友，又是大郎的舊識，既然到了銀州，就是我尊貴的客人，不需要拘束，請坐，請坐。」

楊浩在主位坐了，崔大郎陪著塔利卜坐在左首，李一德在右首坐了，上上下下不斷地打量他們。楊浩也在看這位塔利卜，塔利卜雖是長途跋涉而來，卻是極為乾淨，身上一塵不染，他含笑坐在那兒，態度從容，神情飄逸，絕無半點市儈的銅臭氣，似這樣的人物，如果說是做生意的，做的也是極大的生意，小商人可是沒有這種氣度的。

府上侍婢送上了香茗，楊浩請了茶，端起茶盞一邊輕輕撇著茶葉，一邊微笑著問道：「據我所知，朝廷滅南漢國後，已下了禁令，不允許大食國商人走陸路從西域來朝的，而是要求你們從海路通商，自廣州來朝，而且這些年來西域不靖，往來經商確也危險，塔利卜先生為什麼還要不辭辛苦地自西域過來呢？」

塔利卜欠了欠身子，說道：「太尉大人明鑑，宋國朝廷要求我們從海路來朝，都是為了我們大食商人的安危著想，這是好心，我們本該遵從。可是海上路途遙遠，路上的損耗遠遠大於自陸路而來，再加上風浪、暴雨、海盜，都是我們的大敵，相形而言，從陸路過來雖說有些風險，比起海路的損耗來還是要小得多。所以我們還是願意從陸路來與中原通商的。聽大郎說，太尉大人重視工商，塔利卜非常希望以後我們的商隊能夠得到太尉大人的照拂。」

塔利卜姑且說說，楊浩也就姑且聽聽，其實兩人都知道真正的理由當然不是那麼簡單，宋國禁止大食人從陸路來經商，是因為他們從西域來，那就既可以與宋國經商，也可以與契丹經商，宋國對契丹實行經濟封鎖，鹽鐵等重要物資都實行禁運，可要是西域商路暢通，那宋國想從經濟上削弱契丹的目的就失敗了。

而對西域來說，目前掌握在吐蕃、回紇和夏州李氏手中，他們的首領、頭人也並非不知道商業的重要，對大食商人的到來基本還是持歡迎態度的，可是由於諸部族之間時常陷於戰亂之中，各部族的軍隊一打起仗來就像土匪一般，燒殺搶掠什麼都幹，對這些富有的大食商人，那些亂兵只圖眼前的小利，自然是不會放過的，於是趙匡胤一滅了南漢國，擁有了出海口，馬上就以保護異國商人安全為由，下旨今後大食商人只能經由海道來朝。

楊浩也不說破，哈哈一笑道：「慚愧啊，西北族部眾多，各有統屬，本太尉可約束不得他們。」

塔利卜含笑道：「塔利卜只是一個商人，可是常年往來與波斯、天竺、大秦、高昌、龜茲、于闐、小食等國，大大小小的君主和統帥、執政官見過許多，自以為這雙眼睛看人還是很準的。正因西域部族眾多，常起紛爭，所以民心思安吶，太尉得諸藩支持，攬諸部族民心，用中原的話來說，是占了天時、地利、人和，現在或許太尉還不能約束西域諸部，但是將來如果有人能成為整個西域的統治者，那非太尉莫屬了。」

楊浩臉上微微變色，輕笑道：「塔利卜先生想必不明白我中土情形，本官是朝廷欽派西北的節度使，秉朝廷旨意行事，如果將來真能一統西域，那也是我朝皇帝陛下成為西域的統治者，楊某嘛，只是替天子牧守一方的臣子罷了，呵呵，不知者不罪，不知者不罪。不知塔利卜先生往來於西域，都做些什麼生意？多久往來一次？一次能帶多少貨物？又想要本官幫些什麼忙呢？」

塔利卜微微一窒，下意識地瞟了眼李一德，李一德已含笑起身，笑道：「太尉，下官想起還有些事情要辦，先行退下。」

楊浩微微頷首，待李一德退出大廳，崔大郎便笑道：「太尉，那大食良馬和盔甲，就是這位塔利卜先生攜助我為太尉辦到的，塔利卜先生只是一位商人，奔波往來，只為賺些銀錢罷了，還望太尉能為他大開方便之門。」

楊浩訝然道：「原來本官的重騎兵是塔利卜先生幫忙操辦的？多謝，多謝，塔利卜先生是以經營軍械為主的嗎？」

塔利卜連忙擺手道：「不不不，那些戰馬和盔甲，是我以重金賄賂大秦帝國的一位執政官閣下，從他那兒買來的，我主要經營玉、珠、犀、乳香、琥珀、瑪瑙器、鑌鐵兵器、斜合黑皮、褐黑絲、怕里呵、門得絲、硇砂、褐里絲，再購買中原的絲綢、瓷器、茶葉等物產運回大食。本來，我的商隊是一年往來一次的，可是這條路並不寧靜，為了安全，我現在只能集合盡可能多的商隊，僱傭大批傭兵，每三年往返一次，而且不管和宋國做生意還是和契丹做生意，都要小心翼翼、遮遮掩掩，如果太尉大人能給些方便，那對塔利卜真是莫大的幫助了。」

他說的大秦國就是羅馬帝國，當時中土以大秦稱之。楊浩見他是幫自己籌措軍械的人，那麼就算崔大郎沒有全部奉告，他對自己的底細必然也有相當程度的了解，有些事在他面前倒不必遮遮掩掩了，所以楊浩也未再向朝廷表忠心，而是仔細斟酌起來。

大食帝國手工業發達、國際貿易興旺，而西北相對於中原本來就貧窮，多年的征戰更是打窮了百姓，如果能與大食商人多多貿易，對西域來說顯然是有著重大意義的，所以楊浩只略一思忖，便頷首道：「塔利卜先生如果想要我負責貴商團在整個西域的安全，實不相瞞，本官如今是心有餘而力不足啊，不過給你些方便，讓你方便和宋國、契丹的商人做生意，那倒不是很難。塔利卜先生可以在我銀州城中設置商鋪，以此為據點，向宋國和契丹貿易，能予你關照的，本官一定不會拒絕。」

塔利卜大喜，連忙站起身來，撫胸施禮道：「您是一位開明的統治者，不只是塔利卜，西域所有的商人都會感激您的慷慨的。塔利卜此來，還帶來了些禮物送給太尉大人，請您一定不要推辭。」

他擊了三掌，廳外忽然娉娉婷婷走進四個金髮美女來，個個赤著雙足，穿著欲遮還露的薄紗衣衫，小蠻腰走起路來款款扭動，帶著一種難言的誘惑，教人心旌搖動，可是儘管體態十分撩人，偏生看不到她們的模樣，她們臉上都繫著面紗，只露出一雙嫵媚嬌嬈的眼睛。

這四個性感妖嬈的美女款款而入，足踝上繫著的銀鈴發出悅耳動聽的聲音，一進廳來，陣陣香風撲面，楊浩不禁有些愕然，這時後面又有八個肥胖有力的閹奴，抬了四口箱子，進到廳中將箱蓋打開，一時珠光寶氣，霞光萬道，眩人二目。

楊浩訝然道：「塔利卜先生，這是……」

塔利卜笑道：「這四位波斯舞孃和這四箱珍寶，是塔利卜送給太尉大人的禮物，請太尉大人一定笑納。這四個舞孃是懂得漢話的，要侍候大人是不成問題的……」

崔大郎也幫腔道：「是啊，這是塔利卜兄弟的一番誠意，太尉大人就不要推辭了。」說著還向楊浩擠了擠眼睛。

楊浩知道，這是自己答應給予塔利卜方便的酬勞，酬勞當然不該只有這麼一點，不過做為見面禮，卻已是極為厚重了。他如今花錢如流水，這四箱珠寶如果變賣了，尤其是拿去汴梁透過千金一笑樓好生運作一番，賣個大價錢，也能供他揮霍一陣子。

至於那四個金髮美人……雪白的肌膚，金色的頭髮，嫵媚如藍色海洋般的眼睛，個個接近一百七十公分的個頭，那高 挑動人的身材……楊浩還真沒沾過金髮碧眼的西洋美人，不管是前世還是今生，這大洋馬要是騎起來……

「咳咳，溫柔鄉是英雄塚，如今不知多少人看著我的一舉一動，我可不能給人一個好色的印象，拒腐蝕，永不沾！」

心裡頭雖是這樣想著，可他也知道這份見面禮無論如何都得收下，至於如何安排，那是以後的事了，眼下收下這份厚禮，這位大食豪商才會放心，於是便露出一副很滿意的笑容來，慢條斯理地道：「啊，塔利卜先生，真是太客氣了，上一次你幫本官裝備重騎兵，本官還未予以答謝，如今又讓你這般破費，哈哈，哈哈，真是過意不去啊。」

塔利卜眉開眼笑地道：「只要大人喜歡就成了。」

他吸一吸嘴，那八個閹奴便闔上珠寶箱的蓋子，把箱子抬到壁角放下，然後規規矩矩地退了出去，塔利卜又道：「努美利婭、阿麗婭、阿麗婭、蘇拉婭，這位太尉楊大人就是妳們今後的主人，妳們可要好生侍候著大人，如果……」

崔大郎在一旁笑道：「他們常用的男人名字只有二十幾個，女人的名字更少，所以重名重得一塌糊塗，不過……那也沒關係，女人嘛，在她們那兒叫一聲寶貝、心肝就成了，管她本來叫什麼名字呢，呵呵，大人以後也可以這麼叫……」

「咳！」

崔大郎還沒說完，門口就傳來一聲清咳，一身男人服裝的折子渝拎著馬鞭走了進來，同時進來的還有折惟正和木恩、木魁哥兒倆，木恩、木魁兩個人往廳裡溜了一眼，發覺情況有點不妙，便急忙向楊浩擠眉弄眼地示警。

楊浩今日本想去見見楊繼業，可折子渝在城中還沒走，而且就住在李一德府上，目前城中住宿條件最好的也只有李家了。楊浩怕她注意到自己的行蹤，便讓木恩、木魁陪著她，尋個藉口讓她指點築造內城式甕城去了。

雖說木恩、木魁有意拖延時間，可是忙完了手頭的事情，折子渝想到帥府來他們也阻攔不住，而且在他們想來，如果太尉仍在李一德府上，那折姑娘就碰不到他，如果已經回了帥府，那就是已經見過了楊繼業，不怕露了餡，誰知道趕到這兒，正看見一個高鼻深目的傢伙向太尉進獻美女。

折子渝對楊浩的情意，哪怕他們兩個大老粗也早已感覺到了，眼見一罈子老陳醋馬上就要打翻，二人暗暗叫苦不迭。

楊浩看見折子渝，卻是面不改色，滿面春風地對塔利卜笑道：「多承塔利卜先生美意，那這厚禮，楊某就笑納了。」

塔利卜喜不自勝，連連點頭，楊浩又從容地對木恩、木魁道：「木恩，木魁，你們過來。」

二人對視一眼，撇下折子渝走到楊浩面前，抱拳道：「太尉。」

楊浩笑著對塔利卜道：「塔利卜先生，這兩位，是木恩將軍、木魁將軍，他們驍勇善戰，一直是本官的左膀右臂。木恩、木魁，這位是崔大郎的好友，大食國商人塔利卜先生，以後塔利卜先生做生意，經常要往銀州城來走動，你們先認識認識，需要幫忙的時候，你們要多多給予方便。」

木恩、木魁聽了，向塔利卜抱拳道：「塔利卜先生。」

塔利卜連忙還禮：「不敢當，不敢當……」

楊浩又道：「塔利卜先生送了本官四個舞孃，本官公務繁忙，府上哪裡養得了這許多閒人？你們兩人跟隨本官，槍林箭雨也不知經歷了多少，身邊一直沒個人照顧。這樣吧，努美利婭、蘇拉婭，你們兩個以後就服侍木魁將軍吧。那個那個……阿麗婭、阿麗婭，兩位阿麗婭姑娘，就跟了這位木恩將軍去吧。」

「啊？」木恩、木魁登時傻了眼。

塔利卜見楊浩如此安排，不由暗暗佩服：「這四個舞孃雖非絕佳的姿色，算不得一等一的美人，卻也足以讓男人為之著迷了，他居然眼都不眨就分賜了屬下的將領，崔大郎沒有說錯，此人胸襟氣概果然不俗，至於他有沒有足夠的才能和實力成為一統西域的人，我還要在銀州城住下來，觀察一段時間，確認此人有實力當我們的盟友時，再做進一步的決定……」

崔大郎陪著塔利卜自去尋安頓處了，折子渝鼻子不是鼻子、眼不是眼的，也走了，至於木恩、木魁兩個人，莫名其妙地各得了兩個胡姬做侍妾，也稀里糊塗地離開了帥府，楊浩這才如釋重負，拍拍胸口，暗自慶幸道：「幸好我還把持得住，要是當場色迷心竅，欣欣然地把那四個胡姬收入自己帳下，子渝恐怕就要一怒而去，再也不肯回頭了。」

＊　＊　＊

正自想著，藉口出去閒逛的李一德回來了，楊浩連忙拉他坐下，把方才會晤塔利卜的事情向他說了一遍。楊浩要以銀州為根基，需要仰賴李一德的大力支持，這件事算不得十分機密，說與他知道，方顯得自己把他視作心腹之人。

李一德見楊浩對他推心置腹，果然露出欣然的表情，聽楊浩把經過仔細敘說了一遍，沉吟道：「太尉，以下官之見，這個塔利卜，恐怕不只是一個商人那麼簡單。」

楊浩目光一凝，登時注意起來：「李大人此言何意？」

李一德道：「太尉，下官久居西域，對大食帝國也知道一些，大食帝國昔年敗波斯、破拂菻，南侵婆羅門，吞併諸國，雄兵四十萬，以當時大食帝國的武力，獨霸了通往西域的商道。可是現在它已經衰弱了，如今的大食在與大秦帝國征戰中屢屢敗北，國力已大不如前，普通的商賈是沒有力量組織龐大的商團，僱傭大隊傭兵東來貿易的，除非他在大食帝國很有身分。

「在大食帝國，能成為大哈里發也就大食國皇帝的人，一向只從伍麥葉家族和哈希姆家族中誕生，就像契丹皇帝只從耶律一族中產生，皇后只從蕭氏一族中產生一樣。這個商人既然名字裡有哈希姆這個名字，十有八九是哈希姆家族的人。」

他看了看那四大口箱子，說道：「此人為交結大人，一擲萬金，所謀不可謂小也。」

楊浩想了想，欣然笑道：「至少，我想不出他欲對我不利的理由，不管他，任他東南西北風，我自八風吹不動。以不變應萬變就是了。」

他剛說到這兒，穆羽興沖沖地跑了進來，一見楊浩便歡天喜地地叫道：「大人，汴梁城來了使旨，大人又陞官啦！」

* * *

李家後院裡，折子渝已換回了女裝，一襲白衣勝雪，明眸皓齒，麗色照人。

軒廊中同桌坐著的，還有三個人，一頭白髮、滿面紅光、精神矍鑠的老太太是李一德的老娘鄭氏，那個清秀文弱的中年婦人是李一德的正房妻室樊氏，另外一個就是李一德的長房兒媳、小九尾的娘羅氏了，四個人正在打「葉子戲」。

李家這些婦人並不知道她的真正身分，只聽李一德含糊說過這是太尉大人十分看重的女子，暫時借住在李家，方便得人照應。現如今楊浩要依賴李氏家族的輔佐，李氏家族同樣要仰賴楊浩才能存身，既是楊太尉看重的女子，李家自然沒有不予重視的道理，老太太為了兒子，更有些巴結的念頭，所以時常邀她一同遊戲。

折子渝在帥府時見了楊浩的安排，神色稍霽，不過回到李府後，她卻越想越不是滋味，楊浩望向那四個野性十足的舞孃時那種欣賞的目光已然落在她的眼中，當時見楊浩把四個舞孃分賜了屬下，她心中歡喜，故也不曾多想，如今想來，他如此痛快，恐怕未必就是不動心，而是瞧見了自己，這才忍痛割愛吧？

雖說楊浩如果真是因為這個原因，說明自己在他心中還有著十分重要的地位，可還是有點不開心，他怎麼就不能做個柳下惠那般的謙謙君子呢？

李老太太在這麼大的家族中，從多年的媳婦熬成老太婆，那是怎樣的眼力，她瞧出眼前這小姑娘似乎不太開心，老太太便順口問了一句，折子渝把她所見悻悻然地說了一遍，她當然不會講自己如何吃醋，便盡推到銀州百姓身上，說道：「銀州飽經戰亂，現在百姓們都盼望過幾天太平日子，楊浩身為銀州城主，該勵精圖治，多做些正事才對，如果沉溺於酒色，我看……哼哼……」

在這些深宅大院的女人面前，又是不虞她們會出去亂嚼舌根，更不會告訴楊浩的，所以折子渝雖故意撇清，語氣中還是透出了些酸溜溜的味道。李老太太知道楊太尉已經妻妾滿堂，而且家眷們馬上就要趕到銀州，楊太尉把他十分看重的一個俊俏女子安排到李家來住，心裡就想得偏了，這時再聽折子渝如此口氣，心中更加篤定。

幾日相處下來，老太太也甚喜歡折子渝，便有心點撥於她，老太太蘸了口唾沫，打出一張牌去，便笑呵呵地道：「世間上哪有不吃腥的貓？聰明的女子莫要與他計較這些，要護得住自己的身分才是正經。我家一德也著實娶過幾個胡姬的，一個個胸豐臀肥胖得很，可是腿一撇一個女子，腿一撇一個女子，就是不生男子，府中上下誰肯待見她們？

「妳莫看樊氏瘦巴巴的不像個兵器，可是肚子爭氣得很，一撇一個男子，一撇一個男子，原先她不是正室夫人，在府上就和一德的正室元配平起平坐了。後來一德那正室生病去了，哪個偏房不想扶正？可是任她們使盡狐媚手段，搶破了頭，嘿嘿，不用老身來說話，一德便扶樊氏做了正室。為啥？母憑子貴唄。妳這丫頭，一看就是個旺夫益子的相，很能生養吶，將來啊……楊家的女子裡頭，妳吃不了虧。」

老太太只當這個嬌美可愛的小女子是楊浩偷偷摸摸養的外室，現在還沒納進府去，聽她酸溜溜的語氣，顯是起了妒心，所以好心點撥點撥她，給她支一個真正能得寵的招，可這話一說，可把折子渝臊了個面紅耳赤，一旁李一德的夫人雖已中年，也是臉頰泛紅。

折子渝直著脖子，像一隻煮熟的蝦子似的，努力分辯道：「老夫人，您莫要亂講，我是恐他耽於玩樂，害了銀州百姓才是真的，他……他跟我哪有一星半點的關係？」

她越是這麼說，老太太越是認準了她必定是楊浩的人，老太太笑咪咪地正要再說，折惟正風風火火地跑了進來：「小姑姑，小姑姑，汴京來人，攜了聖旨，加封楊太尉啦。」

折子渝一呆，奇道：「加封？加封什麼？」

折惟正道：「說是楊太尉收復失地，不負聖望，加封為河西隴右兵馬大元帥了。」

「官家有這麼好心？」

折子渝冷笑，她才不信趙光義有那麼好心，轉念一想，折子渝便明白了其中關鍵，變色道：「官家這是要把他架在火上烤呀，不成！我得去勸勸他，這個有名無實的官，一定得遜謝不受。」

折子渝向三個婦人匆匆告罪一聲，便趕緊向外走去，老太君咂巴咂巴嘴，笑呵呵地道：「妳們兩個瞧瞧，剛剛還說她和楊太尉沒有一星半點的關係呢，這丫頭啊，什麼都好，就是太好面子。」

兒媳婦、孫媳婦聽了一齊笑起來。

四百三八　八面風

折子渝與折惟正快馬加鞭趕向帥府，一路上折子渝都在思索著這件趙官家對楊浩加官進爵的事情：楊浩打下銀州，並把這座一直屬於夏州李氏的大城占為己有，成功地站穩了腳跟，吸引了西域各方勢力的關注，但是可以預見的是，只要李光睿一騰出手來，雙方勢必要發生一場大戰。

如今楊浩有麟府兩州的支持，党項七氏的擁護，勉強或可與根深柢固的李光睿一戰，如果採取守勢的話，穩扎穩打，說不定還有機會讓李光睿吃個大虧。然而趙官家這個「河西隴右兵馬大元帥」的封號一下來，楊浩立刻就成了眾矢之的，百姓盼著太平，西域諸雄卻只想維持現狀而已，沒人希望自己頭上突然多了一個名正言順的統治者，這一下楊浩被推到了風口浪尖上，他如今的名望與勢力嚴重不相配，那可不是一件好事。

她的兄長和麟州楊崇訓固然希望在對抗李光睿的戰爭中由楊浩領軍，也有意讓他做這個同盟的盟主，可是如果楊浩得了這個名頭，那就不是麟府兩州有意相讓，而是楊浩從名節大義上占住了腳，理所當然的該是西北第一人，這會不會令兄長和楊崇訓心生忌憚，擔心自己從盟兄變成楊浩的附庸？

趙官家如此隆重地嘉獎楊浩，會不會給契丹人這樣一個信號：楊浩是趙官家真正的心腹重臣，他前無古人的陞遷速度，和他在西域的異軍突起，都是因為有趙官家暗中大力支持，如今給予他這個身分，是趙官家由暗到明，正式打起西域主意的一個先兆，從而也迫不及待地對西域動手？

如果契丹因此對西域施壓，與此同時，自家兄長和楊崇訓又因為擔心楊浩成為一個比夏州李光睿更危險的霸主，從而心生芥蒂，現在對楊浩比較親近的党項七氏乃至吐蕃、回紇諸部，會不會因為契丹的壓力和麟府兩州的疏遠而棄他而去？楊浩迅速崛起於西域是一個奇蹟，可他根基未穩，實力有限，一個處置不當就會引起一連串的問題，如要崩潰卻也是剎那之間的事。

折子渝越想越不安，一路疾馳到了帥府，飛身下馬往內闖，門口侍衛急忙攔住，喝道：「什麼人，膽敢擅闖帥府？啊！妳……妳是……」

折子渝平時作男裝打扮，這幾個守門的士卒乍一見她只覺面熟，一時還未把她和時常伴在楊浩身邊的那員白面小將聯繫到一起，這時折惟正已快步趕上前來，沉聲道：「我們有要事面見楊太尉，速去通稟一聲。」

那士卒倒是認得折惟正的，連忙換了笑臉道：「折將軍，實在抱歉得很，非是卑職不肯通稟，實在是太尉大人正設宴款待欽差，打擾不得。而且太尉大人早有吩咐，如果……」

折子渝柳眉一挑，淡淡地道：「他宴請的不過是一個傳旨的中官罷了，又不是當今皇帝，至於這般隆重嗎？我們有很緊要的事，你去對楊太尉說，抽暇與我等一見就成。」

折子渝雖換了女裝，成了一個長相甜美、嬌如春花的少女，可是這番話淡淡說來，不怒自威，比折惟正似乎更有氣勢一些，那守門的小校態度更恭謹了些，陪笑道：「折將軍，這位姑娘，太尉大人早就交代過小的，如果折將軍來了，或者任何一個姓折的人來了，都要小的告訴他，明日一早，太尉大人會在府上恭候大駕，今天嘛，實在抽不得身，還請折將軍先行回去，明早再來。」

折惟正奇道：「太尉早知我們會來？不過一個中官罷了，至於這般巴結？」

那小校搓著手笑道：「這個……小的就不知道了。」

折惟正還待再問，折子渝已然拉了他一把道：「我們走。」

二人扳鞍上馬馳出巷口，折惟正才按捺不住地道：「小姑姑，莫非妳知道楊太尉這番舉動的用意？」

折子渝搖搖頭，淡淡地道：「不知道，我只知道，我為何而來。會不會來，楊浩已然猜到了。他既然做此安排，想必有他的主意，他既然知道了咱們的來意，曉得這件事的利害就好，至於他的用意……明天就知道了，又何必著急呢？我才懶得費那些心思……」

折惟正偷偷瞄了眼小姑姑，小姑姑說得雲淡風輕，可是看她眉眼氣色，卻是雲也不淡、風也不輕，大有潛雲密布、狂風欲來的架勢，折惟正馬上很識相地閉上了嘴巴，免得一個不小心掃到了暴風尾……

* * *

第二天一早，折子渝就來了。

這一回沒有折惟正陪著，她是一個人來的。守門的小校顯然是早已得了楊浩的囑咐，一大早就站在門口伸著脖子往巷口瞧，一見折子渝到了，就趕緊跑過去，自她手中牽過馬韁繩，殷勤地屈膝道：「折姑娘，小的已等您多時了，請下馬。」

見那小校如此殷勤，折子渝倒不好發作了，她一偏腿自馬上躍下，將那小校的大腿做了下馬凳，鹿皮小蠻靴在上面輕輕一點，輕盈地落在地上，拔腿便往帥府中走，那小校將馬牽向一旁，同時向門內招呼一聲，馬上又閃出兩個侍衛引著折子渝往裡走。

過前院，穿儀門，經過軒廳，便是帥堂。

那侍衛把折子渝讓入帥堂，一杯熱茶剛剛奉上，楊浩便到了。

折子渝大馬金刀地往那一坐，見了楊浩也不起身，這幾天扮男人扮得她都忘了今天穿的是女裝了，居然還蹺起了二郎腿，眼皮一撩，沒好氣地道：「昨天一得到消息，我就急得跟什麼似的，喊！誰知道皇帝不急太監急，人家硬是跟我來了一齣『料事如神』，好吧，現在我來了，不知道故弄玄虛的楊太尉有什麼話想對小女子說呢？」

楊浩見了她的舉動，忍俊不禁地笑了起來，除了她自家人，能撩撥得折子渝毫不掩飾地爆發真性情的人可不多，楊浩很喜歡看她生氣的樣子，她生氣的樣子似乎比笑起來的時候還要俊俏，嗯……能惹得她生悶氣，楊太尉很有成就感。

他哈哈一笑道：「倒不是我想故弄玄虛，就算我想故弄玄虛，也不會在妳面前擺譜不是？」

折子渝撇了撇嘴，冷冷地哼了一聲。

楊浩又道：「如果真要在妳面前故弄玄虛，那也一定是有意在佳人面前賣弄，可不是故作神祕。」

折子渝皺了皺鼻子，又不屑地哼了一聲，不過臉上的怒氣已然不見了。千穿萬穿，馬屁不穿，尤其是自己喜歡的男子拍她馬屁，那是女孩子最喜歡的事，就算矜持高傲如折子渝，卻也不能免俗。

楊浩在她對面坐了，笑吟吟地道：「其實也沒什麼，昨天傳旨的太監剛到，那個中官倒沒什麼，可他帶來的人卻有不少皇城司的探子，當時滿府都是人，混亂不堪，我還沒有把他們安頓下去，只怕其中有些什麼善於窺伺竊聽的奇人異士，聽到些不該聽的事情，所以我才囑咐侍衛擋了妳的大駕。如今他們都被安頓到館驛中去了，我才好與妳說話。」

折子渝聽到楊浩有些別人「不該聽的事情」與她分享，嘴角繃起的線條更柔和了幾分，楊浩又道：「我知道妳是為何而來，說起來，趙官家對我到底怎麼樣，旁人不知道，我自己還不知道嗎？他對我能有什麼好心，因為我收復銀州而加封我為河西隴右兵馬大元帥？嘿，這是把我架在火上烤啊，一向以西北第一藩自居的李光睿豈會容我在太歲頭上動土？就算他原本只想把我趕回蘆嶺州，把銀州城奪回去，就憑著我這河西隴右兵馬大元帥的旗號，他也一定要殺了我。

「宋室自建國以來，一直就在削弱各方節度，收權於朝廷，如今官家這般慷慨，契丹那邊聽說之後，必然以為我是朝廷圖謀西域的一枚重要棋子，說不得也要來個先下手為強。至於折兄和楊兄，呵呵，在趙官家想來，能離間了我與麟府兩州的關係最好。如果不能，夏州李光睿也是一定要動手的，足以為我樹一強敵，再加上契丹這個變數，西北將陷於更大的戰亂之中。

「這一計，將整個西北各方勢力拖入更加糜爛的境地，諸虎相爭，各有損傷，到那時候趙官家就能出師有名，眾望所歸地平定西域，把他的手伸進來，牢牢控制住整個西域了，真是打得好算盤。」

折子渝聽了，暗暗鬆了口氣，瞄了他一眼道：「既然你曉得其中的利害那就好了，這官可已婉辭了去？」

「沒有。」

折子渝一怔，楊浩道：「官家使這一計借刀殺人，對西北亂局推波助瀾，本來是不錯的，可惜，有兩件事他不知道，所以這就成了一個昏招。」

「兩件事？」

「不錯，這第一件……」楊浩頓了頓語氣，這才一字字地道：「我與契丹蕭后早有密約，她是不會因此而對西域動兵的。」

折子渝立即警惕起來：「你……已附庸於契丹？」

楊浩啞然失笑道：「怎麼會?只不過，契丹蕭后對西域抱成一團、獨立一隅很是樂見其成罷了。」

折子渝想想契丹國目前的情形，再聯繫楊浩的話，對其中含意已然洞悉，不禁微微點了點頭：「這位蕭娘娘倒是精明，那另一件事是什麼？」

「另一件事就是，党項七氏絕不會因為麟州兩州的動搖而棄我而去，就算契丹也要插上一腳，他們也不會與我交惡，何況契丹絕不會出兵呢？」

折子渝蹙眉道：「你就這麼相信他們？党項七氏對夏州陽奉陰違、時戰時降，對我麟府兩州，也是時而侵擾、時而結盟，首鼠兩端，全無信義，不可輕信的。」

楊浩微笑道：「在諸強藩之間掙扎求存，若是全無手段，早就被人吞併了，時而動武，時而求和，他們也是為時勢所迫，我與他們卻不只是結盟那麼簡單，他們向白石大神宣過誓，要效忠於本官的，又豈肯輕易背誓，令舉族失心？」

折子渝動容道：「向党項人的至高神白石盟誓效忠於你？你……你到底是什麼人？」

楊浩緩緩地道：「三十多年前，定難軍節度使李彝卒，其弟李彝殷篡位，唐末帝李從珂承認了他的身分，其兄李彝之子，真正的夏州少主李光岑落難於吐蕃草原，我……就是李光岑之子。」

折子渝目瞪口呆，半晌才用怪異的眼神看著他，驚詫地道：「李光岑還活著？你……你是李光岑之子？你也是鮮卑拓跋氏後裔？」

折子渝是鮮卑折蘭王的後裔，楊浩居然是鮮卑皇族拓跋氏的後裔，折子渝無論如何沒有想到他竟有這樣大的來頭，楊浩笑道：「非也，我是漢人，李光岑是我的義父，也就是我如今蘆嶺州軍中的木岑木副使。」

折子渝長長地吸了口氣，凝重地問道：「你能否說得更詳細一些？」

楊浩把前因後果仔細說了一遍，折子渝這才明白，不禁又驚又喜，楊浩又道：「亮明這個身分，西域諸部族肯來投奔的人必然更多，而且，即便我的勢力更形壯大，又得到折兄和楊兄的幫助，要與號稱西北第一強藩的李氏為敵，勝負仍在兩可之間，然而我有了這個身分，就足以利用李氏內部諸頭人貴族對李光睿的不滿，瓦解他的勢力，只要說服他們，如此內外呼應，審時而動，拓跋氏諸部族酋必會棄李光睿而就我楊浩。」

折子渝對這些信息消化了半晌，才鎮靜下來，出言反駁道：「你既有這個身分，更不需要這個什麼『河西隴右兵馬大元帥』來錦上添花了。如今你該適時蟄伏，積蓄實力，緩亮身分，憑你現在的威望和地位，已足以招納許多不得志的、欲以戰功搏一出身的西域草莽望風來投，何必急著更上層樓？」

楊浩黯然道：「因為……我義父的身子，也不知還能拖多久。現在不亮明身分，得到拓跋氏族酋們的確認，以後……恐怕就沒有機會了……」

＊　＊　＊

兩個人在帥堂中又談了許久，門外忽有一個侍衛高聲叫道：「小的見過木恩大人、木魁大人。」

楊浩一拍額頭道：「我倒忘了他們，剛剛募徵的新兵，正要叫他們拉出去進行操練的，我出去見見他們。」

折子渝微微頷首，楊浩起身走了出去。折子渝在帥堂中枯坐半晌，回想楊浩這祕密身分，以及党項七氏對他的服從，猶自有種難以置信的感覺。如此看來，只要楊浩經營得當，那麼取李光睿而代之的計畫必能成功，趙官家意欲讓他成為眾矢之的計畫恐怕反而成全了他……不成，我得盡快回去一趟，把這個消息說與大哥知道，讓他曉得其中利害，楊浩取李光睿而代之，怕是已成定局，他做西北第一藩已是應有之義，也不差一個名頭了，大哥可不能因小失大，失去這個強盟。再說……冬兒、焰焰她們今明兩天也就到了，我再在這裡住下去著實尷尬……」

折子渝想著，越發坐不下去，走到帥堂外張望一番，只見楊浩和木恩、木魁站在一座假山前面有說有笑，不像在談什麼公事，折子渝便舉步走出帥堂，沿著側廊行去，經過疏朗的花木，走到假山後面，正聽楊浩笑道：「你們兩個好沒出息，明知今日要領兵出去操練，卻還如此放縱，送與你們的那幾位大食國舞孃很厲害嗎？我看你們倆，可有點兩腿發飄呀……」

木恩哈哈笑道：「厲害，厲害，那兩個娘兒們著實厲害，若非我這般強壯的身子，還真的招架不住，他奶奶的，險些被她們兩個把我給吸乾了，差點就爬不起床。」

折子渝聽得面紅耳赤，暗暗啐了一口：「好沒正經的東西，自家女兒都那麼大了，還是這般荒淫好色。」

木魁道：「那也不算什麼，我們兩個差點爬不起床，她們嘛……嘿嘿，卻著著實實地爬不起床了，到現在還躺在那兒呢。」

楊浩咳嗽一聲道：「你們戎馬半生，身邊也該有個女人照顧，到了如今這年紀，也該給自己留個後了，本官把她們賜給你們，就是這麼個意思，不過……這種事嘛，還該有個節制，切勿傷了身子，抑或就此沉溺於女色。」

木恩連忙道：「少主放心，我們省得，這不是……呃……頭一回嘛，女人嘛，就像一匹野馬，總得馴服了她，她才會乖乖地聽話，以後就不會了。」

折子渝聽了悄悄點頭，暗暗讚道：「楊浩這番話說的倒還清醒，做大事的男人，怎能為女色所左右？」

她剛想到這兒，楊浩就擠眉弄眼，興致勃勃地問道：「怎麼樣，這大食國的美女滋味如何？」

木魁道：「唔……這大食女人的肌膚不及中土女子細膩潤滑，如緞子一般柔順，不過她們很會服侍男人，手段十分了得，我這樣的身子，嬌怯些的女子還真承受不住，就是這樣的烈馬騎著才得暢快。」

楊浩笑道：「當真？哈哈，你們讓她們曉得你們的厲害，也算是給咱東土男兒爭了光了。」

木魁開玩笑道：「那是，嘿嘿，若論謀略武功，屬下不及少主，不過床上這樣霸道的女子，真要是換了太尉，必然難以招架。」

但凡男人，可沒有在這件事上自承不如人的，楊浩立即吹噓道：「人不可貌相，你這可是小看了我了，哼哼，我得異人傳授房中祕術，夜御十女，也不在話下。」

折子渝面紅耳赤，暗啐一口：「三個傢伙，都夠無恥，人前道貌岸然，原來背後都喜歡議論這些東西……」

幾人說笑幾句，楊浩又繞回了正題，肅容道：「我西北徵兵，較之中原有著十分有利的條件。中原的士卒，撂下鋤頭去當兵，總要苦心訓練良久，而西北百姓民風剽悍，尚武之風盛行，百姓們精於騎射，個人武藝也都不俗，這就有了相當好的基礎了，平素他們圍獵游牧，也早懂得配合作戰的技巧，不過那時最多也不過是千把人的行動，而今你們要訓練他們，不管是一千人、一萬人，還是十萬人，都要令行禁止，形同一人，兩軍陣前，個人武藝殊不足論，就是這種軍紀嚴明的配合，才能發揮大作用。」

木恩、木魁齊聲道：「少主放心，我們省得的。」

楊浩點點頭道：「好，這番拿下了銀州城，我已是各方矚目了，等義父一到銀州，我就要公開亮明身分，那時候……八面來風四面雨，還不知要經歷多少磨難，你們這支新軍，務必要盡快成形，不管是李光睿還是趙光義，都非易與之輩呀……」

＊　＊　＊

文德殿中，趙光義正與文武重臣議事，待曹彬講罷他的意見，趙光義頷首道：「曹卿家所言有理，如今用兵，固然有許多為難之處，卻也有許多機會，機不可失，失不再來，朕決定，明年二月發兵，一舉拿下漢國。」

眾文武齊齊躬身道：「臣遵旨。」

趙光義志得意滿地揮一揮手，又復微笑道：「這一戰，朕要御駕親征。朕為主帥，使吳王兼永興節度使德昭為先鋒，先帝曾派皇子德昭領兵伐漢，奈何先帝病逝，國喪期間用不得兵，只得無功而返，這番用兵使吳王為先鋒，也算是一償先帝夙願吧，眾將要好生維護，助吳王成此大功。」

武將們再度恭聲應是，趙光義神色忽轉悲痛，又道：「皇女虢國公主，自幼崇尚佛法，先帝駕崩後、皇嫂思念先帝又復生了重病，虢國公主見此種種，深感人生無常，遂看破紅塵，意欲出家修行，禮佛誦經，為皇嫂祈福。朕苦勸不得，只好成全她的一片孝悌，將城西七寶庵改名為『崇孝庵』，賜與虢國公主修行，並賜虢國公主為『報慈普渡大師』，賜法號『定如』。為表彰虢國公主的一片孝心，削髮大典之日，眾卿隨朕親送虢國公主入寺，並賜齋饌……」

他還沒有說完，顧若離便倉皇地跑了進來，趙光義眉頭一皺，正要責他不顧規矩，那顧若離也顧不得看他臉色，急匆匆跑到他面前耳語幾句，趙光義聽了登時臉色大變，失聲道：「怎會如此？他可無恙？」

四百三九　四方亂

趙光義怔怔地站在隴西郡公府前。

準確地說，他目前正站在前隴西郡公府前，面前是一片冒煙的廢墟。

李煜降宋後，朝廷撥了一幢宅子給他，這幢宅子建了已有三、五十年光景了，三進的院子全是木製建築，周圍的鄰居住處也都是老宅，各家各戶的老宅不斷翻建加高，充分利用現有空間，把房子建得高低不齊、鱗次櫛比，這戶人家的屋簷都能伸出那戶人家的院子裡去，一家著火，很容易就能串連起來，再加上房舍都是年代久遠的木製結構，火勢燒得也快，而且巷弄太過狹窄，水龍鋪子的人進得來，水車進不來，結果……

現在眼前一大片廢墟，還不知道是哪一家先起的火，因為這一片全都燒光了，可是詭異之處在於，現在是白天，白天起火固然也會死人，可是萬萬沒有一家人全都燒死在家中的道理，別人家扶老攜幼，大多都逃了出來，如今正望著自家的廢墟呼天搶地。可是隴西郡公李家……一個人都沒有。

慕容求醉領著一個人走了過來，那人微微地翹著屁股，夾著兩條腿，走路的姿勢十分古怪。

「大人，這人是隴西郡公家的鄰居，住的離隴西郡公府最近。」

趙光義此番趕來親自探視災情，未擺皇帝儀仗，也未穿龍袍，以免弄得動靜太大，慕容求醉在他面前便不敢直呼官家，免得洩露了他的身分。

趙光義聽了慕容求醉的話，轉向那個動作有些古怪的書生，問道：「你姓啥名誰？」

那書生一聽眼前這甚有威嚴派頭的人是位官員，連忙撅著屁股，僵著腰板施了一禮：「草民蕭舒友，見過……這位大人。」

趙光義點點頭，問道：「你既是隴西郡公家的鄰居，火起時可曾聽到些什麼、看到些什麼？李家可有人逃出來嗎？」

蕭舒友聽了不禁咧了咧嘴，原來這位書生一心想要金榜題名，整日在家苦讀，坐在太久，生了痔瘡，今日請了郎中上門診治，誰知褲子剛扒下來，那郎中七、八針銀針才插進去，火苗子就竄過來了，濃煙滾滾，熱氣騰騰，嚇得那郎中撂下病人拔腿就跑，蕭舒友無可奈何，趕緊提著褲子就往外逃，逃到外面才感覺到極端不適，可是到處都是人，眾目睽睽之下他一個讀書人又不好意思伸手去拔，如今那幾根針還扎在菊花上呢。

蕭舒友直挺挺地站在那兒，看著自家那燒得只剩四堵牆的院子，愁眉苦臉地道：「回稟大人，小民逃出來時太過匆忙，那時已經火頭四起，煙火熏灼，哪裡還顧得及去看別人？不過……不過草民今日請了郎中上門診治暗疾時，倒是聽到隴西郡公府上有些動靜。」

趙光義神色一動，急忙追問道：「有什麼動靜？」

蕭舒友道：「草民請了郎中回來時，聽到隔壁院子裡歌樂不斷，一片喧囂，似乎……正在飲宴。」

李煜好飲宴，即便做了亡國之君也不改此習慣，要不然也不至於花錢如流水，鬧出故國舊臣上門催債的窘事載之史冊了。趙光義吩咐皇城司的人時常注意李家的動靜，連他每次飲宴都見了哪些人，說過什麼話都打聽得一清二楚，對此倒不覺奇怪。蕭舒友所說的這件事，回頭可以讓皇城司的人驗證一下。

他點了點頭問道：「旁的……沒有什麼了嗎？」

「沒有了，草民就知道這些。」

趙光義擺擺手，蕭秀才便夾著屁股，邁著小碎步一點點挪開了。

趙光義回過頭來，看著眼前那一片片仍泛著紅光的灰燼，低沉地道：「活要見人，死也要見屍，挖，給我挖，把廢墟清理乾淨，找些仵作來，務必確認每一具屍體的身分。召來保正，查閱戶籍，李家上下連主帶僕一共多少人，全都查清楚，一具屍體都不能少！」

慕容求醉躬身道：「臣遵旨，不過……現在仍是熱力灼人，是否……」

趙光義站得遠遠的，仍覺得熱氣蒸騰，也知道此時叫士卒們去挖掘廢墟不太可能，這種情形裡邊真有人的話也早燒成了焦炭，倒也不必忙於一時，便重重地點了點頭，喝道：「開封府！」

趙光美急忙趨前一步，拱揖道：「臣在。」

趙光義道：「撲滅餘火，救治災民，發放撫恤，清理廢墟，重建房舍，還有，包圍這幾條巷子，逐人盤查，查清起火緣由，同時要注意，看看有沒有從隴西郡公家裡逃出來的人，另外……撥些精明能幹的仵作，聽從慕容求醉差遣。」

「遵旨。」

趙光義又對慕容求醉道：「隴西郡公的府邸周圍須派禁軍圍住，使禁軍發掘，消息未明之前，不許任何人出入，也不得對外散布任何消息。」

「遵旨。」

趙光義盯著那廢墟又陰晴不定地看了半晌，這才轉身走向轎子。內侍都知顧若離忙趨身上前替他掀開了轎簾，趙光義彎腰入轎時身子忽然頓了一頓：「小周后……女英啊……」

一想起那千嬌百媚的人兒，趙光義不由心中一慘，哪怕是國色天香，如今一身皮相，也早燒得沒法看了吧？他心中一動，忽又想道：「此事處處透著詭異，李煜夫婦……真的死了嗎？」

趙光義轉過頭，陰沉沉地盯了眼那猶自冒著煙塵的火災廢墟，又看了眼顧若離，顧若離立即哈了哈腰，站得更近了些，趙光義低低囑咐幾句，這才轉進大轎，開道鑼響，揚長而去……

*　*　*

城西七寶庵，金身重塑，殿門重漆，就連殿瓦都重新換過了，粉飾得金碧輝煌，寶相莊嚴，因為這兒蒙官家賜額「崇孝庵」，虢國公主出家至此做了寺主，得官家欽封「報慈普渡大師」。

大殿上，鐘磬齊鳴，香煙繚繞，虢國公主正在作削髮典禮，趙光義率文武重臣避站於側觀禮。趙光義臉色陰霾，害得宋琪、慕容求醉這樣的心腹之臣都遠遠地站開，生怕一個不小心惹得官家大發雷霆。

趙光義的脾氣很不好，這段時間諸事不順，剛剛登上帝位時的興奮勁過去，碰上這一樁樁煩心事，他能開心得起來才怪。

西北又傳來了確切的消息，蘆嶺州節度副使木岑在楊浩得銀州後，公開亮明身分，原來他竟是當年定難軍節度使李彝的兒子李光岑，楊浩更拜了李光岑為義父，党項七氏望風而來，歸順了舊主。到了這個時候，趙光義哪裡還猜不出楊浩早知那李光岑的身分。

和楊浩的較量中，他占盡了天時、地利、人和，卻一次次吃癟上當，趙光義如何不惱？自己如今還上趕著給他送去了「河西隴右兵馬大元帥」的封號，這不是為他造勢嗎？聊可自慰的是，至少這一來，夏州李光睿更不會放過楊浩了，這兩虎之間必有一戰。

楊浩還假惺惺地把李光岑投靠蘆嶺州，請求朝廷出兵助他奪回夏州的奏章呈報了朝廷，李光睿的父親李彝殷逐姪篡位的時候還沒有大宋呢，那時還是唐國李從珂當政，李從珂認可了李彝殷的身分，此後又經歷了晉國石敬塘、石重貴，漢國劉知遠，周國郭威、柴榮和他大哥的宋國，五個國家七個皇帝，即便他李光睿得位再是不正，也早已成了夏州實際上的主人，趙光義肯為了一個無權無勢的流浪老人與李光睿這個實際上的西域霸主反目才怪。

不過為了讓契丹方面作出楊浩是他的心腹，是得了他的授意，為大宋在西域擴張勢力的錯誤判斷，他不能對楊浩這番舉動提出絲毫詰難，甚至不能公開表示支持夏州李光睿的態度，趙光義唯一能做的，就是把奏章留中不發，並透過巧妙的手段把自己的反應透露給夏州李光睿在汴京的人知道。李光睿知道這個消息的時間恐怕比他還早，但他必須做出一個姿態，讓李光睿知道他的立場，從而毫無顧忌地掀起戰火，讓狼煙瀰漫整個西北。

西北局勢糜爛至此，已經有些脫離了他的掌控，本來就夠他煩心的了，汴梁城中也是不得安寧。他最疼愛的兒子始終對他疑心重重，至今仍執迷不悟，深中那些忠孝仁義的腐毒。「這個孽障，老子坐了江山，這皇帝早晚不還是你的？自己的老子不來相幫，卻整日糾纏於他大伯的暴死之謎，我怎麼會教出這麼一個混帳兒子？」

趙光義越想臉色越陰沉，就在這時，「噹噹噹……」一陣悠揚的鐘聲和空靈的木魚聲傳進他的耳朵，滿腹煩惱的趙光義抬頭望去，只見姪女雙手合十，一頭青絲已然落盡，頭頂烙了六個香疤。她輕輕站起，披上灰色的緇衣，戴上僧帽，接過念珠，低眉斂目，和光同塵，在那木魚聲、鐘聲和裊裊的香煙裡，好像突然間真的和他隔了一個世界，趙光義心中不禁一陣黯然。

儘管，他覬覦皇位，對皇兄也痛下毒手，可他對永慶的喜愛是發自真心的，皇兄的兩兒三女之中，這個小永慶一直是他這個二叔最疼愛的小丫頭。出於對皇兄後人的戒備，同時也是對她有些愧意，趙光義有意疏遠了小永慶，可是眼看著她從襁褓中的嬰兒，變成一個牙牙學語的稚童，再到如今出落成一個亭亭玉立的大姑娘，他這個叔父，是真的把永慶當了自己女兒一般看待的，感情事又豈能輕易地抹殺？

如今，因為父皇的死、娘娘的病，她心灰意冷，看破了紅塵，趙光義從不覺得這一切都是自己造成的罪孽，但是看著自己最疼愛的姪女走到今天這一步，他還是感到很傷心。

永慶公主……如今的定如禪師，輕輕接過三炷香，就著燭火點燃，緩步上前望佛禮拜，然後將香插入香爐，退回來雙膝跪倒在蒲團上，輕輕叩下頭去。

趙光義看了看虔誠禮佛的永慶，又向那爐中的三炷香望去，香火忽明忽暗，香煙裊裊升起，那明暗閃爍的火苗，依稀又化成了半個月前隴西郡公府的那片火海廢墟。

李煜「死」了，死於那場大火。

他已下詔贈李煜太師位、追封其爵為越王，以王爵之禮下葬於洛陽，一路遣中使護喪，賜祭賜葬，並大作悲聲，為李煜之喪廢朝三日。對一個臣子，尤其是亡國降君，如此恩遇前所未有，普天下都已得聞訃告：李煜死了。

然而趙光義心裡清清楚楚，李煜並沒有死，隴西郡公府上殮出的屍骸少得可憐，闔府上下的人全都不見了。不但李煜一家人不見了，就連徐鉉、蕭儼等幾個迄今仍對李煜忠心耿耿的南唐舊臣也不見了，連同他們的至親家眷。據查，當日李煜就是邀請這些舊臣全家過府飲宴聚餐的，於是他們就在這場離奇的大火中全部失蹤，人間蒸發了。

趙光義豈敢讓天下人知道這個亡國之君攜家帶口那麼多人竟然在他的眼皮子底下逃

之夭夭，他一面訃告天下，大辦喪事，製造李煜已死的口實，一面著人封鎖宋國境內所有交通要道，明查暗訪，搜索這些人的蹤跡，可是已經過去半個月了，竟然全無消息。

如果只逃走一個人的話，大海撈針一般，尋不到他的下落，尚還有情可原，可是這麼多人居然全部憑空消失，李煜一個亡國之君，哪來的這般本事？從開封城裡，從他苦心經營十年，如今又成為可以調動所有人力、物力的皇帝手裡，這麼多人居然可以從容遁去，城裡城外、四方城池荒郊盡皆搜索遍了，都找不到他的下落，這豈是一群根本不熟悉汴梁情形的降臣辦得到的？

皇城司統領被撤職查辦投進天牢了，東京汴梁的城狐社鼠以各種罪名也不知抓了多少，汴梁城所有的監牢都已人滿為患，還是毫無線索，趙光義此刻何止是憤怒，還感到了一種深深的恐懼：「是誰這般神通廣大？李煜……到底在哪裡？」

*　　*　　*

皇家御苑裡，一筐筐蔬菜搬上了車，菜工頭兒戴倫笑嘻嘻地道：「劉公公，您走好。」

一個青皮長臉的太監嗯了一聲，抬腿坐上了車轅，旁邊趕車的小太監揚手一鞭，車子轆轆地向菜地外走去，後邊跟著六輛牛車，吱呀吱呀地趕回皇宮大內去了。

戴倫眼看著御膳房的太監離開了，這才返身走去，他先回了自己住處，過了一會兒便提了個巨大的包袱出來，四下張望一番，不見有人出沒，這才快步走去。

這一大片都是皇家菜地，前邊大街上就是趙普當初侵占皇家園林修建的豪舍，受到官家重責之後就停了工，如今還沒完全建好，就這麼擱在那兒，後邊的院牆之內卻是冷清得很，外人不敢進來，菜工們忙完了手頭的事情，也就各自溜去幹自己的私事了，所以十分冷清。做為菜工頭兒，戴倫對裡邊的情形十分了解，儘管如此，他還是盡量避開大道，走到菜地田埂裡去。

菜地後面最深處，是一片傾斜的土坡，戴倫走到土坡上，扭頭看了看，見沒人跟過來，便迅速趕了幾步，繞過幾棵大樹，雜草叢中有一個木板的蓋門，將門掀開，一行土階便顯露出來。戴倫背著那大包袱便走了下去。這是菜窖，冬天藏擱鮮菜的地方，如今才到八月初天氣，地窖還閒置著不曾用過。

戴倫從牆洞裡摸出一根蠟燭點燃，又從另一邊牆上取下燈籠，將蠟燭安好，提著燈籠繼續往裡走，裡邊是一排排的架子，牆角堆著雜物和幾具梯子，有股陳腐的味道。地窖上邊有通風道，也有陽光灑下，不過太昏暗了些。走到深處，戴倫又回頭看了看，便在牆上輕輕地叩了三聲，兩長一短。

聽那動靜，這面牆是木板隔的，戴倫敲了敲牆板，靜候片刻，牆上吱呀一聲開了一道小門，裡邊閃出一個精壯的漢子說道：「老戴。」

戴倫把包袱遞過去，小聲道：「一切太平，裡邊還有什麼需要的……」他剛說到這兒，一個青袍人便從裡邊鑽了出來，憤怒地道：「這樣的日子人不人鬼不鬼的，我再也熬不下去了，你們什麼時候送我們走？」

這人中等身材，有些發福，重瞳齙齒，可是雖然髮髻凌亂，衣著尋常，可是氣度猶自不凡，正是趙光義眾裡尋他千百度、連作夢都牽掛著他下落的江南國主李煜。

戴倫陪笑道：「對不住，現在還不成，為了您的安全，您還得在這兒住下去，風聲已經小多了，可是你們這麼多人，就算分批上路，也太顯眼了些，再過上一個月，那時就安全多了。」

「一個月？還要一個月？」李煜大怒：「整日就是饅頭、鹹菜，寢具又髒又潮，還沒有酒喝，一天到晚的不見天日，生生逼瘋了人，我不是你們的囚犯，怎麼可以如此待我？」

戴倫脾氣倒好，嘿嘿笑道：「您多包涵，我們也是沒有法子啊，這個地方不全是我的人，為了避免洩露消息，小人只好去外面買些饅頭、鹹菜，想吃珍饈美味，現在可不成……」

李煜怒道：「這個地方不是人待的，我是一刻也待不下去了，我要出去……」

「官人，這半個月我們都熬過來了，還怕再撐一個月嗎？」小周后忽然也從裡邊閃了出來，布衣釵裙，素顏如畫，這個地方個人清潔、梳洗打扮都不方便，可是儘管如此，她的頭髮仍是梳得一絲不亂，盡量保持著整潔的儀容，她看著李煜，黛眉微蹙地道：「徐大人的老母七旬的高齡，蕭大人的孫兒才剛剛四歲，俱都不見一句牢騷，徐大人生了病，也只是苦苦撐著，就連這位帶我們出來的唐壯士，還不是和我們一樣整天待在這兒？這麼多人都能忍耐得住，還不都是為了官人，官人就不能為大家忍耐一下嗎？不需要你臥薪嘗膽，只是過上一段苦日子，有什麼捱不得的？」

這時徐鉉和蕭儼也趕了出來，徐鉉咳嗽著，與蕭儼好一通勸解，發過了脾氣的李煜才悻悻然地回了裡間，待門口靜下來，戴倫嘴一撇，輕輕冷笑一聲道：「看緊了他，可莫要讓他搞出什麼事來，這一位……哼哼！」

那姓唐的漢子呵呵笑道：「不要緊，他哪天不發牢騷？真要出去被人捉個正著，那他連違命侯都做不成了，其中利害他也是曉得的，只不過從小錦衣玉食，人家身嬌肉貴的人物，過不得這樣的日子，胡亂發些牢騷，你也不必放在心上。」

戴倫拉著那唐姓漢子，兩人走遠了些，又低低說了番話，戴倫便提著燈籠繞過一排排木架向外走去，唐姓漢子站在昏暗的光線下，抬頭看了看天窗，目中閃過一抹詭譎的神色，轉過身，像隻貍貓似的，輕輕巧巧地走回暗房，一切重歸於沉寂……

* * *

又是半個月過去了，趙光義的煩心事一件都沒有解決，最讓他煩躁不安的是李煜的下落始終沒有一點蛛絲馬跡，皇城司打聽的結果，唐國故地已經在風傳國主未死，且悄然潛返江南，要重召舊部，東山再起，趙光義放心不下，派了潘美去金陵城坐鎮，又讓吳越王錢俶和剛剛獻土歸降的平海軍節度使陳洪進各調一支人馬入江南，聽從潘美調遣，同時為了安撫陳洪進，又加封他為武寧軍節度使，同平章事。與此同時，還派出大批細作密探入江南，搜尋李煜的下落。

這一日，他剛剛結束了朝會回到文德殿，吃了些點心，喝了杯茶，拿起奏章正要批閱，皇城司的一位干當官便到了：「官家，夏州傳來緊急消息。」

趙光義聞聲一震，連忙撂下奏章道：「取來我看。」

那位干當官忙將密信雙手呈上，趙光義展開仔細看過，不禁哈哈大笑，多日的愁雲頓時散了一半，這封密信上說，夏州李光睿得知楊浩占了銀州城，便欲盡快出兵去奪，只是當時與吐蕃、回紇鏖戰正酣，已是兩面作戰的局面，無法輕啟戰端再來個三面作戰，可是他的堂兄李光岑還活著，並且做了橫山節度副使，認楊浩為義子，党項七氏叛附蘆嶺州的消息一傳到他的耳中，李光睿卻是再也沉不住氣了。

吐蕃與回紇對李光睿的威脅遠不及蘆嶺州楊浩，吐蕃與回紇再怎麼打，很難動搖他的統治，而楊浩卻一下子把党項八氏這個他立足的八條根基挖走了七條，這是他無論如何也不能容忍的，李光睿已決定不惜代價，哪怕是割地求和，也要與吐蕃、回紇息戰休兵，集結人馬對蘆嶺州開戰了。

看了這個好消息，趙光義喜不自勝，他笑容滿面地看著那封密信，仔細思忖半晌，將那干當官喚到面前，和顏悅色地囑咐道：「想辦法透露一個消息給李光睿在京的人，切記，要透露的盡量巧妙，莫讓他們曉得是朕有意透露給他們知道的。」

「官家請吩咐。」那干當官受寵若驚，這些日子官家脾氣不大好，更恨皇城司一再出了岔子，連他們的大統領都鋃鐺入獄了，如今見皇帝神色和善，他的眼淚都快掉下來了。

趙光義道：「朕明年二月要再度發兵，討伐北漢，這消息想辦法透露給他的人知道，切記，一定要讓他們知道，朕到時候會徵調麟州、府州、蘆嶺州的兵馬共征漢國。」

「微臣遵旨。」那干當官連忙答應一聲，見趙光義微笑撫鬚，再無別的吩咐，忙深施一禮，踮著腳尖退了出去。

這位干當官剛剛走到殿口，就見東閣門使宋琪和鴻臚寺丞焦海濤一齊走進殿來，連忙避讓一旁，容他們進了殿，這才閃身出去。宋琪一進殿門便大聲叫道：「官家，鴻臚寺收到契丹訃告，契丹皇帝耶律賢駕崩了。」

「什麼？」趙光義一呆，剛剛聽到一個好消息，沒想到馬上又來了一個好消息，莫非是否極泰來，好運到了？他喜形於色地道：「耶律賢死了？誰人做了新皇帝？」

宋琪道：「這個……暫時未定，皇后蕭綽把持了朝政，暫時還控制得住，除非她生下的是個女兒，否則，元氣大傷的契丹皇族，眼下是沒人敢覬覦皇位的了。」

「啊！」

趙光義這才醒悟過來：「不錯，蕭綽已有了身孕，如果她生了個女兒……嘿嘿，這本就是一半一半的機會，再加上幼兒夭折事屬尋常……」

想到這裡，趙光義眉開眼笑：相對於這兩個好消息，李煜是死是活、下落何在又算個什麼？李煜在位時都成不了氣候，何況現在，他李煜做得了句踐、慕容沖那樣夠隱忍的梟雄？

趙光義繞殿疾走，轉了兩匝，停住腳步道：「令呂餘慶、賈琰為正副大使，率使團赴北國悼唁。」

焦海濤躬身道：「臣遵旨。」

趙光義又向宋琪瞟了一眼，淡笑道：「從皇城司抽調些伶俐的人去，見機行事。」

宋琪心領神會，躬身道：「臣遵旨。」

待二人退出殿去，趙光義已是滿面春風，所有的愁雲都被這兩個好消息吹散了，耶律賢在位時，契丹人為了皇位之爭便打殺不停，如今耶律賢死了，契丹必然再起內亂，西邊亂了，北邊亂了，天下大亂，他的霸業鴻圖大有可期呀！

四百四十　春色無邊

住久即家鄉。

銀州的大街小巷楊浩都已熟悉，在他的苦心經營下，這座城池正在漸漸恢復昔日的繁榮。夜深了，大雪如席，楊浩帶著一隊親兵，親自到到四城巡弋了一番，這才回到帥府。

後宅中大多處燈光已經熄滅，幾房夫人只有焰焰的住處依舊亮著燈火，楊浩微微一笑，解下大氅交給穆羽，跺了跺靴上的積雪，邁步便向焰焰的住處走去。

幾個小妮子已達成了一種默契，除了偶爾的大被同眠荒唐風流，如果楊浩沒有特別指明，每當他晚上回來，幾個小妮子會輪番在門口掌燈，留下一人候著他回來，雖然她們不曾對楊浩明言，可楊浩卻很快發現了這個祕密，不就是大紅燈籠高高掛嗎？呵呵，這個小祕密又怎滿得過他？

冒著大雪走到廊下，一推房門，溫暖的氣流便迎面撲來。室內溫暖如春，焰焰正坐在燈下，一手拈著筆，一手撥著算盤，計算著攤開的帳簿中記載的戶口、牛羊、糧食、賦稅。劈劈啪啪的算盤聲十分清脆，與房外靜謐的大雪相映成趣。

一見楊浩回來，焰焰匆匆記下一個數字，擱下筆便迎上來，溫香暖玉投懷送抱，一雙玉臂繞住了脖項，楊浩還未及說話，一雙溫柔的脣已經吻上了他的嘴脣。

「哎呀，好一身雪，這麼大的雪，可莫著了涼，快換了衣衫。」

外面雖是大雪如席，寒風刺骨，房中卻是獸炭長燃，溫暖如春，炭火還發出淡淡的乳香，氣息宜人。唐焰焰穿著緋色的對襟窄袖衫襦，月白色的曳地長袍，完全是一副女主人的內室裝扮，薄如蟬翼的紗羅衫襦遮不住她曲線日漸凹凸有致的身段，緊身無帶的訶子擠出一丘晶瑩如玉的肌膚，中間一道誘人的溝壑，居然也頗具規模了。

這樣的裝扮，乍一抱住楊浩冰冷的身子，她忙不迭地便嬌呼一聲放開了他，楊浩呵呵一笑，說道：「我才剛解了大氅，今天的雪著實大了一些。」

焰焰幫他拂落肩頭將化未化的雪花，轉身又去為他拿內室穿的鞋子，嬌軀盈盈，折腰俯身，那渾圓如滿月的第二張臉便呈現在楊浩的面前，楊浩看到她烏鴉鴉的秀髮綰成了一個嫵媚少婦的墮馬髻，纖細雪白的頸子，豐滿挺翹的臀，葫蘆狀的妖嬈身段，那薄如蟬翼的月白色裙子隱隱透著肉色，似乎裡邊兩瓣豐盈並未著其他的衣衫，不由得心中一熱，伸手便攬住了她柔軟的腰枝。

焰焰嚶叮一聲，軟在他的懷裡，手裡拎著的兩隻鞋子掉到地上，她輕嗔道：「浩哥哥，先換了……唔……」

楊浩的大手已順著她誘人的乳溝探進去，握住了一隻椒乳，唐焰焰扭過頭來，嗔怪地瞪了眼性急的男人，呻吟道：「好冷……」

她嘴裡說著好冷，可是一隻手卻伸到胸口，按在了楊浩的大手上，讓他握得更緊了些，媚眼如絲。

楊浩攬起了她的腰，大手一箍她的隆臀，便繞過屏風到了內間，將她輕輕放在床上的時候，自己的外衫已順手脫去，輕輕俯壓在她身上，輕輕啄吻著她的櫻脣，焰焰微笑著讓他吻了幾下，開始動情起來，輕輕闔上眼睛，環住他的脖子，主動湊上了櫻脣。

襦衫解開，訶子很容易就被解開了來，裡邊果然不著寸縷，彷彿兩顆荔枝剝去了紅綃，露出兩堆玉一般的果肉，晶瑩剔透，漸趨豐盈的一對椒乳，乳頭卻很小，就像點在兩顆喧騰騰的白麵饅頭頂端的兩顆紅豆，渾然一體，煞是動人。

唐焰焰一隻手悄悄滑下他的頸項，向他腹下抬去，準確地一把握住，拈摸愛撫，鼻翅開始急促地翕動起來。

咿呀的叫聲漸臻平靜，房中重又靜寂下來，楊浩仍和她嚴絲合縫地楔合在一起，伸手到她臀下，摸著了那只軟綿綿的枕頭，唐焰焰杏眼迷離，紅暈滿臉，香汗淋漓的額頭沾著幾綹青絲，有氣無力地抬了抬軟綿綿的腰，讓楊浩抽出了那只枕頭丟到了一邊，重又踏實地躺回床上，輕輕吁了口氣，滿足地抱緊了她的男人。

媚眼輕輕一瞟，那枕頭上的飾花枕巾都已溼了大半，唐焰焰臉蛋更紅，愛羞地把發燙的臉頰埋進楊浩寬闊結實的胸膛，小手輕輕在他腰眼處按揉著，嬌滴滴地道：「你呀，真是屬驢子的，一回來就折騰，也不知哪兒來的那麼大勁，折騰得人家……又愛又怕……」

楊浩呵呵一笑道：「妳家官人本來就不差，又有高人傳授這身本事，呵呵，承受不起了嗎？」

他一邊說，一邊在焰焰旁邊躺下，輕輕拉過一襲被來，蓋住兩人的身子，焰焰很自然地側了身，俯在他胸口，愛極了似地輕輕咬了口他的乳頭，抬起水汪汪的眼睛道：「承受不起，今夜你也只屬於我，不許離開！」

宣示了主權，焰焰又嫵媚地一笑：「你習的那什麼雙修功法，就連懂得媚術的娃娃都招架不起，我哪裡是你對手？不過……雙修雙修，既是雙修，你怎不教教我們？只顧自己快活。」

楊浩在她翹臀上拍了一巴掌，笑道：「妳不快活嗎？剛剛誰大呼小叫地嚷嚷自己要死了、要死了？」

「去你的。」焰焰大羞，在他胸口也拍了一記，楊浩攬住她，輕輕撫摸著她柔順的長髮，說道：「師傅來去匆匆，只教了這些心法，不是女孩兒家練的嘛。唔……等有機會，我去向師傅請教請教，要不然怕傷了妳的身子，總是不能盡興，真是……」

「哼！說來說去，還是為了你自己！」焰焰嬌嗔地又咬了他一口。身子往上挪了挪，與他並肩躺著，兩隻小腿纏住了他的腿，微暈的臉頰貼著他的臉頰，靜靜地享受著兩人時光，目光如水一般流瀉，彼此的呼吸吐納漸漸融為一體。

許久許久，他才輕輕問道：「每日攏清帳目，累不累？」

焰焰睡眼矇矓地靠在他懷裡，含糊地道：「娃娃協理田畝、畜牧，妙妙協理店鋪、行商，我只負責協理民政，兼顧帳簿的核查，不算很忙的。」

她想了想，又抬起頭來，遲疑道：「不過……我們這樣……好嗎？其實范思棋、林朋羽、徐鉉、蕭儼他們打理民政工商十分盡責，核查到現在，一星半點差池我都沒有發現，俗話說疑人不用，用人不疑，你讓自己的女人插手這些事，這樣是不是顯得太不信任他們了？范思棋、林朋羽他們還沒什麼，我看……徐鉉、蕭儼他們幾個人很不以為然的模樣呢。」

楊浩無所謂地道：「習慣成自然，他們現在看不順眼，等他們習慣了就好了。我不是不信任他們，而是要妳們來帶頭，改變他們從江南帶來的習氣。」

楊浩仰起臉來，看著帳頂，說道：「西北的婦人經商、作工、放牧，甚至騎馬、射箭、上戰場，樣樣都做得來，比起中原女子，本來就有很大的權利，西北地方的百姓早就習慣了的。就是上三代遷居於此的漢人部落，也早習慣了，看不順眼的，並不算多，這個規矩，我不能去遷就他們，得讓他們習慣塞北、西域的民俗。焰焰，西北不比中原，這裡人口稀少，如果這也不許女人做，那也不許女人做，那這天就塌了一半了，誰去撐起來？」

那時就是中原女人的地位，也遠不及南宋之後直至明清那般每況愈下，就算中原，婦人的家庭地位也不低，在塞北和西域，婦人的話語權雖不及男人，比起中原還更勝一籌，焰焰想想，便點了點頭：「嗯，這樣的話，的確可以解決一部分地域廣闊、人口不足的問題，你說怎樣便怎樣，反正人家是不會反對的。」

楊浩呵呵一笑，又道：「冬兒如今大腹便便，我可不敢輕易勞動她。不過已經讓甜酒著手組建女兵了，等冬兒方便時，女兵也要組建起來，除非生死存亡時刻，我不會讓她們上戰場，不過看守城池、維持秩序等等許多事，女兵是做得來的，而且她們不像男兒那般跋扈，心思也縝密得多……」

他還沒說完，一提冬兒便勾起了焰焰的心事，焰焰爬上了他的身子，嬌嗔地道：「你還說呢，姐姐都快生了，人家的肚皮還一點動靜也沒有，你偏心。」

楊浩啼笑皆非地道：「不是吧？這也怪我？妳不生，我有什麼辦法？」

「我不管，你是我男人，我不生，不找你找誰？我也要生個自己的小寶寶。」唐焰焰越說越興奮，兩隻眼睛都亮了起來，彷彿一條發情的母狼：「我要你給我。」

楊浩吃驚地道：「不是吧？妳……妳還成嗎？」

「有什麼不成的？你敢小覷了本姑娘。」唐焰焰的霸道勁又起來，伸手去拉楊浩：「不要扮死狗，起來。」

楊浩懶洋洋地把手墊到腦後，哼哼道：「本老爺才不上當，一會兒妳求饒起來，老爺我又得裹上被子去攪擾娃娃、妙妙，這大冷的天，我才不想出去。」

焰焰討好地道：「那……人家用你最喜歡的……」

「啥？」

焰焰吞吞吐吐地道：「就……就是你說的扮小狗……」

楊浩很優雅地搖頭，焰焰咬了咬唇，又道：「那……那下回人家答應你……」她聲音放低了些，附在楊浩耳邊甜蜜地蠱惑，楊浩眼睛一亮：「當真？」

焰焰沒好氣地打了他一巴掌：「就喜歡歪門邪道的東西，一說這個，你就兩眼發光。」

楊浩嘿嘿一笑，又道：「那妳這回得……」一雙賊兮兮的眼睛在焰焰誘人的紅唇上微微一轉，焰焰已經瞭然，她紅著臉坐在那兒，半晌才從鼻子裡哼了一聲，楊浩大喜，歡呼一聲，掀開了被子，赤條條地跳下地去，便向牆角擱的漱洗架走去。

焰焰攏著瀑布似的長髮，輕輕噬著薄唇，瞟著他細腰窄背的健美身影，眼波蕩漾，直欲滴水……

＊　＊　＊

天亮了，楊浩睜開眼睛，窗外沙沙的風雪聲似乎也停了，低頭看看，焰焰睡得正香，臉頰潮紅，豔若海棠，唇角還帶著甜蜜的笑意。他輕輕撥開八爪魚般的焰焰，正想穿上衣服去院中練一趟吐納拳腳和刀劍功夫，就聽房門輕輕叩了幾下，穆羽的聲音小聲響了起來：「大人，大人……」

楊浩急忙坐了起來，睡夢中的唐焰焰本能地伸開雙臂，又抱向他的脖子，這一把摟了個空，不由醒了過來，睜眼一看，見楊浩正穿著衣裳，不禁嘟起嘴道：「天才濛濛亮嘛，起這麼早。」她想起身幫楊浩著衣，只一掙扎，只覺渾身乏力，又躺了回去，氣鼓鼓地對楊浩道：「都是你把人家折騰的，壞人。」

楊浩一邊穿衣服，一邊搖頭嘆道：「子曰：唯小人與女子難養也，誠不我欺。」

焰焰瞪起杏眼嗔道：「你說什麼？好，我告訴冬兒姐姐，還有娃娃、妙妙。」

楊浩著裝已畢，到了床邊笑盈盈地在她粉腮上一吻，笑道：「去吧，告訴她們，某個羞羞臉的小丫頭自己不知節制，早上爬不起床，又埋怨她的官人，看她們笑不笑妳？」

焰焰氣得牙根癢癢，嚷嚷道：「我要離家出走，我要去雁門關外紫薇山尋訪呂祖，學一身本事回來，制得你死死的。」

「固所願，不敢請耳。」楊浩戴好護耳，隔著被子在她隆臀上賞了響亮的一記巴掌，輕笑道：「官人出去做事了，如果真的要去，記得打聲招呼，官人給妳備車。」

楊浩走出門去，只見穆羽一身戎裝整齊，旁邊站著姆依可，臂彎裡搭著他的大氅，楊浩接過來繫在身上，只見院中積雪盈尺，到處一片瑩白，不由精神一振，問道：「什麼事這般緊急？」

穆羽道：「大人，昨夜暴雪，壓垮了許多處民居，還有些流浪百姓無處寄身，凍餓街頭。一大早，范大人、林大人、徐大人、蕭大人他們就分頭巡視四城去了，讓小的來請示大人，是否設些粥棚，賑濟災民？」

楊浩暗叫一聲慚愧，他不曾做過這方面的事，思慮哪及這些人周詳。楊浩忙道：「當然要，立即開官倉，在四城設八處粥棚，看其需要，再做增減，本官馬上也去巡視一番，看看雪災情形如何。」

楊浩帶了侍衛，急急出了府門，街上大雪更厚，行不得馬，他帶著侍衛，一步步行在街頭，心中忽想：「這大雪，對中原農牧民族來說，災害還不嚴重，可對塞外民族來說，是與黑災並列的白災，可見其害何等之大。城中縱有些災民也有限得很，倒是周邊的一些部落，怕是難以維生了，我是否……」

他一路走，一路想著心事，是以他六識雖敏銳，卻未發覺路邊幾道陰冷的目光對他的盯視，兩個穿皮襖、戴皮護帽的大漢互相遞個眼色，遠遠地跟著他，向長街盡頭走去……

四百四一　新生

這一夜的雪著實夠大，好在這個時代不像後世農產品經濟那麼發達，大多數人家都要儲藏糧食、乾菜，不需要從城外調撥運輸，所以物價波動不大，也不存在組織運輸、平抑市場價格方面的諸多問題，只需要清理積雪，保證城內通行，賑濟貧窮百姓，以避免出現凍死餓百姓的事情就成了。

徐鉉和蕭儼都是善於掌理政務的能臣，再加上范思棋、林朋羽等人共同行事，這些事他們足以料理得完美無瑕，只不過像動用府庫存糧、開倉賑民這樣的事，需要楊浩這位城主來親自下令罷了。

楊浩在城中巡視了一番，見除雪的、救治災民的、設粥棚賑糧的工作都已迅速展開，這才放下心來。待他趕到東城時，只見徐鉉正指揮著人為棚戶區百姓加固房屋，有幾幢半塌不塌的建築，正用大木撐起，進行搶修。

一見楊浩趕到，徐鉉連忙迎上來，拱手道：「太尉。」

楊浩點點頭，問道：「看樣子倒塌了幾間房舍？不曾重建之前，這些百姓都安頓在哪裡？有飯吃嗎？鋪蓋和冬衣可都準備了？」

徐鉉道：「太尉放心，這些百姓已就近安置到了長慶寺，糧米和鋪蓋也都準備了，絕不致餓死凍死百姓的。」

楊浩欣然點頭，與他並肩而行，微笑著道：「大學士有經天緯地之才，讓你遷就於這西域小城，做這縣令知府任內的事，虧待了大人。」

徐鉉道：「百姓無小事，能為百姓做些實事，徐某非常開心。倒是太尉軍務繁忙，大清早的就來巡視全城，探問百姓，銀州有太尉這樣的一方父母，真是他們的福氣呀。」

說到這兒，他忽想起去年江淮大水，許多百姓人家遭災，可是國主卻只顧吟詩作畫、下棋禮佛，居然要等到宋國皇帝趙匡胤下令賑災，這才開倉賑濟災民，且不說對自己的子民愛護不夠，還把一個招攬民心的大好機會，用自己的庫糧，卻拱手奉送了趙匡胤，有那趁災情大發國難財的本該嚴刑懲辦，結果那些人都家有巨財，買通了宮中太監、僧人，在長命燈上做手腳，讓佞崇佛道的國主誤以為是天意，都在齋日給釋放了，兩相比較，不由輕輕嘆息了一聲。

徐鉉和蕭儼如今姓氏雖然未改，名字卻都改了，以避朝廷耳目。楊浩得了銀州，正在把銀州與蘆嶺州以橫山為依托進行貫通連接，此時他聲名鵲起，四方豪傑、八面部落紛紛投奔，麾下聚集了大批人手，但有所長者俱都得到了提拔、安排了差使，所以倒也沒人把他們和開封死於隴西郡公府的徐鉉、蕭儼聯繫起來。

楊浩親自往長慶寺探望了受災百姓，見他們果然得到了安頓，衣食無缺，這才放下心來，與徐鉉在山門外道別，繼續向前巡視。徐鉉站在長慶寺山門外，微微的風，颳著門楣上的雪沫，直往他的脖子裡灌，他卻渾若未覺，站在那兒望著楊浩的背影，直到他消失在長巷盡頭……

李煜要他跟隨自己一起逃出汴京的時候，徐鉉一刻也沒有猶豫，他沒有陳喬那樣剛烈的性子，兵臨城下時寧可以身殉國也不做降臣，可他對國主的忠心是毋庸置疑的。他不會主動求死，但是如果國主要往哪裡去，他也不惜此身，願隨他赴湯蹈火，所以，他毫不猶豫地隨著李煜逃了。

在皇家菜園地裡藏了一個半月，他們就必須得離開了。一來，那種地方不能長久藏人，一個半月的時間，汴梁城的戒備已然鬆懈了下來，也有了機會離開。二來，馬上就要進入秋收季節，皇家園林許多蔬菜都要入地窖儲放，再藏下去難免要被人發現。

他們順利地逃出了汴梁城，想不到馬上就要進入西北地境時，卻在絳縣露了馬腳，被人疑是夾帶走私的商販要他們接受盤查。以他們的身分，哪敢等著人家仔細勘驗？當下只得落荒而逃，絳縣的捕快和弓手一路追趕，匆忙逃避之時，國主被一個弓手一箭正中後心，當場取了性命。

徐鉉的一腔熱忱就此化作了一個泡影，如果國主活著，那麼他們未必不能恢復李氏江山，可是李煜死了，以徐鉉老道的政壇經驗，已然知道江南李氏再也不能光復皇位了。李仲寓雖然也能起到號召江南舊部的作用，可是他沒有李煜那樣的威望和身分，一個從不曾掌握過皇權的曾經的太子，就算在楊浩的幫助下顛覆了趙家的統治，也只有為他人作嫁衣裳這一個結果。

徐鉉是唐中主李璟臨終授命的顧命大臣，也是李煜一朝的重臣，如果李煜活著，不管是為了身後之名，還是他一個讀書人所秉持的忠義氣節，他都要忠於李煜，而李煜死了，他對李仲寓這個乳口小兒卻談不上何等的忠心，他也需要為自己和家人做些考慮了。

毫無疑問，不管他願不願意，今後他都要仰仗楊浩，如果要他在楊浩和李仲寓之間做個選擇，他更傾向於這個有兵有權、大有一方霸主氣勢的楊太尉做自己的主公。可是這番心意，他私下與密友蕭儼也曾計議過，卻始終沒有最終下個決定，楊浩比起李仲寓，甚至比起國主來，都更像一個明君，可是……他如今不過是西北諸藩中的一人，他真有那樣的氣運，建立一個國家嗎？

痴痴站立良久，一陣風來襲入衣袍，徐鉉激靈靈打了一個冷顫，這才嘆息一聲，率領自己的僚屬往巷中趕去……

楊浩一路行去，前方忽現一處大宅，宅前門上只有「李府」兩個大字，還有幾名士兵在門前站崗，楊浩不由站住了腳步。這裡住的就是小周后和李仲寓了，不過他們的身分屬於最高的機密，只有楊浩身邊幾位重臣才知道，就連門口站崗的士兵也不知道府中的人真正身分。

銀州李姓族人眾多，李一德就是銀州李氏大戶，門口掛一塊李府的招牌，再有幾名士兵站崗，絲毫不會引起別人的注意。

如今徐鉉和蕭儼，他已充分利用了他們的才能，成為自己帥府中主管民政的兩位得力臂助，對西北民政的施政綱領，這兩個人頗有獨到見解，對他的主張又進行了充分的完善，楊浩只是提出了一個粗略的框架，經過他們詳細的制定，已然迅速推行下去，成效顯著。至於江南，他已派了人去利用現在的傳言進行推波助瀾，不過暫時李仲寓還派不上大用場。

他也沒有想到李煜竟會死在路上，他知道李煜本來會死的，大概就在這一兩年間，傳說他是中了牽機之毒，痛楚哀嚎許久，方全身抽搐而死，死狀慘不堪言，可是沒想到自己費盡周折，只改變了他死亡的方式，終究沒有救得他性命。

想起當日所見穿一身孝、哭得梨花帶雨的小周后，楊浩暗暗嘆了口氣，如今已經過去三個多月了，想起她嬌怯怯、悲慘慘的模樣，楊浩還是有些氣餒，本想入府探望一番的，終於還是止住。他緊了緊大氅，扭頭對穆羽低聲道：「他們來自江南，不慣北方嚴寒，回頭著人多送些薪炭上門，唔……還有水產。」

穆羽答應一聲，楊浩便折身向回走，剛剛走出幾步，一輛炭車忽然從岔路上疾衝過來，車上的車夫大呼小叫，張皇失措。這條路已經在兵士和巷子兩旁的百姓、店鋪夥計們打掃下除去了積雪，地上只留薄薄一層，反而更顯溼滑，看那驚馬的模樣，現在想剎也剎不住了。

「大人快閃開！」穆羽一個箭步竄到楊浩身前，怒喝道：「誰家的驚馬，傷了我家大人，要你……」

因那驚馬一來，楊浩很自然地便避往路旁，這一來，前後保護的侍衛警戒的隊形便也一亂，露出幾個空檔，路旁穿著大羊皮襖正在奮力堆著積雪的百姓突然抬起頭來，目光射出凜凜的兇芒，向楊浩猛撲過來。這時推著獨輪小車販棗的一個小商販也突然掀了車子，從裡邊抓出兩把銅鐧來，有人揮舞著鐵鍬，又有人從掃把中抽出利劍，所有的人都奮不顧身，目標只有一個：楊浩！

事出突然，刺客的身手又高明，就算及時警醒，侍衛們也來不及搶上前來護衛，再加上地面溼滑，侍衛們穿的又是皮靴，速度更是一慢，這剎那工夫，一把大掃帚已扎向楊浩的面門，一柄寒光閃閃的鐵鍬斜斜削向他的頸子，同時一柄利劍搠向他的小腹。

楊浩急急一閃身，腰中劍便鏗然出鞘，劍光如電般一閃，那把鐵鍬的硬楸木長把便被削為兩段，劍勢絲毫不停，順勢向下一劃，與那柄利劍鏗地交擊一聲，迸出一串火花，楊浩手中的劍渾然無恙，那刺客手中的劍已出現豆粒大的一個缺口。

與此同時，楊浩急急仰身，那把掃帚貼著他的面門劃了過去，楊浩飛起一腳，大皮靴便踹在了那刺客胸腹之間，將他整個人都踹飛了出去，擋住了幾個刺客疾撲的路線。

楊浩的青霜劍自從斷於江南秦淮河上之後，用的一直都是普通的佩劍，可是此刻他腰間這柄劍卻是一把削鐵如泥的寶劍，若非如此，他也不敢篤定自己就能一劍削斷鐵鍬，磕開對方的利劍，同時化解兩面危機了。

這柄劍叫紫電，紫電青霜，雌雄雙劍。紫電為雄，青霜分雌，兩把劍分別給了折家兩個女兒折子悅、折子渝。兩人的名字分別取得是「死生契闊，與子相悅，攜子之手，與子偕老」之意。至於折賽花這個名字，那是後人杜撰的了，事實上她們這出嫁前的閨名，嫁人後根本不會公諸於眾，府志中也只載其為折氏，不會記載她們的名字。

當初折家大姐折子悅成親時，這柄紫電劍便做了嫁妝隨她到了夫家，折子渝肯將青霜劍送給楊浩，她當時的心意自然也是不言而喻，不料那柄劍卻折於江南，從此世上只有紫電而無青霜了。折家大姐嫁了楊繼業，在家相夫教子，不復少女時候時常出門，便把這柄鋒利無匹的紫電劍給了丈夫，當作他的護身寶劍。

楊浩有心勸降楊繼業，可他費盡心機，果然無法勸得這位忠臣棄漢國劉氏而輔佐自己，楊浩無奈，只得故示大方，放他父子離去。楊繼業雖不肯棄主求榮，卻也感於楊浩對自己的器重和禮遇，見他勸降不成，竟慷慨地釋自己歸去，對楊浩的高風亮節也大感欽佩。

兩個人是識英雄，重英雄，惺惺相惜，臨別之際，楊繼業便將自己這柄隨身寶劍贈給了楊浩，算是答謝他義釋自己父子離去的一番情義。楊浩其實並不死心，自然不肯就此切斷與他的聯繫，又得知這寶劍來歷，想著有朝一日說不定可以用這紫電劍讓子渝那隻傲驕的小天鵝乖乖就範，於是便不加推辭地接受下來，想不到今日卻派上了大用場。

那幾名刺客沒想到楊浩手中利器如此厲害，本來勢在必得的一擊落空，立即聯手再攻，外圍一個使鐵鏟的大漢和那使雙手鐧的刺客拚命阻擋楊浩的侍衛，另外三人則挺起兵刃，不予楊浩絲毫喘息之機。

穆羽一刀斬斷那飛跌過來的刺客脖子，舉刀疾撲過來，生恐楊浩有個意外，楊浩一抖手腕，手中劍鞘電一般彈出，打向那個持著半截鐵鍬把的刺客面門，手中劍則如電光乍現，飛快地迎向另兩名刺客手中的兵器，一左一右兩道劍光，幾乎不分先後地撞上他們的兵刃，在磕開他們兵刃的剎那，劍光便扶搖而起，刺向一人咽喉。

街上行人不多，這些行人都驚慌地站在遠處看著，其中一個佝僂著腰的白鬍子老漢腳下一滑，正欲欺身近前，忽見楊浩單手擎劍，另一手劍指在背後一晃，目光不由一閃，急急地又站住了腳步，前撲的身影很自然地變成了前跌，踉蹌了一步又穩穩地站住，在旁人看來就好像這老頭被看熱鬧的人擠了一下，因為腳下發滑險些跌了一跤，沒有絲毫異樣。

穆羽等侍衛們發瘋一般地向楊浩身前靠近，一口口彎刀猶如狂飆，嘯聲勁厲，在幾柄刀夾攻之下，一個刺客被攔腰砍斷，另兩個刺客一個被剁去右手，一個被砍斷了脖子。那斷了手的刺客慘叫著打旋跌開，身子還未落地，便被一個侍衛一刀捅進了後心。

這一切只在電光火石之間，六個刺客死了四個，侍衛們雖是人多勢眾，也倒下了七、八個人，雖無性命之憂，卻也俱都帶傷，此時圍攻楊浩的只剩下兩個人，眼見情勢不妙，二人呼嘯一聲，一個向東、一個向西，急急竄向巷弄之中，身法快逾追風。

楊浩抬腿一踼，那鐵鍬頭便飛了起來，帶著淒厲的嘯聲追向逃往左邊小巷的那個刺客。那刺客聽到身後動靜，想也不想揮劍便擋，不想背後飛來的東西既不是利箭也不是投矛，而是飛旋而至的鐵鍬頭，鋒利宛如利斧的鐵鍬頭化作一團虛影，呼嘯著旋轉而至，哪是一柄劍擋得住的？只聽「嚓」的一聲，劍斷，「噗」的一聲，人頭飛起，無頭的屍身又狂奔出兩丈多遠，噗通一聲滑倒在地，貼著雪地又滑出七、八米遠。

穆羽帶著人要往右邊巷中那人追去，楊浩還劍入鞘，淡淡地道：「刺客輕身功夫極好，不用追了，全城戒備，追查兇手……」

他說著，回頭向不遠處的人群看了一眼，那個白鬚老者已不見了蹤影，楊浩不由輕輕一笑……

＊　＊　＊

「浩哥哥，你沒受傷吧？」

楊浩剛一回府，早已聞訊的冬兒、焰焰、娃娃、妙妙便緊張地迎了上來。楊浩一看冬兒大腹便便的樣子，真比冬兒還要緊張，趕緊搶上去從妙妙手裡接過她的手臂，擔心地道：「我能有什麼事，不過是幾個膽大包天的小蟊賊罷了。妳怎可出來走動？眼看分娩在即，要是滑上一下，動了胎氣可怎麼得了？」

冬兒上下仔細看他，見他果然不曾受一點傷，這才放下心來，她甜甜一笑，柔聲道：「我哪有那般嬌氣的？再說娃娃和妙妙小心著呢，這地面掃得也乾淨。」

楊浩道：「小心無大錯，總之，安全第一，再不嬌氣這段時間也不許再到院中走動了。娃娃、妙妙，妳們看緊了她。」

楊浩一邊說，一邊扶著冬兒回了花廳，一家人坐下，反正也沒有外人，楊浩便老實不客氣地摸上了冬兒的肚子。

「看看，看看，我就說吧，妳不害怕，孩子還怕呢，這麼冷的天，別凍著了他，聽聽，他在裡邊打拳抗議呢。」

冬兒比較顯懷，腹部高高隆起，楊浩小心地撫著她的肚子，裡邊的小傢伙果然不安分，正在拳打腳踢，楊浩的手按上去，也不知是小手還是小腳，在裡邊很有力地搪著肚皮，楊浩要是輕輕按一下做為回應，他在裡邊就鬧得更加歡實，緊跟著楊浩的動作動彈起來，楊浩不禁失笑道：「這小傢伙，一看就是個調皮搗蛋的主兒，可不像他娘一般文靜。」

焰焰和娃娃、妙妙看了自家官人那一股小心勁，都眼熱得很，巴不得自己換了冬兒坐在那裡，可是低頭看看自己平坦的小腹，又不禁暗自泄氣，三個小美女互相瞄了一眼，心照不宣，暗暗告誡自己：趁著冬兒有孕，冬天公務又不繁忙，這些天一定得使出渾身解數，讓官人常往自己房中走動，教他鞠躬盡瘁、辛苦耕耘，總要讓他楊家的種在自己肚裡生根發芽那才安心。

「快過年了，得囑咐府上的人，今年帥府裡不得使用爆竹。」

楊浩說著，又彎下腰去，把耳朵貼在冬兒的肚子上，聽著裡邊健康有力的心跳聲，楊浩忽地心中一動：「冬兒生孕比蕭綽晚吶，冬兒還有大半個月就該生了，那蕭綽……現在應該已經生了吧？」

四百四二　生來就是天子

遼國上京，大內，月華宮。

一群群內侍宮人進進出出，行色十分匆忙。穿紅襖、戴絡纓狐尾帽的女兵們手按刀柄，戒備森嚴。北院宰相室昉、蕭氏族中年紀最長的老爺子蕭鼎，帶著幾位蕭綽的長輩至親、還有幾位德高望重的耶律皇族的老王爺，在月華宮前殿裡像熱鍋上的螞蟻一般踱來踱去，各懷心思。

月華宮裡，有一位十九歲的女子，馬上就要誕下孩兒，擱在旁人家，這不過是一家一姓的緊要之事，而擱在皇家，卻是舉國關注的大事。先帝已經死了，契丹已經半年多沒有皇帝了，國不可一日無君，照理說，壓根就不該等著皇后娘娘誕生皇子，這件事變數太大，為了皇權的穩定，早該另立新君了，但是蕭綽憑著她的鐵血手腕、朝中心腹重臣的支持、蕭家的支持，硬是扛住了皇族的重重壓力，堅持到了今天。

今天，這個即將呱呱落地的嬰兒如果是個男嬰，那麼契丹將馬上誕生一位新皇帝，皇后娘娘將晉陞為太后，在皇帝成年之前代為掌管朝政，朝廷政局將不會發生什麼改變，如果是個女嬰，那麼馬上就得議立新君，就得重新進行權力分配。

茲事體大，誰不關心？滿朝文武都到了大殿等候消息，宮衛軍已將皇城團團圍住，刀出鞘、箭上弦，嚴陣以待，而諸皇族、大族的族帳軍、五京鄉軍等都在祕密進行調動，以防不測的發生，整個契丹潛流湧動，只有那些對此嚴重事態一無所知的尋常百姓還在興致勃勃地逛大街，購買年貨，準備迎接新年的到來，和隨之將至的元宵放偷日。

「哇哇哇——」

一陣陣嘹亮的嬰兒啼哭聲自後殿中傳出，蕭鼎老爺子、室昉老爺子連著耶律家的幾個白鬍子老頭都擠到了後殿門口，眼巴巴地看著，有那沉不住氣的，已大聲叫了起來：「快，快說一聲，是男孩還是女孩？」

殿中熱氣騰騰，蕭綽滿頭大汗地躺在榻上，穩婆和女醫急急忙忙在做著善後，巫師仍在屏風前面抽風似地蹦著、跳著，在緊密的羯鼓聲中折騰得一身大汗。熱水、乾淨的棉布、銀剪刀，以及補充元氣的清燉參雞湯……宮女們捧著各式各樣的東西都有些手忙腳亂的感覺。

蕭綽已耗盡了最後一分力氣，神智有些恍惚，孩子的啼哭聲聽起來也是忽遠忽近，她被人半扶起來，一碗參湯遞到了嘴邊，蕭綽用力推開，吃力地問道：「我……我兒……是男……是女？」

一個穩婆眉開眼笑地道：「娘娘大喜，娘娘生的是一位龍子，是一位龍子，好結實，白白胖胖的……」

「抱……抱來我看。」

孩子身上的血跡還沒有完全洗乾淨，就被淨布裹了呈到蕭綽的面前，蕭綽親眼看了確是一個兒子，這才鬆了口氣，歡喜的眼淚奪眶而出，她做了個不引人注意的手勢，殿角的女衛首領暗暗鬆了口氣，悄然退了出去。

一碗參湯下肚，又過了一陣，一個小小的人兒被送到了她的榻邊，蕭綽扭過頭，看著那已陷入甜美夢鄉的小傢伙，粉嘟嘟的臉蛋，胖胖的雙下巴，閉著眼睛睡得正香，兩隻小手時不時地還要扎撒開來，似要抱住什麼東西，然後慢慢地又落回腦袋旁邊，雙手抱頭，睡相憨得可愛。

蕭綽脣邊綻開一絲甜蜜的微笑，看著那小小的拳頭，時張時合，小小的手指看起來細細的，好像透明的一般，初為人母的蕭綽看著竟不敢去碰觸一下，好像一碰就碰折了它，過了好半天，她才試探著伸出一根手指，輕輕點了點小娃娃的掌心，小娃娃立刻緊緊攥住她的手指，再也不撒開。

「小冤家，今天你可折騰死娘了……」蕭綽喃喃地說著，湊過去輕輕貼了貼兒子那比新剝雞蛋還要光滑、比新鮮的豆腐還要嬌嫩柔軟的臉頰，甜蜜、溫馨、滿足的感覺充斥了她的心胸，唯一美中不足的，大概就是這小冤家的爹不在眼前。她把自己的兒子抱在胸前，又何嘗不希望她的男人這時也能把她抱在胸前，似這般輕輕絮語……

＊　＊　＊

銀州白虎節堂側衙。

一個白髮老者拱手道：「太尉，老漢一路追蹤，已查得明白，那刺客來自党項明堂部落，是受該部酋首李繼法所命。」

「明堂川李繼法？」

楊浩立即走到他特製的大沙盤前面，這幅沙盤是整個河西隴右地區的山川地理圖，山川、河流、草原、沙漠、城池都十分詳盡，不同勢力派系控制的地區上邊還插著分別代表其勢力顏色的小旗，小旗上面又標明他們的族帳、人馬，是目前整個西域最詳盡的一份地圖，動用了「飛羽」、「隨風」、「繼嗣堂」三方面間諜勢力才繪製完成的，有這幅地圖在，許多驍勇善戰卻目不識丁的將領也能把整個西域形勢瞭然於胸。

丁承宗也推著代步的木輪車到了沙盤前，盯著銀州北方那處土黃色的小旗，徐徐說道：「李繼法，是李光儼的親姪子，今年二十有八，李繼遷死後，銀州諸雄爭位，夏州李光睿立了李光霽為銀州防禦，李繼法失寵，對夏州不無怨言。

「我們本來以為，李繼法會因此失卻對李光睿的忠心，而且憑他在明堂川的勢力，也構不成對我銀州的威脅，再加上目前太尉打的是驅逐慶王復我國土的旗號，還需要宋國這面招牌撐門面，李繼法名義上也是宋臣，所以沒有打他的主意。沒想到，他倒想刺殺太尉了。」

說起周圍形勢，丁承宗如數家珍，楊浩要總攬全局，做將將之人，對於諸多細節都交給手下人去做，打一開始就沒打算做個事必躬親的主帥，對這方面的情報自知不如丁承宗了解，便又問道：「明堂川有多少人馬？如果我傾力一攻，又是出其不意的話，能否一舉攻克？」

丁承宗道：「那裡更偏向北方，農耕者少，畜牧者多，有族帳一萬四千餘戶，七萬多人口，不過大多散居各處放牧為生，他們沒有足夠的糧草養活那麼多城市百姓，所以集中居住在雙龍城的百姓有限，常駐精銳兵馬不足五千，那座城雖是建於雙龍嶺上，卻殘破不堪，不值一守。如果咱們能出其不意揮軍一擊，李繼法必敗。

「不過麻煩的是兩點，第一，李繼法家當有限，敵得過就敵，敵不過就棄城而走，他本以游牧為主，一旦逃去，四面八方皆可逃逸，追無可追，我們一走，他又可回來，如果不能聚而殲之，則頂多傷他些皮毛，勞師遠征，得不償失。另一方面，李氏還不曾主動對我們用兵，我們也沒有李繼法刺殺太尉的證據，如果貿然挑起事端，恐在道義上陷於不利的一面。」

楊浩冷冷一笑，在沙盤上點了點，淡淡地道：「有些人是屬驢子的，趕著不走，打著倒退，你想與人為善是行不通的，在這個強者稱王的地方，有恩也得有威，恩威並撫，才能讓人心服口報。你沒有強橫的手段，保證一有機會，那些野心勃勃的人反起來比誰都快。在西北，就得做狼王，做狼王，豈能不露露你的尖牙利爪！」

丁承宗微笑起來，欣賞地看了眼自己兄弟，頷首道：「好，既然太尉有意打一打，那我馬上去召集幕僚，研究一下由誰出戰、調動多少人馬、何時出戰，有了詳細計畫，再呈報太尉批准。李繼法手下有一大將，名叫張浦，此人是個漢人，有勇有謀，銀州人，素得李光儼器重，李光儼死後，李光霽繼位，大肆任用私人，張浦在他手下不得志，便投奔了李繼法，李繼法是個粗人，不足為慮，倒是此人有些計謀，要想出其不意，一舉殲滅明堂川之敵，需要仔細籌謀一番。」

楊浩點點頭，又道：「還有，哪些部落遭了白災，部落中的糧食無以為繼的，要早些派人輸運糧草過去，不服的要打一打，肯歸順的，我們也要一視同仁，予以照顧。」

丁承宗點頭道：「我知道了，下官告退。」

這些事，楊浩並未瞞著那老者，這老者是竹韻的父親，姓古名大吉，也算是一個江湖異人了。他雖是繼嗣堂的人，不過楊浩現在與繼嗣堂正在蜜月期，一些有時效限制的機密，也就無須對繼嗣堂的人有所隱瞞。

丁承宗離開後，楊浩才轉向古大吉，含笑一揖道：「有勞老人家了，這番奔波，實在辛苦了，請古老丈在銀州歇息些時日，待計議已定，說不定還有勞動老丈出手的事情。」

古大吉見他堂堂宰相般的人物，對自己如此禮敬，不禁受寵若驚，連忙搖手道：「太尉客氣了，客氣了，老漢可當不起太尉一揖，有什麼事情，太尉儘管吩咐便是。」

楊浩呵呵一笑道：「好，老丈先去休息吧。」

古大吉答應一聲，轉身欲走，忽然又猶豫了一下，訕訕地笑道：「能為太尉效力，老漢是毫無怨言的，不過……老朽以筋骨為能，老漢如今的身手比起壯年時候可是差了許多，別的老漢不怕，就怕萬一有個閃失，會誤了太尉的大事。小女竹韻，盡得老漢真傳，為人也算乖巧伶俐，如果太尉不嫌棄，可以把她收在身邊聽用，一定對太尉有所助益的。」

楊浩一呆，慢慢露出笑容道：「喔……竹韻姑娘機敏聰慧，一身武功出神入化，本官一向是器重的。她如今正在蘆嶺州那邊訓練『飛羽』，等那邊空閒下來，本官會把她調回來聽用的。」

古大吉一聽，滿臉的褶皺都歡喜得展開了來，連聲道：「那就好，那就好，唔……那老漢告辭了，告辭了。」

古大吉邁開大步，歡歡喜喜地走了出去，楊浩望著他的背影，半晌才啞然一笑。

古大吉是個武術高手，說他是江湖異人也不為過，不過從武藝上來說，他固然算是江湖上一等一的高手，可是說到底，他只是一個供繼嗣堂驅策奔走的下人罷了。一個真正超脫世外的人，是指他的心胸志氣，如果這一點到了境界，哪怕他手無縛雞之力，也能笑傲王侯。反之，一個世俗之人，有家庭、有子民，為了紅塵俗世無盡的繁雜操心，就算他武功蓋世，還是一個世俗之人，要對權力和財富低頭。

如今亂世，武人的地位並不算低，但也絕對算不上高，武俠小說裡可以傲視一切的武林高手是不存在的，真正的武術高手全都貨賣帝王家去了，就算扶搖子陳摶那樣真正把心性修煉得無視紅塵誘惑的世外高人，早幾年還不是與趙官家有所接觸，倚賴帝王權力，成就了自己超脫的地位，古大吉又何能免俗呢？

為人父的，誰希望自己的女兒整天刀劍不離身，做些刀頭舔血的亡命生涯？在古大吉心中，女兒如果能成為像自己這樣年輕有為的一方豪雄的侍妾，已是攀了高枝，得了個求之不得的好出身了吧？

楊浩對古大吉的用心並沒有什麼鄙夷，反而生出許多感慨。把竹韻調回蘆嶺州，固然是希望她能幫助自己訓練「飛羽」，希望有朝一日這支密諜隊伍脫胎換骨變成鳳凰，其實他也自有一番良苦用心。竹韻對壁宿的好感他看得出來，他也希望竹韻這個好姑娘能融化壁宿那顆冰封的心，不要讓他把自己永遠封閉在仇恨的深淵裡。

可是二人之間迄今為止還毫無進展，靜水月的死，對壁宿的傷害實在是太大了，他對水月用情如此之深，或許……只有趙光義之死，才能解開他這個心結吧？

＊　＊　＊

冰天雪地的莽莽荒原上，大隊人馬往返衝鋒，人喊馬嘶，聲勢震天，卻又隨著旗號鼓樂的指揮，亂中有靜，有條不紊。

現代考量一支部隊的戰鬥力，除了防禦方面，主要是從機動力、火力和通訊能力幾方面來評定的，而冷兵器時代也大抵相當。從防禦力上來講，一支衝鋒陷陣的部隊，不著甲弱於著甲，著皮甲弱於著鐵甲，而著鐵甲中鱗甲又弱於板甲。但是幾者之中，板甲的製造成本明顯是最高的。

現在的周邊民族已經不比漢朝時候的匈奴了，那時的匈奴軍隊使用的箭矢大部分還是用獸骨磨成的，而現在的少數民族已經掌握了相當高超的鍛造冶煉技術，尤其是從西域阿拉伯民族傳來一些更加先進的鍛冶技術，甚至超越了中原漢族。那麼想要盡量減少己方的傷亡，就必須在戰甲上下些苦功了。

楊浩擁有自己的鐵礦，煤礦也是現成的，兩相結合，再輔以繼嗣堂提供的財力、自稱是珠寶商人的大食國軍火商人塔利卜提供的高超鍛造冶煉技術，一品堂李興的兵器製造技巧，兼收並蓄之下，不止是他的精銳部隊人人配備了護住要害的鐵盔、板式胸甲，而且在遠近進攻武器上也遠遠超出了對手一截。

至於機動力，楊浩並不較對手高明太多，能偷運過來的大食寶馬有限，能提供的馬匹消耗也有限，而且牠們短程衝鋒速度遠勝於蒙古馬，但是長途奔襲能力卻要差了一籌，也不需要配備太多。不過在楊浩控制區域內，要得到足夠的馬匹並不為難。

自從發明了馬鐙，騎兵就是戰鬥部隊中的王者，它的機動力是步兵的數十倍，雖說正面對抗中步兵如果指揮得宜，未必就會吃虧，甚至騎兵的傷損還要甚於步軍，可是騎兵的速度卻是步軍的數十倍，騎兵敗了可以逃走避免損失，而步兵敗了就一定潰亡，兩者根本不在同一個起跑線上。

本來中原步兵對付騎兵最得力的武器是弓，這也是宋軍配備弓手比例最多的原因，可楊浩所部大量裝備了一品弓，這種弓與其說是弓，不如說是弩，弓射程短，不易瞄準，連射十餘次就會感到極度疲倦，而弩卻遠甚於它。楊浩曾經驚嘆於電影《英雄》中萬弩齊發的恐怖場面，當他親眼見識到了一品弓的威力，他開始意識到這種場面並非不可實現，他如今也能做得到了。

他手下的兵本來就擅長騎射，甚至無需專門的訓練，這樣的士兵自然識得一品弓的厲害，當他們初次拿到一品弓並進行演練之後，就已經意識到自己的強大，士氣之銳，無與倫比。

方才的這場作戰演習，在傳統的西域民族慣常的衝鋒、破陣、剿敵戰術演練上，還加上了楊浩提議的一種新的戰術：拿破崙戰術。楊浩當然沒有給它取這個名字，但他用的就是拿破崙戰術，在大集團決戰的情形下，以精銳騎兵對敵方進行擠壓，迫使其陣形收縮變密，然後以一品弓、駱駝承載的旋風炮進行遠程打擊，在造成對方陣形極度混亂之後，重騎兵破陣，陌刀手掃蕩，步兵主力清掃整個戰場。

木恩、木魁等人雖是目不識丁，卻通曉具體的戰術，楊浩這種戰術經過他們的演練，已爛熟於心，對於這種戰術將發揮何等威力，他們也心知肚明。如果說他們服從楊浩，只是因為楊浩的少主身分和他的仁義風範，從這一刻起，他們卻真的是對他由衷地產生了一種敬畏。

楊浩站在陣前，親眼見到士卒的配合演練，將這種戰術詮釋得完美無瑕，心中也十分歡喜，不過他卻不知道他偷師於拿破崙的這門戰術，實際上卻是拿破崙偷師於永樂大帝的。永樂大帝就是用三千營的精銳騎兵擠壓蒙古騎兵的陣形，再使神機營在正面使用三段擊的戰術，用火器進行傾瀉性打擊而橫掃漠北，無往而不勝的。

騎兵已率先撤離了演武場，現在是配合作戰的步兵隊伍退下，他們都打了綁腿，這個小玩意兒的發明，使他們的速度也提高了許多，長途行軍中小腿肌肉也不易拉傷。楊浩端坐馬上，待步兵方陣也退出了演武場，轉首對木恩笑道：「好，我本以為，你們幾人作戰雖然勇敢，可惜目不識丁，訓練士卒未必在行，想不到你們不止是一員猛將，而且是一員良將，哈哈，這支軍隊被你們操練得十分出色。小六和鐵牛正在蘆嶺州練兵，回頭你們派幾個已精擅這種戰術的將領回去，對他們指點一番。」

木恩和木魁得他讚賞，滿面紅光，二人連聲應是，楊浩正欲撥馬回城，遠方忽有一騎箭一般飛來。那人穿一身白，胯下一匹紅馬，背後一件大紅的披風，策馬飛馳在那雪原上，就像一朵紅雲正飄飛而至，楊浩不禁勒住了坐騎，驚咦了一聲。

片刻工夫，那匹飛馬已奔到楊浩面前，馬上的騎士猛一勒韁繩，戰馬人立而起，希聿聿一聲長嘶，幾大團鼻息噴吐的白霧在楊浩面前消散。

「玉落，妳怎麼來了？」楊浩看清那馬上的騎士，不禁笑道。

馬上的騎士一身白色勁裝，小蠻腰紮得緊緊的，肋下一口寶劍，紅披風剛剛飄落，英姿颯爽，俊俏不凡，正是丁玉落。

丁玉落卻不叫大哥，她在馬上向楊浩行了個標準的軍禮，氣鼓鼓地道：「大元帥今日觀三軍演武操練，何以不召我女兵營習練一番？末將不服。」

楊浩與木恩、木魁、柯鎮惡等將相顧愕然，隨即哈哈大笑，說道：「啊，不錯，不錯，我倒忘了麾下還有一支女兵，嗯……是我的錯，今日再去調女兵來，怕來不及了，這樣吧，等下次……」

丁玉落得意地一笑，蛾眉一揚道：「就知道大元帥會這麼說，既然大元帥無意不檢閱我女兵隊伍就好，我們的人已經來了，大元帥現在可以檢閱了嗎？」

楊浩又是一呆，失笑道：「好吧，既然來了，那本帥就看看，妳們的人馬在哪兒？」

丁玉落大喜，反手取弓抽箭，一枝鳴鏑射出去，目標正是左側一處高坡。箭鳴聲消逝在遠方，那處高坡上突然湧動出一條紅線，紅線迅速變成了一片紅色的巨浪，號角嗚嗚響起，人如虎、馬如龍，一隊隊披掛整齊的女兵隊伍洶湧而至。

楊浩本沒打算讓她們上陣廝殺，只希望她們在穩固後方以及守城方面發揮些作用，所以沒有給她們配備造價較高的板式胸甲，這些女兵俱都穿著輕便的牛皮鎧甲，外罩紅色生絲披風，頭盔上火紅的盔纓飛舞著，像一片紅片的巨浪從高坡上撲下來，在白雪皚皚的荒原上蔚為壯觀。

如今冬兒分娩在即，還不曾親自領軍，女兵由穆青漩、丁玉落、甜酒三人為副將統領，看這陣形整支隊伍被她們操練得也是不俗，由她們這麼多人馬隱於高坡之後，卻不曾發出一點聲息引起楊浩關注就可見一斑。

「哇，女兵啊！」

「嘿，那個，看那個，那個漂亮。」

「哪個啊？」

「哎呀哎呀，那個姑娘美得……」

驚呼聲此起彼落，一片騷動。楊浩端坐不動，面無表情，只拿眼角輕輕捎了眼自己這一方陣形大亂的人馬，方才還是軍容嚴整的英武之師，如同一道銅牆鐵壁，再看現在……真沒出息，不過……還真好看，那麼多女人一齊喊殺，聲音脆得……嗯，還真挺好聽，楊浩的眼睛也不禁輕輕彎了起來。

丁玉落已策馬歸隊，三支騎兵隊伍，共計三千人，迅速擺成楔形陣，由三位副將號令著。

北方和西域女子雖擅騎射，不過很少上陣作戰，更難得見到這麼多服裝整齊畫一的女兵同時出現，那些士兵頭一回見到，自然大呼小叫，蔚為奇觀。

號角聲起，一隊女兵如紅蓮初綻，波分浪湧一般衝出來，人數大約在三百人上下，表演起衝鋒、破陣、劈殺的功夫來，一個個身姿矯健、英姿颯爽。緊接著另一隊三百人衝出來，做試探性攻擊，又迅速抽身繞向前敵側翼，抽箭搭弦，試作騎射。

憑心而論，她們的功夫絕不是花架子，不過比起男兵來，其殺傷力肯定是弱了一大截，不過近身肉搏她們雖差了些，如果遊騎作戰，差距也不是極大，如果兵力真的十分吃緊的時候，還是能發揮相當大的作用的，這還是楊浩並未著意地對她們進行訓練，武器裝備也遜色一籌的結果，能有這樣的效果已是難能可貴之極了。

楊浩喃喃自語道：「真沒看出來，這些女兵打起來還似模似樣的呀。」

柯鎮惡得意地笑道：「她們十六歲以上，四十歲以下的女子自願募集當兵，每月只訓練十天，發放一定的口糧充作軍餉，許多女子都踴躍報名，西域女子本擅騎射，稍加訓練也就成了。」

「每月只訓練十天嗎？」

楊浩聽了暗暗點頭，裝備不如人，又無人施予特別的戰術指導，每月訓練時間又少，女子為軍果然也是不凡，難怪當年大唐公主李秀寧領一支娘子軍就能馳騁關中，聲名鵲起。

柯鎮惡又道：「現在消息傳開，已有更多的女子想要入伍，只不過如今正是嚴冬天氣，恐怕開了春她們才會來了。這些女子們也是自幼習練騎射功夫，只要再對她們進行軍法軍紀和行伍號令的操練，使她們明白金鼓號角、旗號煙火的意義，能令行禁止，進退有序，戰力就大有可觀了。」

楊浩點頭道：「嗯，不過女兵須得經由自願，不可強拉入伍，她們的父母也須同意才成，許了夫家的，如果夫家不允許，也要退回去，免生許多糾葛。」

柯鎮惡笑道：「太尉儘管放心，青漩和大小姐、甜酒她們豈會幹出迫人入伍的事來？入了伍有兵糧拿，家中賦稅也有減少，窮苦人家大多都很願意的。」

這邊說著話，三隊女兵已全部投入了戰鬥，旌旗獵獵，馬嘶陣陣。白雪皚皚的荒原上，她們往復廝殺如同一團烈火般倏忽來去，協同配合十分默契。待鳴金聲起，三軍如潮水般退下，井然有序，交替掩護，完全按照實戰標準，戰法也是可圈可點，楊浩不禁頻頻點頭。

三支女軍收隊圍繞成一個個整齊的方陣，馬兒噴吐著一團團鼻息，那一個個身著紅衣的女騎士端坐馬上，在一團團白霧裊裊中更顯清麗。片刻工夫，穆青漩、丁玉落、甜酒三人策騎同來，到了楊浩面前扳鞍下馬，按軍禮單膝跪地，齊聲道：「三軍操演完畢，請大帥示下。」

楊浩笑了笑道：「真難為了妳們，操練時日短，軍械配備差，竟有這樣的效果。告訴妳們的士兵，本帥對她們……很滿意。」

甜酒大喜，一下子從地上跳了起來，飛身上馬揚鞭而去，在三千女兵之前飛馳而過，大聲傳達著楊浩的訓示，她嗓門奇大，再加上楊浩耳力又好，隱約也聽得清楚，只聽她時而漢語，時而羌語，時而契丹語，時而吐蕃語，說的應該都是同一番話，想來這些女兵來自不同部族，有些對其他部族的話並不是非常明白的。

甜酒每說一遍，女兵隊伍中便會響起一陣歡呼聲，楊浩卻微微蹙起了眉：「語言不通，可就更談不上其他的交流了，蘆嶺州的通譯館得盡快建立起來，召集各部族的博學者，將各族文化、典籍、詩詞歌曲與佛教經典一同翻譯過來，漢語在西域本已有相當的基礎，就以此為通用語，在傳播佛教經典的同時，讓他們不知不覺間熟習漢語，做為共同交流的工具。」

甜酒將訓示傳達了三軍，喜孜孜地趕回來，大聲道：「大帥，甜酒已把您的話曉諭三軍了。」

楊浩笑著點點頭，突然又把臉一板，沉聲道：「本帥下發全軍的生絲衣料，是誰允許妳們製成了披風的？嗯？」

「啊？」甜酒本以為楊浩還要讚美一番，不想卻聽到這番訓斥，她揉了揉蒜頭鼻子，便向丁玉落投去求救的目光，丁玉落見她和穆青漩都向自己望來，只好硬著頭皮道：「回大帥，大夥覺得……覺得做一件紅披風，軍容整齊，也有氣勢……」

楊浩打斷她的話，肅然道：「不如說是女兵們都覺得這樣夠漂亮才對吧？」

丁玉落垂首不語了。楊浩沉聲道：「我特意下發每個士兵一塊生絲料子，是要妳們做成衣衫穿在身上的，絲綢韌力極好，如被箭矢射中也不易穿破，這樣一旦中箭，有這生絲衣料護體，可以盡快把箭頭拔出來，不致創口過大，易於痊癒，下發衣料的時候不是已經說過了嗎？本帥不一定要讓妳們上戰場，可是妳們既能以一個士兵的標準嚴格要求自己訓練，怎麼能在這麼重要的事情上捨本逐末？回去都把披風給我改成了衣服，記住，身為主將，妳們只有兩個使命：一是打擊敵人，二是保護自己。既然當了兵，就別拿自己當女人！」

丁玉落、穆青漩和甜酒被他訓得沒了脾氣，只得乖乖應了聲是，楊浩這才展顏笑道：「妳們都起來吧，女兵能有今日這般威勢，已是大出我的預料了。契丹上京宮衛軍中，有一支侍衛親軍，名曰『火鳳』，冬兒曾做過這支侍衛親軍的統領，據說這支女兵，戰力絲毫不遜於男子。等冬兒能上得馬、提得劍的時候，本帥給妳們更換一批裝備，讓她再好好訓練一番，如果妳們練得好，咱們的女兵也叫火鳳，哈哈，與本帥的飛龍軍那可是齊名了。」

丁玉落三人大喜，連忙拱手再禮，然後回歸本陣，統領所部退出校武場。

楊浩對木恩、柯鎮惡等人又交代一番，轉身正欲離開，剛剛策馬馳出幾步，就見又有一騎飛來，到了近前急急稟道：「太尉，大夫人腹痛不已，恐是要生了。」

「什麼？」楊浩一聽嚇了一跳，也來不及多問，打馬就往城裡飛奔，一隊親兵緊隨不捨，蹄聲如雷地去了。

到了府前，楊浩飛身下馬，抬腿就往裡跑，慌慌張張地進了後院，一進月亮門就大叫起來：「冬兒在哪兒，冬兒在哪兒？可找了穩婆了？郎中呢？找幾個醫術好的郎中來，以防萬一，要記得燒熱水，給冬兒燉些滋補的老參雞湯來……」

楊浩一路叫，一路跑進了花廳，這些事他都不知道想過多少遍了，匆忙之中順口就說出來了，居然也沒說錯。他慌慌張張地跑進花廳，就見冬兒坐在榻上，懷裡捧著個漆盤，裡邊盛著酸梅乾，拈著一枚酸梅乾正要往嘴裡填，焰焰和娃娃、妙妙坐在她旁邊，正瞪大一雙杏眼，詫異地看著他。

楊浩擦下帽子，擦了把汗，四下張望一眼，小心翼翼地問道：「我兒子呢？」

「啊？」冬兒的小嘴張成了O形，手裡的酸梅乾啪嗒一下掉回了盤子，娃娃忍不住「噗哧」一笑，掩口道：「老爺怎麼說話沒頭沒腦的，你的兒子，當然還在大娘的肚子裡。」

楊浩長吁了一口氣，一屁股坐在椅子上：「虧我心急火燎地趕來，嚇死我了。」

冬兒幾女這時也明白過來，忍不住都笑起來，冬兒白了他一眼，嗔道：「誰要你整天派人盯著我的，只是肚子疼了一陣，現在早不痛了，我哪曉得竟有人去向你報信了。」

妙妙也笑道：「老爺毋須擔心，我們都看顧著大娘呢，真要是生了，你是個男人家，著急也使不上力呀。」

楊浩順手抓起一杯不知道屬於哪位娘子的殘茶，咕咚咚地灌了下去，一抹嘴巴道：

「大意不得，時常陣痛，那就是快生了，穩婆和郎中就請進府來時刻候著，以免到時匆忙。」

冬兒笑道：「奴家曉得了，這些事都有準備呢，浩哥哥不用這般緊張的。」嘴裡這麼說，眼見楊浩對自己的緊張，冬兒心中還是一陣甜蜜，大冷的天，見楊浩頭上卻是汗水淋漓，冬兒心中一陣不忍，便道：「勞動官人這般奔波，人家心裡著實過意不去。我這裡沒事的，官人快去沐浴一下吧，府上的熱水如今也是常備著的。」

「好好好。」眼見冬兒沒事，楊浩放下心來，起身道：「我去沐浴一番，妳好生地坐著。」

娃娃和妙妙眼波一閃，齊齊地下了地，鶯聲燕語地道：「奴家侍候老爺沐浴。」說完不待楊浩答應，香風飄過，兩個人已自楊浩身邊閃過，嫋嫋娜娜地搖擺著身段趕去準備了。楊浩搖頭一笑，隨在她們後面出去了。

「這兩隻狐狸精，大白天的還想勾引他。」唐焰焰見了一肚子氣，可她不比娃娃和妙妙，人家打一開始就是自居侍妾之位，這妾本就是半妻半奴的，要去伺候老爺沐浴天經地義，她可拉不下臉來。

眼珠轉了兩轉，唐焰焰忽然噗哧一笑，冬兒詫異道：「焰兒妹妹笑什麼？」

唐焰焰笑道：「府上常備了熱水，本來是準備姐姐生產之用的，沒想到啊，咱們楊家的小公子還沒用上，他爹倒先享用了一回，著實有趣，我看看去。」

唐焰焰說著已閃身下地，喚道：「小源，杏兒，窅娘，妳們照料一下大娘。」

冬兒在身後搖頭輕笑，幾個小妮子打的什麼主意，她豈有不知之理？雖然她個性靦腆，不曾參與過焰焰幾人的荒唐之舉，不過三人與官人大被同眠的風流韻事也沒特意瞞著她，她也是知道的。女人嫁了人，就得生兒育女才能討夫家的歡心，三個姐妹到現在肚子還沒動靜，她們不擔心才怪，當然一有機會就纏著浩哥哥了。

冬兒雖與她們年歲相當，甚至比娃娃還小了些，但她天生的恬淡性情，頗有大婦風範，姐妹們這點小小心機，她也沒往心裡去，笑吟吟地拈起一塊酸梅乾放進嘴裡，剛剛咀嚼兩下，她忽然想起一件事來：「官人總說不在乎生男生女，可他進門就問兒子在哪兒，焰焰也說楊家的小公子，夫君家族人丁稀少，所有的人都盼著我生個兒子，如果……這第一胎生個女兒可如何是好？」

這樣一想，冬兒也不禁擔起了心事……

*　　*　　*

這一天，遼國上京，停朝十餘日的金殿上再度站滿了文武百官，時間已經過去很久了，皇后娘娘還未上殿，北面都林牙獨孤五陽踮著腳往空落落的金座上看了看，悄悄往前湊了湊，小聲問道：「娘娘怎麼還不升殿吶？」

北院宰相室昉小聲道：「內侍剛剛傳來消息，說是皇子正在吃奶，呃……再等等吧。」

「喔……」獨孤五陽捋了捋鬍子，又慢慢退回了本隊，這時，只見一位內侍太監大步走上殿來，往中間一站，高聲宣道：「娘娘臨朝——」

文武百官連忙挺直了腰桿，就見兩名宮女打著一對羽扇，護著蕭綽緩緩自殿後走了出來。

蕭綽頭戴九龍九鳳冠，穿著明黃色的緙絲彩雲金龍紋的女棉朝袍，披領和袖口俱是石青色繡龍紋，繫八幅鳳尾長裙，兩個宮女自後拖著裙裾，朝袍之外又罩一件半身的銀貂裘，緩緩登上御階。

她那張不施脂粉的清水臉蛋瑩潤嫩白，寶光流轉，懷中抱著一個黃色的襁褓，裡邊伸開一對小手，正抓著蕭綽的衣襟，隱約還能聽到他咿咿呀呀的叫聲。許多人的目光都盯緊了那雙小手，呼吸都屏了起來。

蕭綽登上御階，一雙鳳目緩緩一掃，那種風華絕代的氣度迫得所有臣僚都不由自主地彎下了腰去。蕭綽生育未久，體質尚虛，但是站在御階之上，聲音卻清朗異常：「先帝駕崩，大位虛懸已半年有餘矣。朕知道，國不可一日無君，然先帝雖逝，幸有一絲骨血得以遺腹，朕得眾愛卿激揚忠義，拯濟顛危，社稷終有所依。先帝之崩，朕亦悲慟莫名，然自古有死，賢聖所同。壽夭窮達，歸於一概，亦何足深痛哉？唯祖宗洪基，重中之重，不可棄之也。幸賴祖宗庇佑，朕已誕下皇子……」

蕭綽將手中襁褓緩緩舉起，沉聲道：「神器至重，天步方艱，今皇子既誕，宜令有司擇日備法駕奉迎即皇帝位，宗社稷而安，紀綱常而振。致理保邦，君臨萬國。」

蕭綽說完緩視群臣，見無人敢予反對，冷峻的顏色微微緩和了些，沉聲又道：「昔周公匡輔成王，霍氏擁育孝昭，義存前典，功冠二代，豈非宗臣之道乎？凡此公卿，時之望也，敬聽顧命，任託付之重，同心斷金，以謀王室。

「室昉、郭襲、耶律斜軫、耶律休哥，皆國之干城，雖事有內外，其志一也。願為顧命，望諸卿臂若脣齒，表裡相資，戮力一心，保佑沖幼，固我祖宗江山，使先帝之靈寧於九天之上，特諭！」

「萬歲！萬歲！萬萬歲！」文武百官齊齊跪倒，高呼萬歲，殿上殿下，宮內宮外，所有侍衛、內侍、宮人盡皆匍匐於地，山呼之聲震盪於宮闕內外……

四百四三　又到放偷日

今天又是放偷日。

去年今日，江南宋使遇刺，塞北慶王謀反，匆匆一年過去，塞北、江南都換了人間，而這個放偷日，銀州也換了一位新主人：楊浩。

這一天，銀州城百姓呼朋喚友，嬉戲街頭，賞花燈、猜字謎、逛坊市、看雜耍，到處都是一片歡笑聲。百姓們是很容易滿足的，又得了這麼一位仁主，這個元宵節他們自然開心。

而這一晚，楊浩卻沒有帶著家眷與民同樂，因為這一天，恰是他決定出兵攻打明堂川李繼法的日子。盛大的節日，是防衛最鬆懈的時候，所以也是兵家最喜歡選擇做為偷襲的節日，李繼法如今雖還不知他露了馬腳，但他心中有鬼，雙龍城在這樣一個普天同慶的日子裡必然會加強戒備，所以楊浩反其道而行之，他不是選擇這一天偷襲，而是選擇這一天出兵，元宵佳節狂歡三天，這三天必然是明堂川雙龍城戒備最森嚴的時候，三天之後，想必李繼法會為自己的杯弓蛇影大大地鬆一口氣，而楊浩的大軍將於那個時候恰恰趕到。

白虎節堂內，楊浩一身戎裝，肅然站在「白虎下山圖」下，手扶帥案，大聲喝道：「木恩、木魁。」

「末將在！」

楊浩抓起兩枝令箭，大聲道：「本帥予你二人各輕騎三千，星夜上路，疾馳明堂川，我不要你們攻城掠寨，只要你們守住雙龍嶺西向、北向、東向的道路，避免李繼法逃向大橫水、地斤澤、黃洋萍，就是大功一件，爾等只須依令行事，多布陷坑、多布荊棘、只守不攻，切勿貪功冒進，予敵可趁之機，違者軍法從事，聽清了嗎？」

「末將遵命！」

二人齊吼一聲，抓起令箭鐵甲鏗鏘地退回三步。

楊浩眉宇間一片肅殺，又肅然喝道：「艾義海！」

「末將在！」

又一員大將大步走出隊列，此人身材之魁梧不遜於木恩、木魁兩個門神一般的漢子，虯鬚如鬈，頭頂卻是一個大光頭，濃眉如墨，直鼻闊口，頰上一道刀疤直延伸到頸子上去，看來威風凜凜。

西北地區沒有一個統一的政權，所以亡命之徒多願意逃到這裡或契丹與宋國兩國交界地區聚眾結夥，橫霸一方。仔細說起來，西北比起宋國和契丹兩國交界地區更適合他們出沒，算是逃亡的苦役、死囚、罪犯、土匪諸多亡命之徒的樂土。而當年盧一生始終在宋國和契丹邊境地區為盜，不是他不想到西北地境來，而是因為一山不容二虎，西北已有了艾義海，艾義海就是西北馬匪幫的大首領。

此人驍勇善戰，勢力比盧一生要大得多，盧一生不是他的對手，才帶了手下人避到了北面，艾義海縱橫西北，殺人越貨，來去如風，防不勝防，不管是折藩、楊藩、李藩，還是吐蕃、回紇勢力，對他這個狡詐如狐、兇狠似狼的馬匪頭子都有些頭痛。

楊浩得了銀州之後，卻絕不容許自己的勢力範圍之內有這樣一股馬匪頭子胡作非為，於是精心布置，決心消滅這支馬匪。楊浩如今在西北的聲望如日中天，橫山諸羌、党項七氏，俱都聽從他的號令，吐蕃和回紇的許多小部落也都望風景從，投靠了他。

至於一些較大的部落雖還和他保持著一定的距離，但是憑著他岡金貢保轉世靈身的名號，這些部落的百姓對他的人也是敬若神明，想打聽些什麼消息，要他們做點小小的配合易如反掌，就連許多拿了馬匪好處，成了馬匪暗樁的牧民，都不敢對神明不敬，暗中有什麼消息，都毫不隱瞞地告訴楊浩的人。

這一來，艾義海在銀州勢力範圍內就成了盲人瞎馬，他本以為楊浩初得銀州，對他的轄地難以控制，卻不料自己反被許多假情報誤導，最後終於落入楊浩的圈套，被圍困在一個無法逃逸的地方，楊浩輕騎包圍，重騎衝鋒，陌刀兵掃蕩，那架勢剛剛展開，只吃掉艾義海一個突圍的大隊，艾義海就知道他五千兄弟今天一個也別想活著離開了，於是立即下馬棄刀，袒胸露腹，自縛雙手於陣前乞降。

木恩把艾義海一行人押回銀州對楊浩一說，楊浩倒是有些佩服這個漢子一身血勇和義氣了，於是便招降了他，此人雖有些桀驁不馴的匪氣，但是作戰勇敢、講究義氣，倒是光明磊落的一條漢子。

「艾義海，帶你本部人馬，此番夜襲雙龍嶺，擒殺李繼法，就由你部負責。」

艾義海一聽這重任交給了他，不禁大是得意，示威似地睨了眼楊浩手下眾將，扯開大嗓門應道：「末將遵命。」

楊浩俯身向前，雙眼微微一瞇，沉聲又道：「雙龍城只有五千兵，又分散駐於四城，你手中也有五千兵。而且雙龍嶺城池破爛不堪，名為城池，頂多算是一座堡寨，無甚險隘可守。你所部兵馬又慣於偷襲埋伏，襲掠堡寨，這一番使你主攻，本帥正是用你所長，希望你能不負本師所望。如果你能殲殺李繼法所部最好，如果不能，就逼他出城，自有木恩、木魁嚴陣以待。如果這也不成……你便退向安慶澤固守，堵住他逃往夏州的道路，奪城重任由木恩、木魁接手。」

艾義海一聽傲然一笑道：「節帥但請放心，除非那李繼法是一無膽鼠輩，見了某家立即便走，否則的話，區區一座雙龍嶺，末將頃刻可下，絕不使他走脫一個。木恩、木魁兩位將軍嘛……嘿嘿，這一番恐怕要白走一遭了，就讓兩位將軍為末將觀敵瞭陣好了。」

木恩和木魁並不以為忤，二人相視一笑，暗想：「請將果然不如激將，」

艾義海這番狂言自然是忿於楊浩對他所部戰力的不信任，但是確也有他自傲的本錢，他這五千兄弟，根本就是一群亡命徒，在西北惡劣環境中能得以生存，優勝劣汰的結果，這五千人馬俱都是驍勇善戰的虎賁之士。只不過他的戰馬良莠不齊，武器裝備雜七雜八，更兼畢竟是匪，目的就是為了劫財，所以一直避免和正規軍隊正面衝突。

如今他投靠了楊浩，鳥槍換炮，與往日已不可同日而語。再加上投靠楊浩之後，他手下那班亡命徒經過軍紀軍法的操練，部隊進退亦知號令，這樣一群人一旦成了遵令守紀的軍人，那才是真正的虎狼之師，艾義海的自信自非無因。

而且自他投靠楊浩以來，一直沒有仗打，寸功未立，所部本是馬匪出身，又多少受到其他各部士卒的歧視，艾義海憋足了勁想立一場大功勞回來揚眉吐氣一番，自然不肯放過這個好機會。

楊浩點點頭，欣然笑道：「甚好，此番攻城，你可待木恩、木魁部署就位之後見機行事。你只須記得一點，此番攻城，不是馬匪攻城掠寨，而是官兵剿殺叛逆，軍民但有反抗者，殺！棄刃投降者，萬勿傷害。」

艾義海窒了一窒，悶應一聲道：「遵命。」

楊浩又道：「明堂川派人刺殺本帥，意圖不軌，是一定要受到嚴懲的。你記著，此城一旦奪下，就是你的大功一件，滿城財物任你取用，百姓人口盡皆發賣為奴。」

艾義海聞言大喜，立即抱拳重重應道：「末將遵命。」

以前他們是土匪，四處劫掠，占了便宜就走，根本不敢隨行攜帶笨重的財物，更不用談什麼擄奪人口了，這一遭可不同，百姓人口盡皆發賣為奴，那就是一大筆錢，就憑這一點，無需楊浩再三敦促，不用說尋常百姓了，就算是敵軍士卒，只要擒獲了，他的人也不捨得隨便殺掉了。

艾義海抓住令箭退了三步，與木恩、木魁並肩而立，楊浩又對他三人道：「你們立即出城趕回所部，只帶三天口糧輕騎上路，晝伏夜行，奔襲明堂川雙龍城。到時候糧草不濟可就近向明堂川百姓索取，如有特殊消息，古老丈會及時與你們聯繫。」

一旁白髮蒼蒼的古大吉向三位將軍含笑拱了拱手，三人頷首回禮。楊浩把手一擺道：「立即出發。」

「末將告退！」三員大將齊刷刷向後退去，到了門前霍地轉身行了出去，片刻工夫就聽健馬長嘶，蹄驟如雨，三人率領親軍已揚長而去。

楊浩筆直地立在帥案之後，直到馬蹄聲去遠，這才把手一擺，喝道：「退堂。」

眾文武魚貫退出，楊浩站在帥案後目送他們離去。最後一個走出去的是營田使范思棋，范書生性子慢，幹什麼都比旁人慢三拍，他一搖三晃地走在後面，想著今天是放偷日，忙完了公事，要不要跟娘子換了便服去街頭走走，看看花燈，猜猜燈謎什麼的，要不然就去林朋羽家偷點東西。

這廂正合計著，一腳邁出了門檻，無意中回頭一看，就見方才還大馬金刀地站在那兒，淵渟嶽峙、穩穩當當的楊大帥一手提著戰袍，一手扶著鐵盔，正用一個餓虎撲羊的雄姿衝向白虎畫屏後面。

范秀才大吃一驚，趕緊揉揉眼睛，定睛再看，大廳上空空蕩蕩，左右的旗牌和侍衛還四平八穩地站在那兒，好像什麼都不曾發生過，范秀才不禁喃喃自語：「唔，這些天熬夜安排糧米，賑濟四方受災部族，真的是累著了，這雙眼睛都花了，算了，今晚哪也不去，回家好好歇歇……」

＊　　＊　　＊

白虎節堂就設在帥府西側，楊浩直接從節堂側門跑回了自己的宅院。

方才他在節堂上正召集文武部署出兵之事，不想一名親兵上了帥堂，只悄悄告訴他一句話：「大夫人要生了。」

楊浩一聽心急火燎，他怎麼也沒想到自己的孩子早不生晚不生，偏偏選在了這個節骨眼上降臨人間，非要給他這老爹添些熱鬧才肯罷休。可是當時那種情況下，他又不能有所表現，直到安排了艾義海和木恩、木魁統兵出征，散了文武，這才一路狂奔，殺回後宅。

府上丫鬟、侍婢們進進出出，人人喜氣洋洋，見了自家老爺穿著一身盔甲，跑得鏗鏘直響，老遠便停下身來笑盈盈地福禮下去：「恭喜老爺，賀……」

一句話沒說完，楊浩已嚷著「同喜同喜」自她們身邊衝了過去。

楊浩到了冬兒臥房門口，忽然一陣情怯，腳步不由慢了下來。門外站著兩個身穿皮裘，卻仍不掩其綽約的年輕女子，正向房中張望著，時而輕聲談笑幾句，楊浩也不辨是誰，在自家的後宅，他也想不出還能有外人，上前一把抓住那白衣女子皓腕，便問道：「冬兒生的是男是女？母子平安嗎？啊……不對，如今已生出來了嗎？」

「啊？」那女子張大雙眼，吃驚地看著他。楊浩定睛一看，才見這白裘女子潤玉雪靨，眉黛翠煙，雙目湛湛如水，雖在驚訝之中，卻仍透著雍容的氣派，燈光下她那玉般質感的肌膚微微染著一層紅暈，明明是清麗絕俗，偏能讓人感覺到從骨子裡滲出來的那種柔媚誘人的魔力，竟然是久已不見的小周后。

楊浩像被螫了似地趕緊放手，訕訕地道：「原來是周……李……啊，在下失禮，夫人莫怪。」

小周后秀美素淨的臉頰上騰起一片驚心動魄的紅暈，微微欠身道：「妾身見過太尉。」

楊浩趕緊擺手道：「當不得，當不得，唔……我夫人……她……她怎樣了？」

站在小周后對面的那女子正是窅娘，眼見楊浩如此失措的模樣，窅娘不禁暗笑，這時才出來打圓場道：「冬兒姐姐生了個女娃，母女都平安著呢，太尉大人請放心好了。」

楊浩鬆了口氣，向她點點頭，閃身便進了房去，小周后與窅娘對視一眼，忙也跟了進去。

自小周后到了銀州，窅娘一直常去探望舊主，與她聊天作伴，兩人之間的交情較之昔日在唐宮時更加親密。今天是放偷日，舉城同慶，窅娘本想約了小周后散心，同時還約了焰焰、娃娃、妙妙，約定幾人一同去賞燈遊玩，不想剛約了小周后出來，冬兒便有了生產的徵兆，她們哪裡還顧得及出門去玩，一大幫人便全都到了冬兒臥房裡照料。

冬兒順利產下一個女嬰，小娃娃十分可愛，這些女人見了小傢伙登時母性發作，都圍著那嬰兒愛不夠地妳抱抱我抱抱，冬兒這個生身母親反而好半天沾不著自己女兒的邊。最後還是那穩婆陪著小心說了一句：「大夫人母女需要安靜歇息。」小周后和窅娘、杏兒、小源主僕客人一大堆人才戀戀不捨地走出來，可是卻仍不捨得走得遠了，至於焰焰、娃娃和妙妙偏就賴在房裡不走，三個人圍著那小娃娃，瞪大了眼睛看，稀罕得不行，那穩婆卻也不敢趕夫人們離開。

小周后自己沒有子女，年輕時倒還好些，這種事並不太往心裡去，可是如今她也有二十六歲了，平時根本見不到初生的嬰生倒也罷了，如今乍見那初生的娃娃，怎一個憐字了得，若非拘於客人身分，她也不捨得就這麼出來的，眼見楊浩堂堂皇皇地闖進去了，她便趁機與窅娘跟了進來，多看一眼那粉娃娃也是好的。

房間裡此刻只剩下了冬兒母女和小丫頭的三位姨娘，楊浩一進屋，本來微側著身，正瞬也不瞬地看著自己心肝寶貝的冬兒馬上喚了一聲：「浩哥哥！」

一聲出口，她的眼淚便忍不住掉了下來，她也不知為什麼要哭，只是見了楊浩，那眼淚便止不住了。

「母子安全，順順利利，還哭什麼？該高興才是。」楊浩也知道女孩兒家這時極其脆弱，連忙上前哄她，只瞄了眼那個閉目甜睡的小傢伙一眼，都沒顧得上細看。

冬兒聽得「母子平安」這句話，心中更加惶恐，那淚是撲簌簌流個不止，楊浩卻不知自己有了語病，一旁唐焰焰已抱起了小娃娃，欣喜地道：「浩哥哥，快來看看，你的女兒長得好可愛。」

娃娃便趕緊去她手裡搶人：「孩子可不能這樣抱，脖子還軟著呢，小心、小心，交給我抱，我見過的。」

冬兒擔心地看著這兩個笨手笨腳的傢伙，生怕她們不小心傷了自己的孩子，卻又不好意思出言制止。楊浩板起臉來，擺出一家之主的模樣訓斥道：「都爭什麼爭？小孩子嘛，不要總是抱著她，小孩子要是讓人抱習慣了，以後不抱她，她就不愛睡覺的。來，給我抱抱。」

他這一說，連妙妙都提心吊膽：「老……老爺，大男人粗手粗腳的，你可別傷……」

這時代不要說官員仕紳，就是尋常人家做爹的也很少親手抱抱孩子，誰懂得孩子怎麼抱啊？可是楊浩說著話，卻很麻利地伸出手，一手平伸滑地伸進娃娃的臂彎，用自己的臂彎承住了嬰兒的脖子，同時手掌托住了頸背，另一隻手自上面探過去，斜著自臀後繞上去，用自己的大巴掌托住了她的腰身，把那小傢伙很輕鬆地就抱了起來。

小傢伙似乎很喜歡這個舒服的姿勢，被他抱進懷裡，便閉著眼睛打了個大大的哈欠。

屋裡邊幾個年輕的女人沒一個真懂得怎麼抱孩子的，看了楊浩熟練的動作，一個個都用怪異的目光看著他，楊浩對此渾然不覺，他抱起自己的女兒，仔細地看著她的模樣，淡淡的眉毛，閉緊的眼睛，嚅動的粉嫩雙脣，真是越看越愛。

這可是他的女兒呀！頭一回親眼看到自己的骨肉，那種複雜激動的心情真是難以言喻，楊浩只是用心地看著她，輕輕地搖著她，越看越愛，一種為人父的感動充斥了他的胸臆。

冬兒本來極擔心自家官人會嫌棄生下的是個女孩，一直注意著他的神色變化，見他的歡喜疼愛發自真心，沒有絲毫不悅，終於放下心來。

小傢伙睜了睜眼，楊浩立即也欣喜地張大眼睛，卻不敢高聲說話，怕嚇著了她，小傢伙的雙眼澄澈得如同兩泓秋水，剛出生的小傢伙勉強能看清眼前抱她的人，但是不會持久，她定定地看了楊浩兩眼，視線便被楊浩肩後的燈光吸引住了。

楊浩卻仍一廂情願地認為她在看著自己，不禁得意笑道：「我的女兒認得她老爹呢。」

小傢伙可不領情，楊浩剛自鳴得意地說完，她便張開小嘴哇哇大哭起來，冬兒連忙道：「官人，把孩子給我。」

楊浩趕緊把孩子放回冬兒身邊，小娃娃耳朵側依著母親的胸口，聽著她熟悉的心跳，漸漸停止了哭聲，可是小嘴還是一扁一扁，抽抽噎噎得好像受了莫大的委屈。

「我的寶貝女兒，一定會長成一個美麗可愛的小公主。」楊浩蹲在榻邊，逗弄著小傢伙的手指，得意忘形地道。

這句話對他來說再尋常不過，現代時嬌寵女兒的父親把可愛的女兒比喻成小公主實屬尋常，可是他這番話對房間裡的幾個女子來說，卻不亞於一聲晴天霹靂。

「小公主？他的志向竟是……竟是……做皇帝嗎？」

冬兒和焰焰、娃娃、妙妙縱然驚駭，卻還把持得住，畢竟她們雖不知楊浩有做皇帝的野心，但楊浩占據銀州、招兵買馬，種種舉動大有自立於西北之意，距離造反當皇帝也只是一步之遙了，差別只是野心雖只差一步，實力卻仍天壤之別罷了。

可是小周后和窅娘卻是臉都白了，窅娘根本不知道楊浩的野心，甚至不知道他欲割據西北，小周后雖對楊浩的野心了解一些，可是有些事是不能夠說出來的，哪怕他的行為已是司馬昭之心路人皆知，親耳聽見了，那就是天大的禍事。如今她們兩個聽到了楊浩忘形之下吐露的天機，會有怎樣的下場？

「他……會不會殺人滅口？」

這個念頭一浮上心頭，窅娘的指尖都變得冰涼，她抬頭去看小周后，小周后的臉色也十分蒼白，兩人不由自主地想：「如果方才我們沒有跟進來，那該多好？」

可惜世上沒有後悔藥吃，所以她們只能硬著頭皮站在那兒，等著楊浩恍然大悟，待著他目露殺機……

四百四四　四十大盜

明堂川，雙龍嶺，雙龍城。

雙龍城這個名字聽起來很威風，但那不過是李繼法給自己臉上貼金罷了，這座雙龍城只是用柵欄圍起來的一座山寨，充其量只能說是初具城池的雛形，山寨中一橫一豎兩條寬敞的街道將整個城池割分成了四個部分。一部分是李繼法的府邸，一部分是軍中將士家眷的駐地，再一部分是城中百姓的聚居地，最後一部分是四方諸族行商坐賈和潑皮無賴們的樂土。

明堂川這個地方是銀州勢力向北最突出的一塊狹長地域，由此往東、往北都是契丹的勢力範圍，往西則是吐蕃、回紇部落游牧的地方，李繼法被攆到這麼個地方，李光霽打的主意就是要由得他自生自滅，可是李繼法居然在這裡站住了腳，這自然是他麾下第一大將、同時也是他的智囊張浦之功。

張浦名不見經傳，縱在西北也知者不多，但這並不代表此人沒有真才實學。並不是你有真才實學就一定能出人頭地的，許多才智卓絕之士，因為沒有供他一展所長的舞臺，最後的結果都是消聲匿跡，湮滅在歷史長河之中，如果給他一個機遇，他們未必不能一飛沖天，創下一分較之史上名臣還要輝煌的功業。

張浦如今三十出頭，還沒到知天命的年紀，自然也不肯認命，所以他還雄心勃勃地想利用有生之年，幹出一番轟轟烈烈的大事業出來。可他唯一能扶保的人就只有李繼法。雖然李繼法無論是地盤、兵力、財富乃至他的智慧、心胸都算不上一個可造之才，但是李繼法能信他、用他，對他言聽計從，使他能一施所長，這就足夠了。李光儼、李光霽這些人固然比李繼法更具成功的條件，但是他們太過重視家世出身，張浦一個白丁，在他們麾下哪有出頭之日？

刺殺楊浩，就是張浦下的一步險棋。西域諸強藩部族的勢力都已成形，家族的權力架構十分穩定，死掉一兩個核心人物，不會使整個勢力集團瓦解，就像銀州李光儼，雖然被人伏擊慘死，可是等著繼承他權位的家族子弟數不勝數，然而楊浩不同，楊浩異軍突起，雖然在西北諸雄中躍起極快，但是他的根基太淺薄了，整個蘆嶺州勢力幾乎完全是圍繞他一個人在運作，如果楊浩死了，他的勢力集團就會立刻土崩瓦解，那麼李繼法就可以在亂中取勝。

當前的情形是，李光霽成為銀州防禦使之後，大肆任用私人，把以前李光儼當政時期的重要將領或明陞暗降奪其實權，或像李繼法一般派到四顧無援之地與吐蕃、回紇苦戰耗盡他們的實力，銀州原來的權力班底已被掃蕩一空。

李光儼統治銀州十餘載，他的勢力被剷除之後，李光霽至少需要幾年的光景才能重新架設一套穩固的政權班底，然而這時慶王耶律盛計詐銀州城，把夏州李氏一脈族人幾乎屠殺殆盡，可他還未站穩腳跟，馬上又被楊浩殺掉，如果楊浩這時再被刺殺，李繼法就能亂而後治。

他的有利條件有以下兩點：第一，銀州左近的大小部落、城寨，已被銀州李氏統治了上百年，如果有一個銀州李氏的人站出來收拾殘局，最容易受到各部族酋首領的認同和支持。第二，銀州李氏族人幾乎被契丹慶王屠殺殆盡，如今銀州李氏族人已經找不出比他更有資格繼承防禦使這一職位的人了，李光睿只能用他，這一職位非他莫屬，夏州的支持，就是他上位的最大保障。

有鑑於此，張浦才定下了針對楊浩的斬首計畫。李繼法雖然不具備一個梟雄的心機和氣魄，卻不乏上位的野心，張浦將這番得失向他剖析明白之後，李繼法欣然應允，立即從自己的心腹死士中挑選了幾個武藝最精湛的人去執行這項任務。

行刺失敗以後，李繼法著實惶恐了一陣，生怕事機敗露，引來楊浩的報復，時刻都做著逃跑的準備，過了一段時間，見銀州方面似乎完全沒有疑心到他的頭上，這才鬆了口氣。張浦卻沒有輕易放鬆警惕，放偷日這幾天是普天同慶的喜慶日子，雙龍城百姓也歡歡喜喜地過節，張浦卻說服李繼法，約束兵丁不得與家人團聚，所有人馬食不解鞍、寢不解甲，嚴陣應變，同時派出大批探馬斥候，警戒來自銀州方面的消息。

如今三天吉日過去，雙龍城沒有迎來一個敵人，將士們隱忍許久的不滿終於暴發了。李繼法的府前，幾位營指揮正在大發牢騷。

「將軍，咱們雙龍嶺這鳥不拉屎的地方，誰會稀罕來攻？張浦那小子自以為是，總覺得自己神機妙算，他說一句屁話，就害得我們幾日幾夜不得安寧，敵人在哪兒？哪有敵人？上元節三天狂歡之期，這些苦哈哈的兵士也就這麼幾天開心的日子，全他娘的抱著大槍在兵營裡頭浪費了。」

「將軍，我的人馬可是怨聲載道了，繼續這麼耗下去，不用什麼人來打咱們主意，兵士們自個兒就得譁變造反，屬下是沒有辦法了，大人您看著辦吧。」

「將軍，我屬下有幾個兵士晚上偷偷溜出兵營出去見見自己的婆娘，那狗仗人勢的東西就把他們抓個正著，大冷的天挨了頓皮鞭不說，還脫了衣服綁在雪地裡受刑，如果他言之有理，那是屬下馭下不嚴，我也就忍了，但敵人呢？我是個粗人，比不得他讀過一肚子臭文章，他有學問，我也承認，可有學問不代表能打仗，將軍要是再一味縱容張浦，屬下可彈壓不住所屬的騷動了。」

士兵們怨聲載道，各部將領都跑來向李繼法大吐苦水，李繼法有點挺不住了，只得說道：「唉，張將軍也是一番好意，內中有些情由，你們是不曉得的，此事實在怨不得張浦。這樣吧，著令各營官兵解除戒備，大家辛苦了，都好生歇歇。」

眾將得令，這才罵罵咧咧地去了，李繼法站在空蕩蕩的府邸前發了一會兒呆，這才舉步向山坡上走去。

山坡上幾株梅樹，花影綽約。走到近處，才見梅樹下站著一人，高高瘦瘦的身材，一襲長袍，提一壺酒，時而仰頭望著夜空中的點點繁星痴痴出神，時而喝一口酒，望著山坡下的點點燈火輕聲嘆息。李繼法踩著咯吱咯吱的積雪走到他的身邊，嘆息一聲道：「張浦。」

張浦淡淡一笑，悠悠地道：「諸營官兵已然解散了？」

李繼法默然片刻，訕訕地道：「我們戒備了三日，並不曾聽聞什麼風聲，各部將領都是牢騷滿腹，上元節不能與家人團聚，兵士們也是怨聲載道，所以……」

張浦苦笑一聲，仰起頭來又灌了口酒，輕輕嘆息道：「厚而不能使，愛而不能令，亂而不能治，譬若驕子，不可用也。正所謂慈不掌兵，有威刑方能肅三軍，更何況我雙龍嶺處於四方虎狼環伺之地，將軍也太縱容了他們些。」

李繼法嘆了口氣，與張浦走了個並肩，同樣抬起頭來，仰望著一天繁星，喃喃自語道：「我這也是沒有法子呀，本來銀州還能支給些錢糧，可是自打銀州陷落，糧餉都斷了，如今我這指揮使是要糧沒糧，要餉沒餉，明堂川各部族的供奉又有限，但是對他們又不能迫得太緊，否則他們拔族而走，一日工夫就可以遷徙到契丹、吐蕃境內去，唉！皇帝尚差不動餓兵，我又怎好驅策過甚？」

李繼法這番話說來倒也入情入理，張浦眉頭不由一皺，李繼法扭頭問道：「在想什麼？如今看來，是我們太過緊張了，你還擔心銀州那方面的威脅？」

張浦搖了搖頭，低低地道：「屬下在想……咱們今後的出路。」

李繼法動容道：「出路？什麼出路？」

張浦轉過身，肅手道：「將軍，請屋裡坐。」

二人轉身到了張浦的住處，張浦如今仍是孤身一人，還未娶妻，房舍中十分簡單，只有一個泥爐火勢正旺，此外冷冷清清再無半點活氣。爐上邊架著一只水壺，正徐徐地冒著熱氣。張浦又加了幾塊柴，二人便圍著泥爐坐了下來。

張浦沉吟一下，說道：「將軍，刺殺楊浩不成倒不打緊，只要咱們派出的刺客沒有洩露了身分，一時半晌銀州還不會上門找咱們的麻煩，現在最棘手的是咱們雙龍嶺的出路，將軍可有想過嗎？」

李繼法蹙眉道：「你說的到底是什麼出路？」

張浦搖搖頭道：「將軍連調兵遣將也心虛氣短，何也？糧餉不足而已。當兵吃糧拿餉，乃是本分，如果糧餉斷絕太久，咱們這些兵馬就要不攻自潰了。如今銀州已被楊浩占據，夏州遠水不救近渴，今冬雪大，四方部落又自顧不暇，可謂天災人禍，咱們那點存糧根本支撐不到開春，到時候……將軍怎麼辦？」

李繼法一聽也緊張起來，神情凝重地道：「這一點，某倒沒有仔細想到，你可想到了什麼辦法？」

張浦凝視他良久，這才推心置腹地道：「本來，如能殺死楊浩，這一切難題就能迎刃而解，可惜楊浩命大，我們功虧一簣。明堂川本就是李光霽放逐大人，由你自生自滅的一處所在，此地環境惡劣，並非久居之地，更難以此為根基，如今既殺不了楊浩，我們這支孤軍勢必得另謀出路了。」

李繼法向前湊了湊，催促道：「不錯，我也尋摸著這個地方不是長久之地，你有什麼打算？快快講來。」

張浦道：「咱們這五千兵孤懸於四戰之地，處境尷尬。如今冰天雪地，楊浩一時半晌還不會顧及這裡，但是等到冰雪消融，他是不會容我們這一支孤軍繼續守在這裡的，就算我們沒有糧餉問題，這個地方也不能久待。」

「唔，唔……所言有理，那本將軍應該怎麼辦？」

這時水壺已開，熱氣頂得壺蓋一起一落，張浦提了壺放到地上，這才在那一閃一閃的火光映照下說道：「將軍，咱們這點兵馬，就算對上一個大一點的部族都沒有勝算，再加上糧餉短缺，這雙龍嶺是不能守了，如今……咱們必須得依附一方豪強。」

李繼法一怔，臉色便有點難看起來，他念念不忘做銀州之主，正所謂寧為雞頭，不為牛後，依附他人，怎比得稱霸一方逍遙自在？如今可好，希望破滅，反要投奔他人，這種心理落差，一時之間他哪能接受得了？

張浦看他臉色，不由莞爾一笑：「昔年劉備兵不過千，將只三員，被人追得喪家犬一般，投劉焉、投朱儁、投公孫瓚、投陶謙、呂布、曹操、袁紹、劉表、孫權、劉璋……，不比將軍狼狽嗎？那又如何？一得機會，照樣扶搖而起，展翅九霄。咱們如今處境窘迫，何不依附一方豪強保存實力？至於以後，咱們可以審時度勢，如事不可為，那就澈底歸順了他，如果尚有機可趁，那這番投奔也不過是暫時的依附，來日自可捲土重來，東山再起。」

李繼法的臉色這才緩和了些：「唔，若是這般計較，倒是一條出路，那你說，咱們要投靠何人？」

張浦道：「末將已經仔細盤算過，最好的出路當然是投奔夏州。咱們本就是夏州人馬嘛，那樣一來，咱們既可以保全自己，等來日夏州平息了吐蕃、回紇之亂，重新奪取銀州時，將軍也是最有希望成為銀州防禦使的人，不過其中有一個天大的難處。那就是咱們的西行之路已被截斷，沿途盡在党項七氏手中，而他們如今已然歸順了楊浩，就憑咱們這點兵馬，能不能太太平平地穿過他們的駐地安然抵達夏州很成問題。」

李繼法把頭連搖道：「不是很成問題，而是絕無可能。如果咱們硬衝過去，人馬都死光了，只剩下本將軍一個光棍，就算逃到了夏州還有個屁用？手中無兵，那就是一個廢物，從此以後再無我出頭之日了。」

張浦道：「這第二條路，就是投奔契丹。契丹之國由數十個民族組成，兼收並蓄，並不忌憚你是党項人還是女真人、高麗人抑或渤海人，如此便可保全將軍這一支人馬。契丹能扶持漢國以牽制宋國，自然也可以扶持將軍以牽制西域，但是這有一定的凶險，如果契丹無意西進，咱們受其羈縻，可就再不復自由之身了。契丹軍隊的統屬十分混亂，除了燕雲十六州的漢兵，盡皆沒有軍餉，平時為民，戰時為軍，全靠本部族補給，如果到時給咱們劃一塊地方去放羊，那可就……」

李繼法激靈靈打一個冷顫，連聲道：「不是不無可能……而是很有可能，與其投奔契丹，不如冒死返回夏州，去不得，去不得！除此之外，還有旁的路可走嗎？」

張浦目光一閃，又道：「那這最後一條路，就是投楊浩了。」

「什麼？」李繼法失聲叫道：「投奔楊浩？」

張浦連忙安撫道：「將軍勿驚，且聽屬下仔細說來。」

李繼法聽了這樣荒唐的言論，幾乎要跳起來，聽他還有下文，這才強捺著坐住，呼呼地喘著粗氣道：「你說，你說，去投楊浩，算是什麼道理？」

張浦道：「據說……李彝大人之子，我夏州原少主李光岑大人還活著，如今就在蘆嶺州，党項七氏就因楊浩是李光岑大人的義子，這才投靠了楊浩。」

李繼法驚疑不定地道：「那又如何？若投契丹，對李光睿大人還可說是為保實力，徐圖後計，若是投了楊浩，那……我們便再無退路了，你認為……楊浩會是李光睿大人的對手嗎？」

張浦目光閃動，緩緩說道：「很難講，不過楊浩未必沒有一搏之力。他與府州、麟州結盟……」

李繼法搶著道：「就算與麟府兩州結盟，他們也不是夏州的對手。」

張浦反問道：「再加上党項七氏如何？」

李繼法為之一窒，張浦又道：「還有吐蕃、回紇。現在民間傳說，楊浩是岡金貢保轉世靈身，將軍不要小看了這宗教的力量，信仰，足以讓他們模糊了彼此的族群和出身的不同，就算他們不會投靠楊浩，至少也會對楊浩更親近一些，以前不會有人能撼動李光睿大人的地位，現在卻很難講了。

「大人是李氏家族的人，既然楊浩是李光岑大人的義子，那麼大人也不算是投靠了外人，如果楊浩真能取夏州而代之，據河西而望隴蜀，成為西北第一強藩，到那時茫茫草原，戈壁沙漠，一馬平川，人煙稀少，他不管以哪一州為府邸，耳目都難及四方，必得派遣心腹可靠之人赴其地，主持其事，才能控制整個西域。到那時將軍既有扶保之功，又是李氏宗親，還能不獲重用嗎？要成為一方之雄，那是必然之事。」

李繼法猶疑半晌，冷笑道：「他？一黃口小兒，能是李光睿大人的對手嗎？這一步萬萬走不得。」

他站起身來，在房中急急踱了一陣，回首說道：「咱們若北去地斤澤，穿越毛烏素沙漠趕到懷州，再從懷州趕往夏州，避開党項七氏部落駐地繞道而行，你看如何？」

張浦吃驚地道：「將軍，如今冰天雪地，如果走這條路，兵士們還好些，他們的家眷怎麼辦？這條路走下來，就算沒有碰到一支敵人，待到了夏州，凍死餓斃的人也將不計其數，讓他們苦守三天尚且怨聲載道，走這條路，他們肯嗎？」

李繼法聽了，就像洩了氣的皮球，一屁股又坐回凳上，無奈地搖頭道：「不管如何，總不能去投楊浩。一旦被他曉得我曾對他不利，後果難以預料，若是西返夏州之議不成，那……咱們回頭再說吧。」

張浦聽了不禁默然。

* * *

張浦陪著李繼法回了他的府邸。

說是府邸，也不過是稍像點樣的三進院落，張浦對李繼法的舉棋不定很是失望，事已至此，一方主帥須得早做打算，可是李繼法對即將到來的困境缺乏最基本的認知，這樣混一天算一天的心態，怎麼可能成就大事？可是李繼法不做決定，他也無可奈何，這一路上只得不斷陳述厲害，希望李繼法能早做決定。

如果李繼法做了決定，也未必就能統一不同意見的所屬，不過那時就好辦了，生死存亡時刻，誰還顧得及許多？只要李繼法支持，他不介意先來一次內部清洗，剷除那些刺頭將領，再向可以依傍的一方勢力輸誠投靠。所以這一路上，他不斷地進行規勸，李繼法支支吾吾，只是搪塞了事。

李府到了，推開院門，李繼法回身道：「張將軍且回去歇息吧，這件事還容我仔細考慮考慮……」

「嗯？」張浦忽然目現警芒，迅速向左右看去，李繼法也忽有所覺，立即按緊了手中刀。

張浦穿著一身長袍，未著戎裝，亦未佩劍，他握緊雙拳，閃到李繼法前面，警覺地看看院中四方角落，低聲道：「將軍可覺得有些什麼不對勁？」

李繼法緩緩抽刀，壓低了嗓音道：「的確有些不對勁，守門的侍衛怎麼一個也不見了？」

二人心生警兆，一時卻還拿捏不穩，不知道是不是真的出了事情，畢竟那種可能性非常小，如果是因為侍衛散漫，也跑回去歇息了，兩人大呼小叫一番驚動屬下趕來，明日就要成為三軍笑柄了，是以一時卻也不敢聲張，二人只是背靠著背，慢慢向院中移動，李繼法沉聲喝道：「二保，馬三成，你們兩個狗東西去了哪兒？」

這兩人是他的親兵侍衛，就住在兩側廂房，如能聽得他們回應，便會知道這是一場虛驚了，不料李繼法喊罷，院子裡卻沒有一點聲息，張浦道：「情形有異，速速退出宅院。」

二人剛要拔足搶出，只聽「噗噗噗」幾聲呼嘯，二人腳下一尺遠的地方突然攢射一排羽箭，牢牢地釘在地上，箭羽猶在嗡嗡作響。

「果然出事了！」張浦心中一驚，卻還沒有搞明白是軍士譁變，還是有敵潛入，既然對方射箭示警而不傷人，那就還有迴旋餘地，於是提足了丹田氣，想要喝問對方的身分再做決定。可是李繼法是個粗人，心思哪及他縝密，一見羽箭射來，李繼法心中大驚，本能地便想避到暗處逃離兇險。

他這時的位置距廊下只有一丈開外，以他身手兩個箭步就能竄進去，只要避到廊下，藉著廳柱廊簷的掩護，箭矢的威脅就小多了，這幢房舍一草一木他都非常熟悉，只要逃開，就有了生機。

緊要關頭，他甚至沒有通知張浦一聲，突然肩頭一晃，向院門處搶出一步，佯作欲逃離出去，隨即拔足向房簷下撲去。一步，兩步，半個身子已藏入屋簷陰影下，只聽「錚錚錚」幾聲弓弦急驟，「啊！」李繼法背上一連中了四箭，整個身子仆倒在地，向前滑去，腦袋「砰」的一聲結結實實撞在臺階上，身子抽搐了一下，寂然不動了。

張浦身子僵直，一動也不敢動，兩手掌心全是汗水，李繼法從獨自逃命，到中箭倒地，只在刹那之間，他連驚呼制止都來不及。

「這是誰？士卒譁變嗎？」張浦掌心汗涔涔的，連脖子扭動的動作都不敢稍大一些，生恐潛伏於暗處的敵人誤以為他要逃竄，他再快也快不過弓箭的速度，何況那些弓弩手躲在哪裡他都分辨不得。

這時府門開了，然後「砰」的一聲，燃起了兩枝火把，三個人影出現在門口。

張浦瞪大了眼睛，盯著門口那三個人，左右兩個一手持刀、一手持火把的大漢拱衛著中間一個漢子緩步走了過來，只見那人碩大一個光頭，滿臉虬鬚，濃眉闊口，顧盼之間極是威風。

他大搖大擺地走到張浦面前，得意洋洋地笑道：「李指揮，幸會，幸會。」

張浦喉嚨有些僵硬，他嚥了口唾沫，才吃吃地反問道：「李……李指揮？」

那禿頭大漢摸摸光頭，笑嘻嘻地道：「李指揮，真佛面前不燒假香，嘿嘿，在我艾義海面前，你老兄就不用反穿皮襖裝小綿羊了吧？」

張浦哽著嗓子道：「艾義海？你是西北狼艾義海？」

「不錯。」

艾義海洋洋得意地大笑：「李指揮沒有想到有朝一日匪做了官，官做了匪，你也會落在我的手中吧，哈哈，哈哈哈……」

張浦指了指屋簷下那具寂然不動的屍體，沉聲道：「那位才是李繼法李指揮使。」

「什麼？」

艾義海大吃一驚，快步走過去繞著那具屍體轉了兩圈，又在他身上踢了一腳，見那人毫無反應，不禁破口大罵：「你奶奶個熊，你是明堂川大當家的，怎麼提刀佩劍的打扮得倒像個侍衛，這下殺錯了人，可怎生是好？」

他扭頭看看張浦，撓著光頭走回來，上上下下打量他一番，忽然露出了令人心悸的笑容：「呵呵呵，看你舉止，比那死鬼還有些人樣，你是哪個？」

張浦還不知艾義海投了楊浩，在一個馬匪面前，他縱然一死也不想弱了自己名頭，便把腰桿一挺，抗聲道：「本官是雙龍嶺副都指揮使張浦，你們這些膽大包大的馬匪意欲何為？」

「副都指揮使？」

艾義海一聽大喜，就像見著了自家親兄弟似地一把拉住他，喜孜孜地道：「那都指揮使死了就是你當家了？哈哈，甚好，甚好，本官和你做一筆交易，如何？」

＊　＊　＊

暖閣垂簾，獸炭熾燃。

房中暖烘烘的，楊浩俯在床上，笑吟吟地逗弄著女兒。小傢伙剛睡醒，本來被綁得結結實實的身子被楊浩放開來，玩得正高興。她瞪著眼睛，奮力抬起兩隻小腳丫踢踹著楊浩的下巴，嘴脣嚅啊嚅的，嚅出一堆泡沫來。楊浩笑嘻嘻地伸出手指給女兒擦淨嘴角，聽得旁邊房中傳出一陣笑聲，不由皺了皺眉。

聽動靜，正在說話的是小周后，說的不外乎是衣裳的搭配、胭脂水粉的使用，唔……偶爾還與娃娃、妙妙對答幾句詩詞。

自那日女兒誕生之後，小周后就成了楊府的常客。小周后似乎與這小丫頭極是投緣，那天居然主動提出要認自己女兒做乾女兒，他這女兒剛一出生，就有了一個親娘、三個姨娘，也不差再多一個乾娘，楊浩本就有心答應，何況看那小周后提出這個要求的時候，神情畏怯得很，倒像生怕他不肯答應似的，昔日堂堂一國帝后，到了看人臉色的窘境，著實可憐了些，楊浩便一口答應下來。

待到冬兒和女兒的一應事宜料理完畢，夜色也深了的時候，各人都該回房歇息了，楊浩見天色已經大晚，便請小周后留宿府上一晚，明日再送她回府邸，這本是一句客氣話，接答應酬最常見的客套話，卻不知那小周后怎麼想的，居然誠惶誠恐……說是受寵若驚吧，又不太像，倒像是驚懼不已的模樣，楊浩見了莫名其妙，正要硬著頭皮吩咐穆羽送她回去，可剛一張嘴，她又趕緊答應下來。

楊浩可不知那一晚小周后和窅娘可是受盡了苦頭，兩個苦命女子共睡一榻，整整一夜都沒闔眼，兩個人衣不解帶，一直眼巴巴地等著他，等著他黑巾蒙面、手執屠刀，獰笑著闖進來殺人滅口。那一晚楊浩就睡在冬兒母女旁邊，休息的倒是香甜。

等到次日一早，楊浩便派人送了小周后回府，可誰知自此以後，小周后每日必來，比他手下的文武官員上帥堂點卯還要準時，楊浩可不知小周后這只是為了讓他安心，每天都來報個到，讓她曉得自己安分得很。人家來了，楊浩也客氣得很，私下吩咐幾房夫人待她熱忱一些。

其實他不說，冬兒、焰焰等人對小周后也極是歡迎，女兒家喜歡的玩意兒，小周后都是專家，焰焰、娃娃等人雖然為楊浩擔著州府的事情，可畢竟還是年輕的女子，但凡衣著、首飾、妝品方面的話題都很感興趣，一來二去的，與小周后變得極為熟絡。

小周后身分極其神祕，往來與帥府倒不怕謠言四起，可是知道底細的便不免有諸多猜想了，林朋羽、盧雨軒一班老貨怪異的眼神倒也罷了，昨兒個就連丁承宗也吞吞吐吐、旁敲側擊地提醒他要顧全大局，切莫因小失大，傳出個荒淫好色的名聲去。

「真他奶奶的，沒吃著魚，倒惹得一身腥，我楊浩是那般好色無行的人嗎？人家好心來看乾女兒，我也不能硬把人往外趕吶。」

楊浩想起這些事來，無奈地嘆了口氣，這時穆羽從屏風後邊鬼頭鬼腦地探出身來，小聲喚道：「大人，消息到了，明堂川大捷。」

「哦？」楊浩一聽喜形於色，他對坐在桌邊正為女兒裁著尿布的小源丫頭低聲道：「小源，妳來看顧著些她，我去去就來。」

楊浩躡手躡腳地到了外間，急急問道：「怎麼個情形？可捉了李繼法？傷亡如何？」

穆羽笑道：「前方傳來的消息，咱們未折一兵一卒，雙龍嶺全軍覆沒，盡被咱們的人捉了來，如今正押著往回走，因有老弱婦孺，又有許多輜重，所以行程慢了些。」

楊浩奇道：「未折一兵一卒？這仗艾義海是怎麼打的，他招降了李繼法？」

二人一邊說一邊往外走，到了前院客廳，就見一名信使正在廳中候著，見了楊浩急忙施禮，楊浩道：「無需多禮，你是艾將軍部下？快說說，這一戰情形如何？」

那人也是一個悍匪，自己這一路軍這一番出去大獲全勝，他也揚眉吐氣得很，便叉手笑道：「回太尉，我們這一路軍，原來是些馬匪，劫掠了財物總要換成銀錢的，所以四方城池中俱有一些商賈貪圖好處，暗中接收我們的財物代為銷贓。這一遭奉太尉之命攻打雙龍嶺，我們老大不敢大意，特意派了些機警的兄弟扮成商賈先行一步去踩盤子，嘿嘿，可巧得很，恰遇見幾個與我們打過交道的行商正在雙龍城。

「我們老大計上心來，便誆他們說，前幾日抄了兩個大戶的家，得了大批的綢緞、茶葉、金銀、瓷器要脫手，願意便宜處理給他們，那幾個商人眼熱不已，便與我們老大商量交接貨物，老大帶了四十個人，將兵器弓弩裹了充作財帛，由那幾個商賈做內應，混進了他們的住處，說來也巧，是夜恰好雙龍城守軍解散，俱都回了自己住處，老大帶著四十個兄弟摸進了李繼法的住處……」

楊浩喜道：「你們竟活捉了李繼法？」

那人有些尷尬地道：「那倒沒有，我們剪除了府上的侍衛，候著那李繼法回來，誰想一下子進來兩人，那李繼法一身裝扮，我們還以為是個侍衛，他想逃走時被我們亂箭射殺了，不過另一個人，副指揮使張浦卻被我們生擒活捉了。老大答應饒他一命，張浦便配合我們老大把那些營指揮們都誆了來，進來一個綁一個，嘿嘿，整個雙龍城，不費吹灰之力便落到了咱們手中。」

楊浩大喜，讚道：「艾將軍粗中有細，倒是個福將，哈哈，如此戰果，連我也不曾預料。」

他剛說到這兒，丁承宗手中拈著一封信柬，臉色凝重地被一個小校推了進來，一進客廳，丁承宗便道：「太尉，樞密院來了緊要的軍令。」

四百四五　打仗親兄弟

小書房內，楊浩將那封來自宋國樞密院的軍令反覆看了幾遍，沉吟道：「大哥，這件事你怎麼看？」

丁承宗道：「趙匡胤兩伐北漢，都曾就近調用麟府兩州兵馬，表面上，趙光義這番調兵與趙匡胤如出一轍，銀州距漢國很近，徵調銀州所屬協助攻漢，乃是理所當然之舉，不過此番伐漢，漢國已沒有契丹為援，本不需要從西北諸藩處徵調太多兵馬，趙光義此人熱衷名利，如此滅國開疆之功，何必假手他人？我看他調銀州兵馬助陣是假，借刀殺人才是真的。」

楊浩淡淡一笑道：「借漢國的刀，消耗我銀州的實力？」

丁承宗頷首道：「理應如此。」

楊浩點頭道：「我也覺得，這才是趙官家要我出兵的目的，不過……他借的刀，恐怕不只漢國這一把，否則的話，趙官家先前的一番心思不是白費了嗎？」

丁承宗恍然道：「你是說……他封你為河西隴右兵馬大元帥的事？」

楊浩頷首道：「不錯，他既然給了我這分榮耀，把我推到一個眾矢之的的位置上，這步棋焉能不用？」

丁承宗蹙眉道：「可是……他這步棋現在能發揮作用嗎？麟府兩藩並不蠢，就算你被封為河西隴西兵馬大元帥，位在麟府兩藩之上，令他們有些不滿，他們也不會被趙光義所利用，與我們鷸蚌相爭，讓趙光義坐收漁利。唯一可能的威脅，就只有來自夏州，而夏州如今可沒有餘力與咱們開戰。」

楊浩略一思忖，瞿然問道：「李光睿與吐蕃、回紇可已議和了嗎？」

丁承宗搖頭道：「李光睿倒是一直意欲與吐蕃、回紇議和，不過都被咱們的人從中破壞了。自從得知他的堂兄李光岑就在蘆嶺州，而且已經成為你的義父，党項七氏宣誓效忠之後，李光睿視你如眼中釘，更是迫不及待地想要與吐蕃、回紇結束戰爭，但是此前三番五次的休戰再戰，已令得吐蕃和回紇很難再相信他的誠意，再加上党項七氏反水，拓跋氏內部不合，因此李光睿在戰場上並未占到什麼便宜，這種略處下風的情形下，他想議和，這個過程恐怕是曠日持久，很難在近期內達成。」

楊浩站起身來，在書堂中徐徐踱步，窮搜自己腦海中有限的資料，思索半晌，站住腳步道：「趙光義不是無能之輩，就算我遵令傾蘆嶺州兵馬參與討伐漢國之戰，以當下漢國的情形，不敢大舉出兵對決，只要我小心一些，他也很難耗盡我的實力，趙光義若是技止於此那才令人奇怪了。大哥，依我看，咱們的人潛伏在夏州的時日尚短，最核心的機密，恐怕他們還無法掌握。」

丁承宗笑道：「二哥是不是太多疑了？夏州與吐蕃、回紇之戰已拖得夏州兵乏民困，拓跋氏諸部也都反對繼續打下去，這一仗不得人心，所以如果他議和有了進展，應該早早地告知所屬才對，又豈會當成核心機密予以隱瞞呢？」

楊浩搖頭道：「這又不然，一連幾次試圖議和，卻都因為這樣那樣的原因而作罷，李光睿難免起疑，他未必會疑心到是咱們的人從中搗鬼，至少也該明白夏州內部必然有人反對議和，這才一再製造事端，所以他若急於求和，那麼這一次將議和做為核心機密是大有可能的。如果……他還有別的打算，那麼對此事予以保密，就更有充分理由了。」

丁承宗何等機警，已經聽出楊浩話中之意，他驚訝地道：「這不太可能，李光睿與宋國朝廷暗中較勁已非一日，雖然西北三藩名義上都是宋臣，可是宋廷對三藩之中的夏州李氏是敵意最重的，趙光義對夏州的忌憚，要比我剛剛崛起的銀州還要重上幾分。據我們現在掌握的情報，宋廷不但安排重兵威嚇夏州，同時還在暗中資助吐蕃人，利用吐蕃人牽制夏州，削弱夏州的勢力，李光睿對此心知肚明，這兩個對手又怎可能這麼快聯起手來？」

丁承宗雖然是一個出色的商人，但是他接觸政治的時日畢竟還短，而政治實是比經商更骯髒、更勾心鬥角、更爾虞我詐的一門學問，兩個商人，哪怕是有著共同的利益，如果他們彼此有仇，也很少能坦然攜起手來合作，可是兩個政治家，哪怕一個有殺父之仇、一個有奪妻之恨，利之所至，他們也能迅速變臉，由不共戴天的仇人，變成最親密的政治夥伴。楊浩恰恰對這種厚黑學比他看的更透澈，再加上對趙光義和李光睿這兩位「光」氏梟雄的政治手腕從歷史評價中了解的更多，所以在這件事上，反而比一向穩重機敏的大哥看的更準確。

他微笑道：「大哥，這兩個人並不需要勾結起來，當他們有一個共同的敵人時，只消很默契地給對方創造一些條件，再故意透露一些消息，對方自會心領神會，加以利用的。對趙光義來說，夏州固然是敵人，但是夏州一直安於現狀，暫時還不算他急欲除掉的敵人，而我銀州，卻是他不希望壯大崛起的新興勢力。至於李光睿，大哥可別忘了，李氏家族經營西域已經有上百個年頭了，咱們能掌握他那麼多的消息，他又豈能沒有耳目在監視咱們的一舉一動？趙官家視我蘆嶺州似眼中釘並不是一個絕對的祕密，只要是有心人，總能打探出來的。」

丁承宗暗自警惕，頷首道：「二哥這番分析也有理，小心無大錯，既如此，不如我們拒絕出兵。」

楊浩目光一凝：「大哥是說……抗旨嗎？」

丁承宗莞爾道：「那倒不然，現在還不是和趙官家撕破臉面的時候，不過……將在外，君命有所不授。我們只要在銀州製造點事端，那就有足夠的理由拒絕出兵了。再不然的話，你可效仿折御勳，來個『大病不起』，皇帝也不能讓一位大將軍扶病上陣吧？呵呵，到時隨便派一員將，領幾路殘兵去充充門面便是了。」

楊浩搖頭：「不，伐漢之戰，我是一定要去的。」

他目中漸漸露出鷹隼一般的銳利光芒：「如今趙官家和李光睿這對冤家能心有靈犀，相互利用的話，我楊浩也能將計就計，從中漁利。趙官家無名無分的，他是不敢動我的，借來的刀，終究不如自己的刀得心應手，何況這柄借來的刀於他也只是相互利用，雙方終是做不到同心協力的，這其中未必沒有我們可資利用的機會。」

丁承宗笑起來：「哈哈，我還以為二哥如今有了一個可愛的女兒，每天只顧留連後宅，盡享天倫之樂，壯志雄心已經消磨了呢，想不到你仍是智計百出，對天下大勢也始終沒有放鬆警惕啊，你說吧，打算怎麼辦？」

有了孩子，就至於留連後宅，消磨壯志嗎？楊浩知道他又是在隱晦地提醒自己切莫招惹不該招惹的女人，不要為女色所迷，於自己的大業有所牽礙，只得裝傻充愣，繼續說道：「高度機密的消息，咱們的探子怕是打聽不到的，可是如果拓跋昊風有心打聽，卻未必不能掌握一些蛛絲馬跡，要馬上啟動緊急聯絡通道，令他打探李光睿的舉動，看看李光睿是否正在於吐蕃、回紇祕密和談。」

「好，拓跋昊風的存在對我們來說實在是太重要了，如非必要我也不想啟用他。既然如此，我立刻派人與他取得聯絡。」

楊浩又道：「另外，立刻與我五弟赤邦松取得聯絡，叫他啟程西行，趕往夏州之南。如果夏州與吐蕃、回紇正在和談，李光睿雖有保密的理由，吐蕃那邊卻沒有諸多顧忌，夏州吐蕃屬於亞澤王系的人，赤邦松雖非亞澤王系，但是做為一個吐蕃王子，在任何一個吐蕃部落中都有崇高的地位，讓他與吐蕃諸部打打交道，盡量打聽些消息，即便不能掌握確實的消息，他得到的消息與拓跋昊風掌握的情報兩相映證，咱們也能確定李光睿如今是否在與吐蕃、回紇談判，和談已經到了什麼程度，待有了準確的消息，我們就可以做進一步的決定了。」

丁承宗指了指案上那封軍令，問道：「可是這封軍令怎麼辦？樞密院的人還在等著呢，樞密院使曹彬大人批下的可是限期答覆。」

楊浩微笑著站起身，輕輕推起丁承宗的輪椅向外走，悠然說道：「記得在霸州的時候，大哥教了我許多本事，雖說後來兄弟涉足官場，這生意經用於經商的機會並不多，可是一法通、百法通，這生意經用之於政壇官場，其實也是大有用處的。唔……大哥教過我談生意的九字訣，我現在還很清楚地記得，是：分、忍、記、禮、引、傻、輸、情、拖……」

丁承宗露出了會心的微笑，接口道：「分字訣，你想要的利潤，切忌一口要個總價，一萬貫錢利的生意，你開口就要一萬，換了誰都會本能地拒絕，至少給你砍下三成來，可是如果你按照不同種類的貨物、每批購買的數量，分類分批地去談，一筆生意你只賺他一百貫，他就會很痛快地答應你；這樣算來，你把一萬貫利的生意拆成一百筆，每一筆只賺他一百貫，雖然你獲得的總利潤依舊是一萬貫，可是你成功的機率遠比你一次索要一萬貫容易得多。

「忍字訣，談生意時，哪怕被人逼到了絕境，你也要始終不動聲色，談笑自若，教任何人看起來，你都是一副藏著撒手鐧不曾用過的樣子，只要對方對你亦有所求，確有和你談判的誠意，那麼很多時候，他們就會主動做出讓步了，切忌氣極敗壞，須知拍案而起就是輸……

「輸字訣，漫天要價，就地還錢，常勝不敗，做不成買賣。有利讓三分，看著是輸，實則卻是贏……」依稀之間，丁承宗似乎又回到了丁家大院，在那夏日的午後，坐在那頗具唐風的後宅木廊，晒著暖洋洋的太陽，頭頂是悅耳的風鈴，身下是淙淙的流水，兩個人品著茶，一個教、一個學，大談生意經……不知不覺地，淚水便蓄滿了他的眼睛。

車子在陽光下停住了，小雪初晴，院中一樹梅花開得絢爛。遠遠地，丁玉落款款走來，看到兩兄弟依傍著停在一樹梅花下的情形，不覺停住了腳步，歡喜地向他們望來。

楊浩將雙手輕輕搭在丁承宗的肩上，輕聲道：「大哥，咱們兄弟這一回何妨用這生意經，與那趙官家好好談一次生意呢？」

丁承宗幡然若悟，他拍了拍楊浩扶在自己肩頭的手，兩兄弟一起笑了起來……

* * *

飛雪寒冬，天地一片銀白。今日沒有大雪，只有那零星的六形花瓣，輕盈地飄舞於空中。

夏州街頭人跡罕見，偶爾有個人影出現，也是袖著手，縮著脖子，像幽魂似地匆匆從街頭走過。雖說與吐蕃、回紇的戰爭沒有打到夏州城下，可是長期的戰爭已令得夏州日漸蕭條，當街頭連難民都難得見到幾個時，這裡的蕭條就可想而知了，整座夏州城，在刺骨的冰冷和無聲的靜寂中透著陰沉沉的窒息感覺。

「嗒嗒嗒嗒……」

馬蹄踏在凍得堅硬的冰雪上，發出乾巴巴的響聲，十餘名騎士自街頭出現了。他們穿著破舊的羊皮襖，戴著狗皮帽子，口鼻都掩在蒙面巾裡，鼻息噴吐處蒙上了一層白霜，顯然是趕上了路才回來的，儘管他們的穿著並不起眼，可是這麼寒冷的冬天，還能騎馬佩刀出沒的人，就一定不是好相與，街頭本來就寥若晨星的行人更是聞聲而避，很快就不見蹤影了。

拐進一條巷子，一陣風來，捲著一大片雪沫，領頭一個大漢正好除下了遮面巾，雪沫撲了一臉，他悻悻地啐了口唾沫。這人豹目環眼，充滿剽悍的野性，頷下髯鬚虯生而捲曲，兩隻耳朵上各戴著一只金光閃閃的大耳環，赫然正是定難軍衙內都指揮使、檢校工部尚書李繼筠。

馬到定難軍節度使府，李繼筠跳下馬，大步向府內走去，自有侍衛接過了他的戰馬，一行人自側門魚貫而入，「砰」一聲府門關上，整條街上又人影罕見了，只有風帶著雪，自街頭肆虐到巷尾。

定難軍節度使府內書房內，與冰雪肆虐的街頭相比卻是另一番天地，白銅盆中燃著炭火，房間裡熱流湧動，溫暖如春。李繼筠在門外剁了剁腳上的雪，把狗皮帽子一摘，便走了進來。

一個身材肥胖、腰圍龐大的胖子正坐在白銅炭盆前烤著火。如果楊浩看見這個胖子，會覺得他的眉眼與一個叫鄭則仕的演員依稀有些相仿，這個胖子就是定難軍節度使李光睿，如今他剛剛改了名字，叫李克睿。他老爹就是當年以叔父身分奪了姪子江山的李彝殷。這父子二人不但身材、長相相仿，就連改名都如同一轍。

李彝殷為了避趙匡胤他爹宋宣祖趙弘殷的名諱，把殷字改成了興字，儘管平時仍然自稱李彝殷，可是官面文章上卻都改成了李彝興。如今趙光義做了皇帝，雖說趙光義已很快改名為趙炅，李光睿還是搶著上書朝廷，稟報自己為避皇帝諱，改名叫李克睿了。不花錢的小把戲，卻換來了趙光義的幾分歡心，何樂而不為？

「爹爹。」李繼筠一進門，便大剌剌地叫了一聲，李光睿抬起眼皮瞟了他一眼，仍是不慌不忙地用銅夾兒撥弄著炭火，徐徐問道：「事情辦的怎麼樣了？」

李繼筠氣呼呼地坐下，恨恨地道：「他娘的，想當初，吐蕃、回紇諸部誰敢主動與我李氏挑釁？現在可好，爹有意談和，他們倒蹬鼻子上臉，各種各樣的要求一筐一筐地往上搬，兒真想生撕了他們。」

李光睿胖臉上的肥肉又往下耷拉了些，喃喃地道：「繼筠，我不是告訴你，凡事要忍嗎？要做大事的人，這點委屈算得了什麼，如今形勢迫人，該低頭時就得低頭。」

李繼筠呼地喘了一口大氣，恨聲道：「兒知道，也就是在爹爹面前，兒才這麼說。哼！這筆帳，總有一天兒會連本帶息和他們算個清楚。」

李光睿臉上露出一絲笑意：「這才對。說說吧，他們具體又提了哪些要求？什麼時候才肯休兵罷戰？」

「是！」李繼筠答應一聲，父子二人便在爐火旁敘談起來。

党項羌人本來是極落後的一個民族，過著織犛牛尾及牛毛為生的日子。服裘褐，披黏以為上飾，俗尚武力，無法令，各為生業，有戰陣則相屯聚。無徭賦，不相往來，牧養犛牛、羊、豬以供食，不知稼穡的日子。直到北魏亡國，皇族拓跋氏被迫離開中原，重返草原，加入党項羌族部落，將中原文化和先進的知識帶了過來，他們才有了一個突飛猛進的發展。

而党項羌人成為西北霸主，則是在唐朝中後期直至五代時期完成的，唐朝將隴右之地賜予了党項羌人，又經過多年經營，拓跋氏徹底統治了夏州、綏州、銀州、宥州、靜州，實力暴漲。他們的地盤當然不只這五州，但是這五州是他們的根基所在，以這五州為點，輻射所及，俱是拓跋氏治下。

中原大亂這麼多年，你方唱罷我登場，帝王將相一撥一撥地換，偏居西域的夏州李氏一直是「騎牆看戲」，與我無關，憑心而論，夏州李氏現在既沒有爭奪中原天下的野心，也不想自立為帝，建一國霸業，他們只想守住西北，做有實無名的西北王。

臥榻之旁豈容他人酣睡的趙匡胤是不可能滿足他這個條件的，比趙匡胤更野心勃勃的趙光義更不會容許他們長久地峙立於西北，但是北有大敵，不暇遠略，燕雲十六州在契丹人手裡，北方的契丹比宋朝立國還早五十年，國力日漸昌盛，其威懾力較之當初的匈奴、突厥這種鬆散的可汗制大部落是不可相提並論的。只要契丹的威脅一日還在，宋國就不宜全力圖謀西域，這一點宋國看的很明白，李光睿看的也很清楚，所以他並不擔心來自宋國的強大威脅，只要他不稱帝、不立國，宋國就不會下定決心討伐西域，他們李家就能在這裡安安穩穩地統治下去。

正因如此，趙匡胤派趙贊守延州，姚內斌守慶州，董遵誨守環州，王彥昇守原州，馮繼業守靈武，把西北看得死死的，李光睿也毫不在意，因為他知道，趙匡胤的目的只是以武力恫嚇，讓他安安分分地保持現狀，並不是想要攻，而他本來的打算就是維持現狀。

可是誰知麟州、府州始終無法撼動他李家西北王的無上地位，憑空卻掉下一個楊浩來，這一條臭魚，攪得西北不得安寧。他本來占了蘆嶺，李光睿忍了；與麟府兩藩眉來眼去，李光睿忍了；與党項七氏勾勾搭搭，李光睿還是忍了。如今他居然占了銀州，是可忍孰不可忍？

定難五州，那是夏州李家的眼珠子，慶王占了銀州時李光睿就已決心息兵奪還銀州，之所以沒有馬上著手，是因為他知道契丹一定會用兵，他希望借契丹的手，先削弱了慶王耶律盛的實力，誰料人算不如天算，居然讓楊浩撿了個大便宜。楊浩敢在太歲頭上動土，無論如何，他這一回都得動手了，更何況，李光岑居然還活著，党項七氏居然投向了楊浩，楊浩此刻已成了對他威脅最大的第一強敵，他日思夜想的都是如何除掉楊浩，哪還有心思與吐蕃、回紇繼續打下去。

李繼筠把他與吐蕃、回紇頭人祕密談判的經過仔細說了一遍，李光睿斷然道：「答應他們，全都答應他們。他們動搖不了咱們李家在西域的統治，可楊浩不同。楊浩如今明著打的是宋國的旗號，暗地裡打的卻是李光岑的旗號，是咱李家的旗號，天無二日，國無二君，李家怎能出現兩個山頭？我父子，如今唯一要事，就是除掉楊浩。」

李繼筠想起自己在府州時受楊浩折辱的情形，不由恨上心頭，咬牙道：「兒明白，所以兒並未拖延，已經當場答應了他們，只是一連幾次議和，總因種種變故失敗，這一遭咱們存了小心，只待雙方一切議定，盟約之後才宣告天下，同時退兵，現在還需等候他們進一步的消息。」

李光睿點點頭道：「要快，我已經暗中調動兵馬，籌備糧草，做好了攻打銀州、蘆嶺州的準備。議和的消息要絕對保密，最後的盟約議定之前，還要打得熱熱鬧鬧的，只等楊浩出兵去打漢國，咱們就……」

他的手向前狠狠一劈，臉上露出一個令人心悸的笑容。

「兒知道！」李繼筠摩拳擦掌：「奪回銀州，滅了蘆嶺州，把党項七氏再控制住，咱們夏州李家的地位才能穩如泰山。那時候，兒親自領兵，再去滅了與楊浩狼狽為奸的府州、麟州，整個西域再不容旁人染指。」

李光睿臉色一沉，斥道：「胡鬧，誰說咱們要滅府州、麟州的？這句話你也只能在這裡說說，一旦傳揚出去，豈非樹敵無數？」

李繼筠訕訕地道：「爹，兒子當然不會把這個透露出去，不過等到咱們得了蘆嶺州、銀州……」

李光睿似笑非笑地道：「等咱們得了蘆嶺州、銀州，蘆嶺州……我會拱手送與府州折御勳。」

李繼筠大吃一驚，失聲道：「爹，你這是何意？咱們還用得著討他折家的好？」

李光睿瞪他一眼道：「爹這還不是為了咱們李家？」

他站起身，緩緩地踱著步，沉沉說道：「有麟府兩州為緩衝，咱們可以避免與趙官家直接衝突。西域留著麟府兩州，始終不能結為一體，趙官家才不會過於忌憚，而把目光放在北國、放在燕雲十六州上。爹要的是延續我家基業，世代統治西域，難道你還要當皇帝不成？」

「那也用不著把蘆嶺州給折御勳吧？聽聞蘆嶺州如今百業興盛，十分富有，又有達措建開寶寺，四方崇佛之人視之為聖地，如果咱們……」

「那是聘禮。」

李繼筠奇道：「聘禮？爹又要娶誰了？」

李光睿沒好氣地瞪他一眼：「爹是要給你娶個媳婦。」

「啊？是哪家的姑娘？」

李光睿道：「自然是折家的姑娘。這些年咱們李家與折家雖然戰事不斷，但是我們都想保住自己的基業，折家世居雲中，我李家世居河右，為了抵禦中原的吞併，我們合作過也不止一回兩回了，這一次被吐蕃、回紇攪得焦頭爛額，爹才覺得，我們與折家有進一步合作的需要。

「我們拓跋家，本是鮮卑皇族後裔，而府州折家，本是鮮卑折蘭王後裔，本屬同族一脈，眼下又是合則兩利、分則兩害的局面，為什麼不能結成姻親，聯起手來呢？須知，折家在我們和宋國之間，他比我們更迫切地需要一個強大的盟友。」

李光睿抬起頭來，傲然道：「放眼西北，還有比咱李家更強大的靠山嗎？」

「折家姑娘？」李繼筠捏著下巴沉吟起來：「不知折家姑娘長相如何？年歲嘛，好像還合適。」說到這兒，他忽想起在府州小樊樓遇見的那位男裝女子來，皮膚白得就像新雪乍降，俏臉桃腮，眉目如畫，韻味說不出地撩人，要是那折家小姐有她一半姿色，倒也不妨娶了。

李光睿惱道：「就算她奇醜無比，這門親，該結也得結。」

他捋了捋大鬍子，又道：「府州那邊，爹已派了綏州刺史李丕祿和你二弟去求親了。你這邊也莫要懈怠，和議之事得抓緊進行，務必得搶在二月上旬之前簽下議和條約！」

四百四六　囂張男與傲驕女

明堂川的人馬被押解到銀州之後，立即引起了極大轟動。西北諸藩的軍隊遠不及宋國軍容嚴整，除了在急速擴軍之前大走精兵路線，且又有繼嗣堂這個大財閥暗中支持的蘆嶺州，其他西北諸藩的軍隊相對而言都是比較寒酸的，可是和李繼法的兵比起來，他們就強得太多了。

銀州失陷於慶王之手以後，李繼法就已完全斷了糧餉供應，孤軍懸於一個與兩方勢力交界的地方，治下的牧民部落名義上仍是隸屬於自家李氏的，不能扮強盜去洗劫，而且所謂勢力交界只是對他們而言的，這些牧民可不在意這一片草地、那一片荒原如今打的是誰的旗號，迫的緊了，他們捲起鋪蓋、趕著牛羊，小半天的工夫就能從銀州人變成契丹人或吐蕃人。

所以雙龍嶺駐兵的日子過的著實艱苦，衣甲器仗不全，士兵衣衫襤褸，扶老攜幼的家眷們也都面有菜色，倒是有些行商氣色還好一些。艾義海這一趟去，可是把雙龍嶺整個來了個大搬家，連人帶牲畜，舉凡能搬的全都搬了回來。

守城的士兵中有許多原銀州士兵，李繼法的部下本就是從銀州拉出去的，與他們之中許多人都是相識的，如今見那些昔日戰友衣甲鮮明，而他們則成為落魄的俘虜，彼此見了，心裡實在不是滋味。那些有官職在身的拉不下臉面求懇，士兵們卻沒有什麼顧忌，一時間呼朋喚友，攀扯交情，鬧哄哄的好像成了集市一般。

楊浩在白虎節堂候著，俘虜們押到城中還未及安頓，五花大綁的明堂川副都指揮張浦便被帶進了節堂，節堂外甲士林立，節堂上文武肅然，一派肅殺，擺足了氣派。那張浦見了這般陣仗，卻是昂首而入，面無懼色。到了堂上，張浦大模大樣地一站，睨目四顧，神態狂傲，旗牌官見他昂然不跪，便大喝一聲道：「堂上坐的是我河西隴右兵馬大元帥，俘將張浦，因何不跪！」

張浦哂然一笑，冷冷地道：「本官明堂川副都指揮使張浦，便是見了當今聖上，如非大朝典，亦無需下跪，請問你們這位什麼大元帥難道比皇帝還大？」

旗牌官見他衝撞，不由大怒，他把手一揮，兩個小校便提著刀衝上來，張浦說的強硬，但是只消以刀鞘往他膝彎裡一戳，就算他是鐵打的身子也禁受不住，也不怕他不跪，這本是押堂士卒們都熟稔的本領，至於這張浦出言不遜，還敢在這兒擺什麼指揮使的官架子，順手讓他吃些暗虧，那也是應有之義。

楊浩適時阻止道：「且慢，爾等退下。呵呵，張指揮使，本帥自然是比不得官家的，我受不得你一拜，受你一禮，卻不過分吧？」

張浦冷冷地瞥了他一眼，把肩膀向前一橫，哂笑道：「張某雙手被綁，恕不能向楊帥見禮。」

楊浩一笑，便向艾義海遞了個眼色。

艾義海這一番出征可真是出盡了風頭，三路大軍攻打雙龍嶺，動用的總兵力不下萬餘人，他只使四十個人，便殺了李繼法，把五千兵丁、近兩萬百姓全都擒回了銀州，這麼漂亮的一仗，便是他艾義海的成名之戰。

楊浩是個英雄不問出身的大帥，用將唯才，任官唯賢。楊浩手下的許多將領都沒有什麼深厚背景，是靠本事出人頭地的，敬重的也是有真正本事的人，艾義海這番功勳立下，自然贏得了他們的敬重，一掃馬匪頭子的惡名。他們的態度變化，艾義海自然能感覺得到。

艾義海揚眉吐氣，頗感榮耀，大冷的天，他居然把皮袍斜披了，露出一條肌肉虬結的臂膀，炫耀自己的一身武勇之氣，可是他慣使的是一柄九環大砍刀，這麼光著膀子提著大刀往那兒一站，十足像個劊子手。艾義海猶不自覺，仍在那裡洋洋得意。

見了楊浩眼色，艾義海倏地揚起了大刀，九個銅環發出懾人心魄的「嘩楞楞」一串疾響，堂上眾將還沒反應過來，只見雪亮的刀光一閃，張浦背上交叉綁縛的繩索便無聲無息地迎刃而斷，這一手刀法劈斷繩索而不傷人分毫，拿捏得極妙，著實見證手上功夫，堂上眾將不由齊呼一聲：「好刀法！」

艾義海得意洋洋收刀後退，還沒忘了謙遜地向同僚們拱手致謝，楊浩看了不免心中暗笑：這個兇殘惡名足以讓夜啼嬰兒止哭的江洋大盜，居然還有這麼憨直的一面，簡直是個活寶。

天氣寒冷，張浦一直被倒縛雙手押解回來，氣血有些不暢，他得以自由之後，緩緩活動著手腕，這才凝目看向楊浩。楊浩笑道：「張指揮使如今可以向本官見禮了嗎？」

張浦道：「在下先要請教，堂上這位大帥是哪一國的官？」

楊浩眉尖一挑，說道：「自然是宋國的官。」

張浦立即質問道：「既然大帥是宋國的官，你我一殿稱臣，卻不知為何與我兵戎相見？大帥殺我主將，擒我部屬，可是奉有朝廷的軍令，我雙龍嶺官兵何罪之有，還祈相告。張浦若有罪，自然伏法，若無罪，豈能向亂臣賊子俯首？」

楊浩哈哈大笑，說道：「久聞張浦乃李繼法麾下第一智將，亦是第一勇將，如今一看，果然名不虛傳。在我白虎節堂之上，本帥一聲令下，就能教你人頭落地，你竟敢當面質問本帥，毫不畏怯，真是一副好膽色。」

張浦昂然道：「既然從軍入伍，就應有馬革裹屍的覺悟，朝廷恩義之重，張浦既為朝廷命官，理當報效朝廷，縱然為國捐軀亦不屈臣節，又何惜一顆頭顱？」

楊浩笑道：「好一張利口，這個時候你倒咬定了朝廷命官的身分，和本帥講起王法來了。你要和本帥講王法嗎？那好，本帥就讓你心服口服。來人吶，帶人證、物證。」

楊浩一聲令下，堂下便走上了李一德，李老爺子穿一身六品官服，搖搖擺擺地上了節堂，向楊浩長揖一禮，慢條斯理地道：「下官銀州通判李一德，見過節帥。」

緊接著後邊稀里嘩啦一陣響，幾個蓬頭垢面、破衣爛衫的囚犯拖著手銬腳鐐被押了上來，這幾個死囚在外邊也不知站了多久，一個個凍得哆哆嗦嗦、嘴脣發青，到了堂上便往那兒亂七八糟地一跪，有的高呼見過大老爺，有的稱一聲見過楊大帥。

另有兵士拿布裹了幾柄刀劍、捧了一札信柬，到了堂上把刀劍往地上一扔，雙手呈上信柬，大聲稟報道：「明堂川李繼法圖謀不軌，刺殺大帥，被我等當場斬殺刺客五名，抓獲刺客七名，繳獲刀劍、伏弩共計十餘具，另搜獲明堂川李繼法、張浦與刺客往來的祕信五封，信中詳述了他們意圖謀害大帥、繼而竊據銀州扯旗造反的打算，請大帥明鑑。」

楊浩瞟了一臉驚愕的張浦一眼，故意問道：「李通判，我看張指揮一臉正氣、慷慨激昂，不像是意圖不軌的反賊鼠輩，你們可不要抓錯了人吶。」

李一德一本正經地道：「節帥，卑職為官一向是公正廉明的。通判府明鏡高懸，絕不會冤枉一個好人，也不會放過一個罪犯。對於雙龍嶺李繼法謀反一事，卑職仔細審問了相關的人犯，已掌握了充分的證據，大人請看，這些刀劍、信柬就是物證，這些被擒的刺客就是人證。」

楊浩笑道：「兵器可以假造，囚犯可以誣告，信件嘛，也可以模仿，恐怕這些憑據……尚不足以入人之罪吧？」

李一德馬上道：「節帥，這些信柬上分別有李繼法、張浦的官印為憑，那可是作不了假的。」

楊浩訝然道：「竟有此事？快快取來我看。」

張浦看著這兩人裝腔作勢地作戲，只是冷笑，卻見李一德接過信柬，走到帥案旁，打開一封看了看，展顏笑道：「唔，這封信是李繼法寫的……」

說著便從懷裡掏出一枚印信，挪過楊浩的硃砂印臺蘸了蘸，然後在那信柬上蓋了一個大印，張浦一雙眼睛越瞪越大，他已料到楊浩必然偽造證據為他出兵製造藉口，可是萬萬沒有想到他竟在眾目睽睽之下當眾作假，這……這……這也太囂張了吧？

李一德又展開一封信，看了看落款，笑道：「這一封，是張浦寫的了。」

隨即又取出一枚印信，張浦看的清楚，這枚印信正是自己使用的那枚官印，平日請糧請餉，往來公文，都是由他處置，那銅鈕磨得鎧亮。艾義海抓起大印，在信柬上又蓋了個印，如此這般，把所有的信柬都蓋了個遍，然後收起印信，微笑拱手道：「節帥請看，這封信柬真實無誤，上邊的官印與我們繳獲的印信兩相對照，絕非偽造，證據確鑿，並無半點虛假，卑職說過，卑職執掌司法，明鏡高懸，一向是公正廉明，從不循私枉法的。」

張浦聽了這番風涼話，鼻子都快氣歪了，卻見楊浩拿著信柬，裝模作樣地看了一番，點頭道：「果然並無半點虛假。」

他吹了吹信上還未乾的印油，又向堂下跪著的囚犯們喝道：「是誰主使你們刺殺本帥的？速速給本帥指認兇手，若是爾等知無不言、言無不盡，本帥可免你們一死。」

那幾個囚犯大喜，趕緊抬頭往堂前眾人看來，幾個囚犯瞅了瞅，不約而同地指著袒著半邊膀子、一身匪氣、面目猙獰的艾義海，斬釘截鐵地道：「就是他，就是他，大帥爺，我們都是受此人指使，不得不從，還請大帥開恩，饒小人不死。」

艾義海氣得七竅生煙，抬手就給了那不開眼的死囚一個大耳光，破口大罵道：「睜大你們的一對狗眼看個清楚，本將軍是大帥麾下的一員武將，這個白面書生樣的傢伙才是張浦。」

「喔……」眾死囚從善如流，指向艾義海的手指齊刷刷地換了方向，又一齊指著張浦，異口同聲地道：「就是他，就是他指使我們幹的，小人們只是聽命行事，此人才是元兇主謀。」

楊浩笑嘻嘻地道：「張指揮如今還有什麼話說嗎？」

張浦冷眼看著這一幕醜劇，此時心中已經完全明白了。楊浩炮製證據，本在他的意料之中，可楊浩當眾這般炮製證據，卻是在向他示威了。楊浩是在告訴他，銀州已盡在他楊浩的掌握之中，他在這裡可以為所欲為、無法無天，這節堂上的每一個人，都完全在他的控制之中，他現在就是指著一頭駱駝說牠是大象，這滿堂的文武將士也都會跟著他一齊說瞎話。

楊浩此舉同時也是在告訴他，大宋這塊招牌，西北諸藩誰需要時都會扛出來顯擺顯擺，但是誰也沒有真的把它當成祖宗牌位一般供著，他楊浩既然敢對明堂川公開用兵，就壓根沒有顧忌汴梁城裡那位趙官家，趙官家他都可以無所顧忌，夏州那個李大胖子自然更不在話下，他張浦已無所憑藉，不要指望緊緊咬住同屬宋臣這一點，就能讓楊浩有所顧忌。

楊浩看著張浦精彩的臉色，笑道：「怎麼，張指揮無話可說嗎？」

張浦狠狠啐了一口，說道：「算你狠！張某認栽。」

楊浩哈哈大笑，他把手一擺，兩旁文武潮水般退下，士卒們拖起那些死囚，也走得一乾二淨，片刻工夫，節帥大堂上就比狗啃過的骨頭還乾淨了，就只剩下了楊浩和張浦兩人。

待得人群走光，楊浩把臉一沉，說道：「張浦，李繼法一介莽夫，既無智、又無勇，更無大志向，如果不是你為他出謀劃策，再三攛掇，李繼法豈有膽量招惹本帥？如今人證、物證俱在，你還有什麼話說？」

張浦慨然道：「楊大帥，真佛面前不燒假香，那些官面文章不作也罷。說起來，不過是各為其主罷了，今能一死，張某已盡了自己的本分。大帥要殺便殺，何必聒噪？」

楊浩笑起來：「張指揮果真視死如歸嗎？若是如此，當日雙龍嶺上，張指揮何必受艾義海控制，喚來各營指揮，讓他一一擒下，卻不當場拚個魚死網破、以全忠義呢？」

張浦淡淡一笑，說道：「徒增殺戮，智者不取，當日那番陣仗，節帥分明是有備而來，我家指揮使大人已然身死，群龍無首，各自為戰，那樣一支弱兵，還能濟得什麼事？雙龍嶺上那些老弱婦孺，日子過得已經夠苦了，這些卑微的百姓，唯一的奢求只是活下去而已，張某雖不畏死，卻不想因為一己之私，害得他們葬送性命。」

楊浩撫掌笑道：「妙極，妙極，楊某久聞將軍大名，今日一見，果然沒有令我失望。如今情形，張將軍還不肯為自己的性命前程做一番打算嗎？」

張浦疑道：「節帥此言何意？」

楊浩走下帥案，徐徐說道：「張將軍可肯盡釋前嫌，投到我楊浩麾下嗎？」

張浦目光一凝，半晌方問道：「設計刺殺大帥的人是我，大帥敢用我嗎？」

楊浩坦然笑道：「有何不敢？出兵之際，本帥有言在先，所擄財帛子女，盡由攻取城池者發落，財帛為其所有，子女任其發賣。張將軍若肯輔佐本帥的話，本帥願出私囊，將他們贖買下來，楊某這番誠意，全因看重將軍一人。」

他又復說道：「將軍若不肯降，楊某可以成全了你，但古人有言：良禽擇木而棲，良臣擇主而事，將軍智勇雙全，本該功成名就，成一世英名，惜無明主可事而已。西域亂局，群雄逐鹿，楊某求賢若渴，正是用人之際，將軍的風骨和一身本領，都是楊某十分敬仰的，今一番坦誠，將軍可肯為我所用嗎？」

張浦身前，就是那做為物證的刀劍，甚至還有兩具上了弦的伏弩，楊浩此時已走下帥案，就站在他面前五尺遠的地方。而堂上除了他們，再沒有其他人了。

如果……如果……張浦一緊張時掌心就會出汗，當他心念一動的時候，掌心頓時又沁滿了汗水。

東漢末年，群雄逐鹿，後為光武帝的劉秀當時尚為蕭王，曾大敗一支義軍，將之困於絕地，迫其投降，義軍擔心這只是劉秀的緩兵之計，終究還要與他們清算舊帳，劉秀便一副毫無戒備的樣子，輕騎巡行於降兵的營地，降者見了，相互言道：「蕭王推赤心置人腹中，安得不投死乎！」遂死心踏地，效忠於他。此典故遂成「推心置腹」一語。

楊浩此刻此舉，頗有異曲同工之妙，他的橄欖枝已經遞出去了，張浦還給他的，會是一顆忠心，還是一柄利劍呢？

楊浩的掌心，也微微地有些溼潤了……

* * *

百花塢中，折御勳、折御卿兩兄弟與小妹折子渝隔著一條几案對面而坐，案上的茶水已經變淡了顏色。

折御卿沉吟道：「與我折家結親，永締永好。來日若能消滅楊浩，便將蘆嶺州拱手讓與我折家，再以蘆嶺州為線，西讓百里之地，呵呵，這份禮也不算不厚了。李光睿主動向我折家示好，我看……誠意還是有的。百餘年來，我折家與李家時戰時和，一俟受到中原的威脅，又攜起手來，原因只有一個，我們之間雖因爭奪西域商路、土地和子民而常起紛爭，但是彼此並沒有吃掉對方的野心和能力，而一旦中原出現強大的勢力，對我們而言，卻是一個滅頂之災。如今中原一統，宋國勢力越來越強大，西域若仍是群雄並起的局面，恐怕早晚要被宋國一一吃掉。這一點，想必李光睿業已看的明白了。」

折子渝冷冷地瞟了他一眼，板起俏臉道：「李繼筠？哼！他給本姑娘提鞋都不配，要嫁你嫁，可別扯上我。」

折御卿嘿嘿笑道：「我只是就事論事嘛，弄清李光睿的本意，才好對症下藥，結親之事應不應的，總要看妳的意思，不過李家如果確有誠意，也不能讓他們太難堪了。」

折御勳搖了搖頭：「從李光睿向咱們示好來看，與吐蕃、回紇一戰，真的是讓夏州大傷元氣了，否則以李光睿的實力和一向的囂張氣焰，沒有向我折家示好的可能。李光睿此番主動示好，低聲下氣地派人和親，最大的原因，恐怕還是在銀州，在楊浩那裡。」

他一提楊浩，折子渝立刻扭過臉去，裝作一副不屑一顧的樣子，可是耳朵卻悄悄地豎了起來。

折御勳道：「吐蕃、回紇之亂，削弱的是李光睿的實力，卻不會撼動他的根基，而楊浩卻是在直接挑戰他的權威。定難五州，是李光睿的根基，銀州不拿回來，他的根基就要動搖。更何況，楊浩如今是李光岑的義子，有一個李光岑擺在那兒，不但久受夏州壓迫的党項七氏奉了新主，就是夏州拓跋一族內部，也再不是鐵板一塊了，這才是一向倚仗武力的李光睿搞起和親外交的主因。」

折御卿攤手道：「那就是說，至少對我折家，李光睿確是有心示好的了？如今求親使就在前廳，大哥你看，咱們應該怎樣答對？唔……不如……咱們從旁支偏房選一個女子與他和親如何？反正李繼筠不止一個正妻，他要的也只是咱折家示好的一個因由。畢竟，李家現如今雖然不復往日風光，可還不是咱們對付得了的，捨一個旁支偏房的女子，與之虛與委蛇也是好的。」

折子渝霍地扭過頭來，還未出言反對，折御勳已搖頭道：「不妥，如果這麼做，楊浩會怎麼看？」

折子渝見他已然反對，便又抿上了嘴巴，折御勳道：「楊浩如今未必有取勝夏州的實力，但是他崛起如此之快，亦有其過人之能，但凡英雄，總是應運而生，依我看，西北有了這個楊浩，三藩鼎足的格局必將改變，如果楊浩經營得當，有朝一日取李光睿而代之亦不無可能。我們如今既與楊浩結盟，如果再向李光睿示好，那就是首鼠兩端，想要攀住所有的強者，最後恐怕一個都保不住。」

折子渝瞪了二哥一眼，哼道：「還是大哥有見識。」

折御卿吃了個癟，摸摸鼻子，很無辜地道：「我這也是考慮，擔心西北之亂很難速戰速決，給了趙光義插手的理由。如果他以平亂之名，在西北諸藩爭得你死我活之際驟然發兵，那我們可都成了鷸蚌了。送一個旁支偏房的女子，無礙我折家決斷，如果楊浩有本事吃得掉李光睿那自然是好，如果吃不掉，這也算是一條後路，到時候，內則咱們麟、府、蘆三州結盟可抗夏州李氏，外則麟、府、蘆、夏四藩聯手可抗中原，這不是更加穩妥嗎？」

折御勳沉吟片刻，抬頭問道：「子渝，『隨風』可曾打聽到有關夏州的什麼緊要消息？」

折子渝搖頭道：「夏州與吐蕃、回紇戰事膠著，議和之舉曠日持久，並沒有什麼特殊的變化。」

折御勳喃喃地道：「以我和李光睿交道多年的了解來看，此人陰鷙狠毒，外柔內剛，他坐鎮西北，自高自傲慣了，如非到了山窮水盡之際，絕不會做出如此示弱之舉，與吐蕃、回紇的戰局既無變化，莫非李光岑的突然出現，讓夏州內部也產生了分裂？否則李光睿何必如此迫不及待地結交外援呢？」

他躊躇半晌，方道：「趙光義又要出兵伐漢了，漢國失去了契丹的支持，我看這一遭它是撐不過去了。朝廷既要我折家出兵，少不得還得去應應景，李光睿那裡，我看也不宜做得太絕，如果沒有楊浩這個因由，使一個旁支別門的女子去結親原也無妨，現如今咱們既與楊浩締結了同盟，就不便再與李胖子拉拉扯扯了。御卿，你好好招待著他們，至於親事，婉拒了便是。」

折子渝霍地一下站了起來，大聲道：「何必要二哥去？婉拒不是嗎？本姑娘去婉拒一番便是。」

折御卿一呆，失笑道：「小妹，人家求親求的就是妳呀，妳自己拋頭露面去拒婚？這像話嗎？」

折子渝瞪起杏眼道：「當然不像話，『像畫』我早掛在牆上了。」說罷抬腿便走。

折御卿攤開雙手道：「大哥，你瞧瞧，你瞧瞧，我就說吧，小妹被家裡慣得不像樣子，誰家的女子這般沒有規矩？大哥應該請出家法來……」

門外折子渝忽又探出頭來，喝道：「二哥，你說什麼？小妹沒聽清楚。」

折御卿趕緊咳嗽一聲，說道：「我說……我說茲事體大，要不要請出家中長輩來再好生合計合計？」

折子渝哼了一聲縮回頭去，腳步漸漸遠了，看來這回是真的走開了，折御勳兩兄弟不禁相視苦笑。

折御勳嘆了口氣，自我安慰道：「小妹做事，一向還是知道輕重的，她要自己處理，那就由她去吧。二弟，你的打算，不可再想了。楊浩和李光睿之間的矛盾，與我折家和李家的衝突不同，他們一方不倒下，另一方絕不會善罷甘休，咱們折家沒有稱霸西域的本錢，在這兩個人傑之間，就必須只能擇選一個，切不可三心二意的。」

他說到這兒又嘆了口氣，喃喃地道：「可是，小妹明明愛極了那楊浩，瞎子都看得出來，可她偏又不肯表示，還以為能瞞得過天下人呢，而楊浩那頭蠢豬呢，也不派人上門求親，真是難為死我了。」

* * *

車行轆轆，綏州刺史李丕祿坐在車子裡，望著白茫茫的雪原悠悠出神。

李丕祿年未至四十，正是年富力強的時候，也是李光睿極為倚重的一員大將。他與李繼筠、李繼捧兩兄弟是同輩，不過因為是較遠的旁支別系，所以沒有用族譜中的排行。

當初李彝殷逐姪奪位之後，他的四弟綏州刺史李彝敏便扯旗造反，李彝殷平息叛亂殺死四弟之後，就派了自己的心腹李仁裕接任綏州刺史。可沒幾天工夫，野亂氏等部落造反，這位剛剛上任的新官就被殺了，於是李彝殷又派了自己的族姪李光琇擔任綏州刺史。

幾年前，李光琇病逝，於是李丕祿便子繼父位，這李丕祿較之李繼筠兄弟更加機敏聰慧，同時也頗具鐵血手腕，治理綏州政績卓著，所以李光睿此番想與折家結親，自知兩個兒子長子莽撞、次子懦弱，都不堪大用，這才讓李丕祿出面。

李丕祿料想求親之事不會一帆風順，尤其是李家如今連逢遭遇挫折、聲勢大衰的時候，所以他準備了許多說詞，想著要與折御勳痛陳利害，只要說動了這位折氏家主，那事情便成功了大半。

不想那折御勳老奸巨猾，一直沒有出面，只讓他作不了主的二弟折御卿出面，雙方才只做了些接觸，那位被求親的折大小姐居然親自出馬了，當事人親自回絕，客客氣氣地打發他們馬上上路，李丕祿準備的有關西域政局、折李兩家前程命運等諸多說詞的話，可沒辦法當著人家折大小姐的面說，總不成直截了當地告訴她：妳就是一件工具，為了咱們幾個不想歸附中原寄人籬下的草頭王，喜歡不喜歡也委屈了自己吧？

他又不是真正的媒婆，此番求親也不是真的為了折子渝的終身大事，竟至毫無用武之地，灰溜溜地便被趕出了府州。李繼筠的二弟李繼捧此刻正捧著折子渝親手回贈的禮物翻來覆去地看個不停，半晌才疑惑地道：「丕祿兄，你說折家小姐還贈一面鏡子，是什麼意思？」

李丕祿瞟了一眼他手中的瑞獸鏡，淡淡地道：「沒什麼特別的含意吧，應該只是一件答謝我等遠來的回禮。」

李繼捧搖搖頭，他對政治、權力不甚上心，事實上有他大哥在，大位沒他的分，太上心了也不是一件好事，所以平素倒好鑽研些漢學，雖說一瓶不滿、半瓶晃蕩，但多少還是有點學問的，他端詳著銅鏡，喃喃地道：「應該不然，別的不送，送什麼鏡子？我看……大有學問。唔……破鏡重圓？沒道理啊，我大哥壓根兒就沒跟她鏡過，圓個屁呀。水中月，鏡中花，只好看，不好拿？希望我哥繼續努力？到底是什麼意思呢？」

李丕祿放下垂簾，看看還在細心揣磨送鏡含意的李繼捧，不由苦笑一聲：「出面拒婚的雖是折家大小姐，可是分明已然代表了折家的意思，看來折家是鐵了心要跟楊浩站在同一邊了。」

「此番求親沒有成功，不過至少明白了兩件事，第一就是明確了折家的態度，有助於大人準確判斷。第二嘛，此番主動示弱，既然折家不肯攀親，必會通知楊浩，如此一來，這施放煙幕的目的也就達到了，等那楊浩放心地率兵去圍漢國，這銀州就能打他個措手不及。只是繼筠一向目高於頂，此番折節下交，卻被那折大小姐親自回絕，他可莫要一怒之下再給大人惹些什麼禍端才好。」

四百四七　母儀天下，命犯桃花

楊浩接掌銀州以來，忙著擴軍定民，制戶籍，定賦稅，劃定行政區劃，勒肅軍紀、遣任官吏，表面上看他只是走走看看，隨便說說，其實各種安排處置、協調決定、任命會見的事宜十分繁忙。所以一直還沒顧上與党項七氏、橫山諸羌，周圍吐蕃、回紇和漢人部落山寨的頭人首領們見個面。

然而這個面是必須要見的，光從禮儀上來說，各部落山寨的族酋首腦也不能連自己追隨的老大的面都不見，楊浩也需要親自接見一下這些首領，了解一下他們的需求，聯絡一下彼此的感情，有許多需要他們支持、配合、服從的東西，都需要和這些首領做一個面對面的接觸，往更深層次上說，這也是楊浩宣示統治主權的政治需要。

所以需要他馬上著手辦理的許多大事剛一有了眉目，這件事便立即提上了日程。這些事比行軍打仗還要勞神費力，擬定邀請名單、排列先後位次、敲定大會章程，諸般細節不一而足，一不小心就會出現疏漏，一旦出現疏漏，就可能在本來就關係微妙的諸部族間，以及諸部族和銀州之間，鬧出一些不必要的麻煩。

這種細緻的事情，楊浩手下官員之中還真沒幾個人能夠勝任，原唐國吏部尚書徐鉉明明是個善於治理政治、調配人才的宰相之才，卻長期被李煜當成了外交大使，對這種事情長期錘鍊之下倒是駕輕就熟，所以這件事便交給了他去辦，楊浩與徐鉉廝磨了一個下午，敲定了一些細節，這才起身回到楊府。

這楊府未必比楊浩在蘆嶺州所建的知府衙門更寬更深，不過蘆嶺州府邸是依山而建，鱗次疊高，順應自然韻味，而這原銀州防禦使府卻是正規的五進院落，中規中矩。

走到後宅，忽然聽到一陣悠揚動聽的簫聲，如同天籟一般，楊浩不由心神一暢，因為思索諸多瑣事而引起的頭痛也輕快了許多。他抬頭看了一眼，見那簫聲來自吳娃兒所住的院落，便會心地一笑，這位清吟小築主人，是他四位愛妻之中第一才女，平素小周后往來，不管談起詩詞、琴棋、服飾、梳妝、美食，抑或佛道兩教經典，能對答如流的，也只有娃兒一人，這些學問雖說對國家大事沒什麼助益，可是要想樣樣精通，所下的功夫卻絲毫不遜於一位博學鴻儒的十年苦讀了。

楊浩本想去逗弄一下自己那個日見可愛的嬌嬌愛女，聽到這簫聲，便半途轉了道，沿著曲苑迴廊向娃兒的住處走去。

娃兒院中有一方曲池，池上有小橋木亭，池中有怪石嶙峋，池邊還有幾株冬夏樹木。此刻正是冬季，池水已結了冰，上面覆蓋了一層白雪，池中嶙峋的怪石上生出的藤蘿也已乾枯，枝條上染著一層茸茸的白雪，唯有池邊兩棵素心臘梅綻放著金黃色的花朵。

小周后穿一襲白裘，站在臘梅樹下，望著假山怪石上若隱若現於白雪之下的藤蘿枝條，扶一管長簫，一縷清清柔柔的聲音便自那紫色的長簫中傳出來，悠悠迴盪，與這雪、與這花、與這人，完美地構成一幅如詩如畫的風景，空靈飄緲，可她的黛眉間卻仍是帶著一抹揮之不去的寂寞憂愁。

這些時日，她每日都到帥府點卯，漸漸地她也發現，楊浩對她似乎全無敵意，或許那日他無意中吐露的心聲，並未引起他足夠的警覺，又或是他已把自己看成了一隻籠中鳥，根本不擔心自己會對他造成什麼威脅？

是啊，就算自己知道了他的志向那又如何？自己能說給誰聽？趙官家那裡？她是唯恐避之不及的，至於其他勢力，她更沒有捨楊浩而洩露他的祕密給那些人知道的道理。想通了其中關節，小周后總算是鬆了口氣。死不是最可怕的，如情勢所逼，她不惜一死，但這並不代表她願意赴死，如果能活著，當然還是活著的好。

儘管知道自己的擔心實屬多餘，可楊家她還是常來，一方面是因為冬兒、焰焰她們的好客，經過這段時日的往來，小周后和她們已經成了無話不談的閨中密友。小周后是寂寞的，哪怕在她做為高高在上的皇后的時候，前呼後擁、眾星捧月，圍攏在她身邊的也只有畢恭畢敬的奴婢侍女、妒羨莫名的宮中嬪妃，還有諂媚敬畏的官宦夫人，若非如此，她也不會見到一個把她看成正常的女人，而不是一個尊貴的皇后來交往的莫以茗莫姑娘，就那麼歡喜，很快便把她引為知交好友。

自從到了銀州之後，她更加寂寞了，她每天只能無所事事地待在那片小小的天地裡與寂寞為伍，沒有事情做，沒有話題聊，雖然安靜，卻寂寞得可怕，這樣的日子一天兩天或許是享受，天長日久卻是一種無形的折磨，尤其是對小周后這種天性浪漫活潑的女性來說。

她那處住宅，除了根本無話可談的幾個僕人，就只有一個比她小不了幾歲的李仲寓，兩人本來就沒幾句話好說，如今楊浩在蘆嶺州建通譯館，李仲寓閒極無聊，毛遂自薦，自告奮勇地跑到蘆嶺州通譯館找了份皓首窮經的差使做，整個府中就只剩下她一個人，冷冷清清，沒有半點生氣。

所以不知不覺間，她喜歡上了到楊府造訪的感覺，與冬兒、焰焰、娃娃、妙妙在一起，她會很充實、很快活，這種感覺是以前從來沒有過的。可是，當她看到冬兒為女兒哺乳的時候，當她與娃娃正相談甚歡，焰焰卻突然捧著帳本趕來，兩個女人鑽進書房專注地核對帳務的時候，小周后便會突然驚覺，這分熱鬧、這分溫馨，完全與她無關，她只是一個無足輕重的看客而已，於是莫名的憂傷便像雲翳遮月一樣，悄悄掩上她的心頭。

她本以為國破了、家亡了、夫君也死了，剛剛二十六歲的她，就像一朵凋零了的花，慢慢地凋零、乾枯，就像那掩在雪下，再無一絲翠色的藤蘿，可是……現在她才知道，她的心還活著……

只要活著，誰能逃得出軟紅十丈的誘惑？區別只是向哪一種誘惑低頭罷了。她渴望活著，精彩地活著，有滋有味地活著。然而，當積雪消融，春滿大地的時候，那死去的藤蘿就能重新綻放活力，而她這個人呢？

心潮起伏，簫音便帶上了淡淡的一抹憂傷，就在這時，耳邊忽然響起幾聲清脆的掌聲，小周后霍然回首，只見院中寂寂，根本沒有半個人影。一時間，小周后以為是自己出現了幻聽，她轉過身，剛剛以簫就唇，就聽身後又響起一個動聽的聲音：「呵呵，那個不守清規的風流老鬼果然找到了衣缽傳人，這對師徒收集美人的本事還真是一脈相承呢。」

「誰？」

小周后下意識地清斥一聲，可她再度回頭，身後還是一個人影也沒有。小周后驚訝地退了幾步，幾乎疑為白日見鬼，卻聽身後又有人道：「嘻嘻，妳不用怕，本仙姑不是鬼，也不是妖。」

小周后猛地一個轉身，身後仍然不見人影，身後就是曲池，池中積雪平平，一隻雀兒落上去都要印個爪印，可是上邊全無痕跡，小周后更是恐懼，顫聲道：「妳……妳是神仙？」

「呵呵，不錯不錯，妳叫我神仙姐姐那就沒錯啦。」

這一回聲音就在她耳畔響起，甚至唇齒之間的微弱氣息都已拂到了她的臉上，小周后急退一步，再度看去，眼前已憑空出現了一個俏生生的人兒。這人穿著一身杏黃道袍，背一口綠鯊皮的寶劍，杏黃色的劍穗拂撒在肩頭，頭上綰一個道髻，一枝綠意盎然的碧玉簪子橫插在道髻上，襯得她那張俏臉清雅脫俗，麗光照人。

雖然驚於此人出現得古怪，可是聽她話語客氣，又是這樣一個絕色道姑，小周后怯意稍去，不禁問道：「這位仙姑……是……是什麼人？」

她此刻倒有些懷疑這個美貌道姑是自天上而來的仙子，憐她淒苦，要引她往極樂世界去了。隨著李煜誦經念佛那麼久，也難怪她會有此想法。

那美貌道姑歪著頭上上下下仔細打量她一番，一雙精光閃爍的眸子，偏就透出一股迷離空濛的柔媚勁，這股活色生香的媚勁，簡直是顛倒眾生，打量一個女人時不經意間流露出來的風情尚且如此，如果她存心媚惑一個男人的話，恐怕天下間沒有幾個人能抵擋得了她的魅力，這種神態可就不怎麼像是一位不食人間煙火的天上仙子了，不過小周后剛剛見識了她神鬼莫測的出現方式，一時倒沒想到這一點。

那美貌道姑仔細打量她一番，嘖嘖地讚嘆幾聲道：「國色天香，我見猶憐呢，妳是唐焰焰還是吳娃兒？」

小周后一聽這麼問，登時清醒過來，她在唐宮時，李煜找了許多佛道兩教的高人來傳授經義，其中不乏能高來高去的世外高人，如今看來，這位美貌道姑也是這樣一位異人了。前些日子楊浩遇刺的事，小周后也是知道的，楊浩雖控制了銀州，可是暗中對楊浩懷有敵意的仍不乏其人，如今見這道姑來得古怪，開口就問及楊浩的兩位夫人，小周后便難以揣摩她的來意。

她得楊浩相助，逃脫了趙光義的毒手，唐夫人和吳夫人待她又十分熱忱，被她視作閨中密友，她如今活得還有一絲生趣，全因這一家人而起，對她們自然起了維護之意，眼前這古怪的美貌道姑也不知來意善惡，焰焰和娃娃如今就在書房中盤帳，如果這道姑不懷好意的話，她的武功又這麼高……

想到這裡，小周后毫不猶豫地冒充了與她最談得來的吳娃兒，頷首說道：「奴家是吳娃兒，不知這位仙姑是？」

那道姑一聽笑逐顏開，神色間竟透出幾分的親熱來：「呵呵，吳娃兒，清吟小築主人，色藝俱佳的大梁第一行首嗎？楊浩信上提過妳的出身來歷，如今一看，果然名不虛傳。如此容色比我當年在洛陽……呃……不錯，不錯，真是個招人喜歡的孩子……」

小周后聽得暗暗納罕：「大梁？自朱溫滅唐稱帝改稱大梁為東都，汴梁城就再沒叫過大梁這個名字，怎麼她還叫出這麼古老的名字？孩子？看這道姑頂多比我大上兩三歲，說話怎麼如此老氣橫秋？」

心裡這麼想著，小周后面上卻絲毫不敢表現出來，要說起來，小周后也算是冰雪聰明的人物，否則也不會琴棋書畫、詩詞歌舞樣樣俱精了，應變起來倒也不露破綻：「不錯，奴家正是吳娃兒，仙姑還未告知奴家法號，不知仙姑法駕駕臨，意欲何為？」

那仙姑抿嘴一笑，頰上便露出兩個迷人的小酒窩：「本仙姑的法號嘛，呵呵，妳喚我一聲靜音師傅就可以啦，我這次來，是受了楊浩那老鬼師傅的託付，要將本仙姑的一身藝業傳授給妳們，我本住在雁門關外紫薇山，接到楊浩的信，得知妳們要到少華山隱居，我本來是想直接趕往那裡的，幸好半路上隨意問了一句，才曉得妳們竟然到了銀州……」

小周后聽她並無惡意，便不想冒充吳娃兒了，小周后正要對她說明身分，忽聽她說受楊浩的師傅託付要傳授她們武藝，不由怦然心動，她平時與焰焰她們閒聊，楊浩曾拜傳說中仙人一般的呂洞賓為師的事她也是知道的，眼前這美貌道姑竟是受呂祖所託來傳她們技藝的？

一念及此，到了她嘴邊的話便又嚥了回去，遲疑問道：「仙姑……仙姑是要把您這來去無蹤的武功傳授給我嗎？」

靜音道姑嘴角一翹，笑得有點邪，不曉得她笑得為什麼如此古怪：「就算是吧，差不多，嘻嘻，反正……本仙姑的這身本領，都是要傾囊相授的。妳的年紀雖然大了些，不過比我當年……當年剛剛習練這門道法的年歲也差不多，看妳根骨也是上乘，只要不太笨的話，應該學得來。」

剛剛說到這兒，靜音道姑耳朵動了動，又笑道：「有人來了，本仙姑此來的消息，不想對人張揚，我就住在棲雲觀，這銀州城裡，只有這麼一座道觀，好找得很，妳和唐焰焰就來那兒見我吧。至於妳家官人嘛，妳想把我的消息告訴他也無妨，不過……不要叫他來拜見我啦，他是那老鬼的徒弟，見了他怪難為情的。」

靜音道姑說罷，雙肩一晃，整個身子凌空而起，足尖在假山石頂再一點，整個人便翩然不見。

「隨她……學藝？」小周后心頭一熱，一個冒名頂替的大膽念頭忽然浮了上來。

經歷了國破家亡的創痛，顛沛流離的生活，小周后才發現自己自幼所學全無用處，在往昔以為高雅的，在這亂世只能用來娛人，倒是她以前看不入眼的雕蟲小技才足以傍身。

一個女人，尤其是一個擁有美貌，卻沒有足夠的勢力保護自己的女人，那她的美貌只會給自己帶來無盡的悲劇。如果自己也能像這位靜音仙姑一樣，擁有這樣一身大本事，雖不能挽回國運，但是面對著趙光義那樣心懷不軌的人，至少卻能保護自己。

有生以來，周女英頭一回生起竊名盜藝的念頭，心中不由怦怦直跳，她在唐宮時與那些仙長高僧們來往多了，也知道那些高人重視衣缽，不是什麼人都肯將一身藝業傾囊相授的，為了學那高來高去的本事，這才存了冒名頂替的念頭。

那仙姑既把我錯認成了娃娃，不如我就冒充了她吧，她本來是要把一身武功傳授武藝給唐焰焰和吳娃兒的，待我……待我學會了再毫無保留地轉教她們，那還不成嗎……

剛想到這兒，忽聽得一陣腳步聲傳來，小周后趕緊舉簫就脣，裝模作樣地吹了幾個音節，卻因氣息散亂難以成曲。這時身後便傳來了楊浩的笑聲：「娘子曉得為夫來了，竟然歡喜得曲不成調了嗎？」

小周后急忙回身，赧然道：「啊，原來是太尉到了。」

小周后是典型的江南美女，嬌柔玲瓏，體態纖細，穿著這一襲皮裘時，背影與娃娃酷肖，楊浩又是先入為主，認準了這站在娃娃院中、綰著墮馬髻的少婦除了娃娃再無旁人，不想竟認錯了人，他張開雙臂，眉開眼笑地正要上來擁抱，一見竟是小周后，不由鬧了個大紅臉，訕訕地收回雙手道：「啊，夫人恕罪，在下……在下一時認錯了人，實在冒犯了……」

小周后剛剛打了冒充人家娘子盜學武藝的念頭，心中發虛，一顆芳心也自急跳不已，卻故作從容，淺淺一笑道：「太尉客氣了，這也談不上冒犯……」

這時書房門一開，唐焰焰和吳娃兒娉娉婷婷地走了出來，四雙美眉一起瞟來，瞟得楊浩心驚肉跳，忙斂起笑容，一本正經地肅手道：「夫人，請。」

一行四人進了花廳落座，唐焰焰便道：「浩哥哥，我與娃兒剛剛盤了一回帳目，你要購買耕牛、糧種、農具的錢勉強湊得出來，不過稍嫌吃緊，要不要再向商賈借貸一些？」

楊浩搖頭道：「既然湊得出，那就不要借貸。不只是利息的問題，我們必須嘗試自己承擔壓力、培養解決問題的能力，如果脊梁骨始終是別人的，那人家一旦抽身而去，我們還怎麼站得住？」

唐焰焰俏生生地白了他一眼，嗔道：「好啦，你說一句不可以不就成了？偏要囉哩囉嗦講一番大道理出來，誰耐煩聽。」

楊浩笑道：「習慣了，習慣了，平日有什麼事吩咐下去，總要將前因後果交代個明白，讓下邊的人詳細了解我的意圖和我想要達到的目的，囉嗦慣了。呵呵，等我把人用熟了，不需要事無鉅細都交代得清楚明白的時候，妳再想要我說這麼多，我還懶得說呢。」

唐焰焰撇嘴道：「稀罕。」

娃娃走到楊浩身後，輕輕給他按揉著肩膀，笑道：「姐姐不過是跟官人撒撒嬌，官人怎麼如此不解風情呢？對了，宴請諸部酋領頭人的事安排得怎麼樣了？」

楊浩道：「具體事宜，交給徐大人去辦了，妳知道，這種事我也不甚了了。不過許多東西，徐大人也是巧婦難為無米之炊啊。比如說咱這銀州城，幾番戰亂下來，拿得出手的廚師寥寥無幾，既是宴請，這酒宴當然不能馬虎了，可我想做幾道他們不常見的美食，卻沒個著落。娃娃，妳的烹飪手藝那是沒得說的，不過妳做的菜肴都太過精緻，不適宜這些西北大豪，妳可懂得些既有中原菜式精緻、又有草原菜式風味的菜肴？」

「這個嘛……」

娃娃遲疑了一下，為難地道：「官人也知道，汴梁那些食客，都是食不厭精，膾不厭細的主顧，那一碟子菜，三筷子下去就沒了蹤影，的確是不適合這裡人口味的，不過奴家……」

小周后見他們夫妻當著自己的面打情罵俏毫無顧忌，簡直把自己當了透明人，心中十分不自在，本想起身告辭的，聽到這番話，不由脫口道：「太尉要製作些既有中原菜式的精細，又有草原風味的佳肴嗎？或許……或許妾身可以提供幾道菜肴。」

楊浩一呆，奇道：「夫人知道些別開生面的菜式？」

小周后臉色微暈，有點難為情地道：「昔日在唐宮，平素閒來無事，於烹飪之術，妾身確曾仔細研究過，於宮廷御宴之外，特取四夷特產，或製菜肴，或製點心，或做羹湯，精心研製菜式共計九十二款，想必……想必正合太尉所用。」

小周后於琴棋書畫、詩詞歌賦之外，還發明了風靡江南的天水碧衣料，親手裁製了各種款式新穎的衣衫，研製了多種粉餅胭脂、研發多款菜式等等，要擱在現代，小周后就是舞蹈家、音樂家、詞曲作家、服裝設計師、美容專家以及通曉各系菜式的食神等等，一連串的頭銜足以使她成為世界最全能的一流才女。

不過在當時那個年代，這些東西都是不登大雅之堂的玩意兒，若是尋常女子，說她擅女紅、烹飪倒也罷了，可是一國皇后研究這些東西可就為人詬病了。小周后不問政治、不談國事、不講權術，也沒有像某些賢德的皇后那樣，用心良苦地整日勸誡夫君要勵精圖治，一心撲在國家大事上。

說到骨子裡，她就是一個一心一意只想做個幸福小女人，喜歡把生活藝術化的小資女青年，她要是王侯將相的夫人，這麼做那可是賢淑之極了，說不定皇帝陛下還要封個誥命給她，讚她識大體。如果她是公卿名士的夫人，就憑這些創舉，也足以與李清照、薛濤之流比肩了，可是她是皇后，這立場與責任便不同了，江南文人痛惜國亡之禍，已經有人於詩詞之中追索因由，把唐國覆滅的原因歸結於小周后這個禍水了，也難怪她提起來時怯生生的，有些難以張口。

楊浩卻沒有絲毫鄙夷之色，反而鼓掌大笑：「真是天助我也。多謝夫人，這些菜式都是夫人親手研製，想必大多都還記得，這件事情就請夫人親自主持其事如何？」

娃兒握起小粉拳，在他肩頭輕輕捶打了一下，輕嗔道：「官人得意忘形了嗎？夫人的身分，怎好拋頭露面？這些事情又怎好要一個婦道人家親自去做？請夫人寫出菜譜，那些三腳貓的廚師按圖索驥，還做不來嗎？」

楊浩一拍額頭，連聲笑道：「對對對，還是這樣妥當。」

小周后終於發現自己所學原來也有一點用處，心中歡喜得很，而且她此時也掛念著那個掛單棲雲觀的仙姑，便就勢起身道：「既然如此，那妾身立即回府，謄寫菜譜。」

「好好好，此事說來還真有些緊急，不但要讓廚師們照著先行燒製一下，調理口味，恐怕有些難得一見的食材也得及早購買，那就有勞夫人了。」

娃娃嫣然笑道：「那我送送夫人。」

小周后向楊浩和唐焰焰淺淺一笑，頷首為禮，與吳娃兒款款走了出去。由於心中歡喜，那步履輕盈起來，依稀便恢復了幾分昔日的神采飛揚，衩襪步香階，手提金縷鞋的小周后裊娜行去時，那是怎樣的風情萬種？就連楊浩也不禁投以欣賞的目光，可惜他的目光隨著人家剛剛走出不遠，耳朵便被唐焰焰提在了手中。

「喂，再看眼珠子就掉地上啦。」

楊浩哈哈笑道：「妳這丫頭，呷的哪門子乾醋？妳家官人也就是看一看嘛。真要好色，當初某人投懷送抱，主動色誘時，妳家官人早就餓虎撲羊了，妳說是不是呀？」

唐焰焰性情潑辣，可自打嫁作人婦，反而喜歡害羞了，聽他拿自己當初的事取笑她，不禁大嗔，跺腳道：「好呀你，又拿這事取笑我。」

楊浩伸手一攬她的纖腰，唐焰焰便坐到了他懷裡，楊浩輕撫著她手感誘人的翹臀，柔聲道：「娘子，這些時日為我做內當家，累壞了吧？以前做唐家大小姐的時候，妳可從來不需要操這些心的。」

唐焰焰白了他一眼道：「哼，現在才來甜言蜜語嗎？累倒不累，自家的基業，不幫你看著，我還不放心呢。只有一件事我不甘心。」

楊浩奇道：「什麼事不甘心？」

唐焰焰道：「人家先嫁了你……以前那段時間不算喔，可是冬兒姐姐卻先有了孩子，人家到現在肚子還沒一點動靜，你說是不是你偏心？」

楊浩叫起了撞天屈道：「這可怨不得我，老爺我鞠躬盡瘁、辛勤耕耘，用在娘子身上的功夫可不少哇，妳自己不生，怪得誰來？」

唐焰焰大恨，在他脣上咬了一口，瞪起俏眼道：「喂，你是夫，你是天嘍，本姑娘生不生還不是你說了算？自己沒本事，還要怪人家，虧你還是一個大丈夫。」

楊浩一把抄起了她，把她打橫抱住，哼道：「敢說妳家夫君沒本事？嘿，這可是犯了男人的大忌呢，小娘子，今天我就與妳大戰三百回合，且看是妳不行，還是妳家夫君不行。」

「喂喂喂，天還亮著吶……」

「亮就亮，又不是頭一回了，亮著還省了點燈呢。妳不曉得如今油價很高嗎……」

＊　　＊　　＊

蕭儼走進大堂的時候，徐鉉正埋首在一堆文案之中，他回到自己的官衙處理完要緊的公務之後，便攤開了群雄大會的詳細章程，仔細推敲疏漏之處。

蕭儼見他神情專注，便毫不見外地自己倒了杯茶，在椅上坐了下來，蹺著二郎腿看著他，過了半晌，見他還未發現自己，這才咳嗽一聲，徐鉉一抬頭，不禁笑道：「老蕭，什麼時候回來的？」

蕭儼笑道：「有一陣了，看你專注的樣子，你這公堂被人搬空了你都發覺不了。」

徐鉉笑著捏了捏眉心，起身離開公案，在蕭儼旁邊坐了下來：「你那邊的事都辦妥了？」

蕭儼道：「目前就只有這麼多了，原府庫之中的書籍、豪門大戶人家捐獻的書籍，還有謄抄的孤本、珍本，以及本地有名的文人，全都送往蘆嶺州去了。」

徐鉉感慨地道：「我本以為楊太尉是一介武夫，只曉得爭奪土地、人口，建立軍隊，想不到對這些文人才關心重視的事居然如此上心，通譯館、博史館、印書社都迅速建立起來了，還有太尉發明的那個什麼活字印刷，了不起呀，實在是了不起呀。有時候我真想不通，太尉哪裡來的那麼多奇思妙想？」

蕭儼頗有所感地點點頭，說道：「是啊，興工商，立農牧，恩威並施，寬猛相濟，可求一時之治。同之以利，化之以文，融之一族，方能長治久安。天文曆算、地理方志、詩詞歌賦、兵書戰冊，乃至儒道釋法墨諸子百家的典籍，這是一個國家不可或缺的東西，卻不是一方諸侯的當務之急。楊太尉所圖甚大，眼光更是長遠啊。」

楊浩有意將蘆嶺州打造成一個宗教、文化中心，把銀州建設成為政治、經濟中心，為此不但在蘆嶺州建造了譯書館、藏書館、印書館，兼收並蓄百家學說，吸納各族思想文化，還開設了幾家學府。知識的收集要發揮實際的作用，就需要許多人去學習它。而楊浩如今還不過是西北四藩中的一藩，就開始著手做這些事，自然難免連徐鉉、蕭儼這樣的人都要讚他一聲：「胸懷天下，志向遠大。」

蕭儼說到這兒，忽又想起一事，說道：「喔，對了，回來時在棲雲觀前遇到了夫人，夫人剛從楊太尉府上回來，似乎要到觀裡進香。真是奇怪，佛道兩家，夫人一向是比較崇信佛家的，怎麼放著佛寺不去，現在改信了道教？」

自唐亡國，他便不能稱小周后為娘娘了，唯有以夫人稱之。他提起夫人，徐鉉自然知道他說的是誰。聽他提起小周后，徐鉉的臉色忽然有些不豫起來，沉默半晌，他才有些低沉地說道：「老蕭，夫人……這些時日往楊府裡去的太勤快了些……」

蕭儼「唔」了一聲，不置可否。

徐鉉奇怪地看了他一眼，又點撥道：「民間雖不識夫人身分，但是亦有許多風言風語，難聽得很，這個……你可曾聽聞？」

蕭儼抬起眼皮瞟了他一眼，問道：「鼎臣以為唐太宗這樣的人物算得上一世明君嗎？」

徐鉉脫口道：「當然，茂輝兄何出此言？」

蕭儼不答，又問道：「鼎臣以為，房玄齡、杜如晦、魏徵之流，算得上一世能臣嗎？」

徐鉉明白了他的意思，便沉默不語起來。

蕭儼道：「隋煬帝是李世民的表叔，又是李世民的岳父，李世民卻納了隋煬帝的蕭皇后為妃。玄武門之變，又納弟婦為妃，宮闈之潔較之楊浩如何？怎不見賢相房杜之流對太宗私闈之事耿耿於懷？大醇小疵，瑕不掩瑜，自古以來，哪個英雄不風流？你想讓楊浩做聖人嗎？聖人能成為好皇帝嗎？」

蕭儼比徐鉉還年長九歲，十歲中童子試，後入朝為官，道德學問那是沒得說的。南唐中主李璟曾造華樓一座，群臣都稱讚不已，當時唯有蕭儼說：「可惜樓下少了一口井。」皇帝問他什麼意思，他說：「因此比不上景陽樓啊。」

南北朝時，後主陳叔寶不理政事，沉緬淫樂，寵張麗華，建景陽樓，樓下有井。禎明三年，隋將賀若弼、韓擒虎攻入陳的國都建康，「玉樹後庭花」的張麗華投井自盡，陳後主束手就擒，從此人們便稱此井為「辱井」。蕭儼因為這句話惹得中主大怒，被貶謫到了地方。

等到後主李煜繼位，他又回朝做了大理寺卿，楊浩和耶律文在唐國禮賓院大打出手、第一次發生衝突時，就是他入宮稟報，因見李煜沉迷棋道，不聞不問，怒而掀了李煜的棋盤。唐國諸大臣中，蕭儼乃是第一諍臣，徐鉉素來敬重的，聽了蕭儼這番話，徐鉉面上不豫之色漸去，但還是猶豫道：「可……可她終究是你我舊主之妃，臉面上須不好看……」

蕭儼嘆息道：「她有傾國傾城之姿，就一定會成為男人追逐的獵物，不管是誰，如果能掌控她的命運，豈會不把她變成自己的戰利品？逝者已矣，何妨讓生者有個好一點的出路。母儀天下，命犯桃花，這……本就是她的宿命……」

四百四八　行險

棲雲觀建在銀州城西，西域地區佛教十分盛行，而道家卻沒有多少信眾，所以這棲雲觀規模就小得很，占地不大，前後三進院落，十分破敗，平時也沒有什麼信眾進香。觀內只有一個邋邋遢遢的香火道人，帶著一個八、九歲的小徒弟苦哈哈地度日。不過這銀州城歷經多次戰亂，許多佛寺也在戰亂之中遭了兵災，沒有幾個信徒香火的棲雲道觀反倒因為太窮了，所以不曾遭受什麼損害，倒也算是不幸中的萬幸。

小周后屏退了隨行人員，攬住皮裘，款款走進道觀，只見道觀內一片荒涼，院落中的積雪也不見人打掃，幾根枯萎的野草倔強地鑽出積雪，孤零零地矗在那兒。進了破敗的大殿，更是一無所有，殘破的三清道君的神像上都掛滿了蛛網，這副模樣，肯有信徒進香才怪。

小周后四下尋摸了一陣，不見一個人影，不禁微蹙黛眉。她退出正殿，見左邊一間房子虛掩著，露出一角門簾，像是有人住的，便走到門前，揚聲說道：「請問，哪位道長是此間主持？」

房中應聲走出一個道士，皺巴巴的一張老臉滿是皺紋，頭髮已有八成都是白的，若是好生裝扮一下，未必不像個得道全真，可惜那身打扮實在不像個有道之人。

他掀開厚厚的門簾，一眼瞧見眼前是個明眸皓齒、眉眼盈盈的大美人，穿著打扮也盡顯富貴，不由得兩眼發亮，趕緊跑了出來，向她稽首施禮，道貌岸然地道：「無量天尊，貧道丹陽子，這位施主可是來進香的嗎？」

小周后道：「啊，原來是丹陽子道長，小女子是受一位靜音仙姑所召，來此與她相見，不知這位仙姑可在觀中？」

丹陽子道長一聽，大失所望，熱切的神情便冷了下來，回頭叫道：「小真，小真，快來引這位施主去後殿見過靜音道長。」

門裡邊又走出一個小道童來，一臉的不情不願，也不知他正在吃什麼東西，嘴上油乎乎的，他瞥了小周后一眼，抹了把油嘴道：「女施主這邊請。」

那老道士陪笑一點頭，吱溜一下就鑽回了自己房內，門簾一掀一合，小周后嗅到一股燉羊肉的香味，不禁暗暗詫異：「這對師徒，莫非不守清規，竟在三清道觀內煮肉吃嗎？」

她只匆匆一瞥，未曾掩得嚴實的房內隱隱可見生著爐火，爐上放著一只陶盆，心知所料不差了。

那小道童把她引到後院，往殿門匆匆一指，說道：「靜音仙姑就在此處了，女施主請進吧。」說完轉身就跑，看那情形，好像回去晚了，那盆肉就要被他師傅吃光似的。

小周后看了看那扇殿門，襝衽施禮道：「小女子……吳娃兒，求見靜音仙長。」

「妳來了？」

殿門無風自開，靜音道姑笑吟吟地走了出來，笑道：「棲雲觀這對師徒不過是求個寄身的所在，並非真正的道門弟子，自然也不用指望他們遵守什麼清規戒律。我也只是使了銀子，借他一塊地方暫住而已。」

靜音道姑雖是出家人，一顰一笑卻是嫵媚自生，哪怕對著一個女子，也是風情萬種。她眸波一閃，又道：「怎麼只有妳一個人來？那個唐焰焰呢？」

小周后遲疑了一下，硬著頭皮道：「官人新得銀州，有許多軍政大事要做，夫人輔佐官人，諸事繁忙，實在抽身不得，是以要娃兒隨仙姑習藝，回頭再轉授給她便是……」

小周后難得說一回謊，臉蛋已不由自主地紅了起來，靜音道姑見了她有些難為情的臉色，卻是想歪了，玉面不由一寒，露出不豫之色：「聽說那唐姑娘是大戶人家女子？想來是看不上我這旁門左道的功夫了，罷了，學不學都由得她，妳進來吧。」

小周后暗叫一聲慚愧，舉步進了殿中，這處地方收拾的倒還乾淨，靜音道姑與她各拾一個蒲團坐了，開口道：「我這功法，功參造化，十分了得，不但有強身健體之效，而且益壽延年，青春永駐，我這年紀，比妳祖母還要大了些，妳看我如今相貌怎樣？」

小周后瞿然動容：「仙姑……竟已如此高齡了嗎？這功法，當真有如此奇效？」

但凡女子，沒有不重視自己容貌的，如能青春永駐，那真是想都不敢想的福氣，難怪她又驚又喜。

靜音道姑笑道：「那是自然。說起來，我的出身，與妳大抵有些相似，所以對妳總有些親近之感，妳既有心學我本領，我自然要傾心傳授。」

小周后大喜，忙道：「多謝師傅。」

靜音道姑道：「我這門功法，本有陰陽乾坤之別，初學者自然是從築基開始的。男子嘛，這築基功夫是乾道鑄劍之術，而這女子，就是坤道鑄鼎之術了。」

「築基功法習之，可令真氣歸元，形神俱妙，能使陰陽平衡，周天自通，百脈流暢，身強體壯，呼吸細微入胎息；胸中月明，玄關竅開，天人共震，雷鳴電閃；身內有身，沉痾能自痊，塵勞溺可扶，除卻未生之眾病，無疾苦之厄，自然變朽回陽。這功法若習至大成，便可由陰陽雙修而臻性命雙修境界，龍虎相交，至道大成。元氣妙合，甘泉潤養周身經脈，自能通玄靈妙道，身體至真，益壽延年……」

靜音仙姑所言，許多都是道家術語，若是真正的道家中人，聽到這裡就該明白她所說的是一門什麼功夫了，小周后卻並不甚了了，聽她說的如此玄奧，反而喜不自勝。

靜音道姑笑道：「我曾暗中窺妳夫君，功法已然入道，只是妳們這兩房妻子都不曾習得這門功夫，無法與之配合，所以他只練至採藥還爐境界。採藥還爐，初時倒還無事，可是時日久了，爐藥充實，卻不能陰陽貫通，合和大樂，則必成孤陽煞，孤陽煞需索無度，偏生不能陰陽貫通，於是便如飲鴆止渴，終必釀成大患，而且性情也會變得暴躁猛烈，他是掌兵之人，難免就要變得殘忍嗜殺。

「那老鬼不知輕重，徒兒尚無鼎爐，便先授他鑄劍，險些釀成大禍，幸虧現在還來得及。若要我在這裡教授妳三年五載，那是不成的。妳是汴梁才女，博聞強記，領悟之力較之常人強上十倍，諸般功法，我會傾心傳授，妳且認真記下，嘗試修習一番，我會悉心點撥，真要功臻大成，卻須妳好生修煉了。不過我這功法，雖是劍走偏鋒，卻是易於大成，內中有些易出岔子的地方，卻也不打緊。憑妳夫君現在的功力，自可予妳引導，絕不會走火入魔的。」

小周后聽得懵懵懂懂、神神道道，還是不明其意。不過她天性純真，本來就信這些東西，聽了更是迫不及待，想要馬上學習她這門神通，使自己有一技傍身。

靜音道姑抬眼看看天色，又笑道：「時辰不早了，我先將坤道鑄鼎術的功法傳授與妳，再教妳吐納運行一番，掌握了其中訣竅，妳可每日自行習練。至於幻影劍法、戲道八動、合道十修、陰陽採煉、玉液還丹、仙道求索諸般技藝，倒是不急於一時。」

小周后聽得幻影劍法，還以為是一門高明的劍法，喜不自勝，連連點頭道：「多謝師傅。」說罷站起身來，雙膝跪倒蒲團之上，恭恭敬敬地行了拜師禮，靜音道姑笑吟吟地受了她的禮拜，說道：「好乖巧的孩子，呵呵，妳這個禮，貧道倒也受得。起來吧，為師現在就將坤道鑄鼎術的功法傳妳……」

*　　*　　*

楊府後宅，仕女撲蝶的六扇屏風後面，流蘇垂幔的錦榻之上嬌喘吁吁，楊浩叩關而入，大肆伐撻，唐焰焰已然酥軟如泥，似再禁受不起那風雨狂暴，偏又用一雙豐若有餘、柔若無骨的修長大腿夾緊了他的腰肢，抵死纏綿。終於，在唐焰焰的告饒聲中，雲收雨歇，鴛鴦交頸，榻上傳來楊浩促狹的低笑：「現在還要說妳家夫君沒有本事嗎？」

流蘇錦幄的榻沿上有氣無力地垂下一條粉光緻緻的玉腿，唐焰焰以一聲蕩氣迴腸的呻吟做為了回答。這時，那錦幄悄然拉開，娃兒兩頰染霞，皺著鼻子嬌嗔道：「大白天的，你們兩個便占了人家的繡床行那荒唐之事，好不知羞。」

楊浩也不知如今自己為什麼對男女之事越來越是興致勃勃，明明元陽已洩，腹中反更加熾熱如火，他伸手一拉，便把娃兒拉上了床，笑道：「娃兒吃醋了嗎？來來來，咱們再來殺它個桃紅柳綠杏花煙雨江南……」

娃兒嬌吟一聲，臉紅紅地瞟了眼眉梢眼角春意盎然的焰焰，害羞地閉上了眼睛，由著自己男人拉開了她緋色的抹胸，露出堆玉賽雪的一雙乳兒來……

*　*　*

一頭蒼鷹飛入楊府，片刻工夫，丁承宗便出現在楊家後宅：「小源，太尉大人呢？」

小源一見丁承宗，忙道：「大少爺，太尉現在三娘那裡。」

小源見了丁承宗，仍是按照在丁家時的稱呼喚他的，丁承宗點點頭道：「我有要事，請太尉馬上來一下。」

小源答應一聲，急忙往吳娃兒的院落走去，不一會兒，楊浩神采奕奕地趕到了客廳：「大哥，你叫我？」

丁承宗從袖中拿出一枝竹筒，沉聲道：「不出你所料，夏州果然在祕密議和，已經有了眉目。」

楊浩為之動容，急忙從他手中取過竹筒，從中摸出祕信，細細看了一遍，負手在房中踱起了步子，丁承宗道：「夏州幾次議和都被人破壞，此番隱密一些也不稀奇，未必就是抱著伐我銀州的意思，可是如果太尉應詔去伐漢國，夏州得訊卻是一定會來的，不如尋些理由拖延不去吧。」

楊浩站住腳步，略一沉吟道：「走，去白虎節堂，召集文武，共議大事。」

文武濟濟一堂，楊浩將拓跋昊風和赤邦松打探到的情報分析與眾文武說了一遍，目光一掃，問道：「諸位，有何建議？」

徐鉉道：「太尉，就算趙光義和李光睿不曾暗中勾結，若得知太尉率大軍赴漢國，李光睿也絕不會放過這個機會，依卑職之見，我們在銀州立足未穩，太尉不宜遠離，尤其是要率大軍離開，銀州空虛，夏州若傾巢出動，單憑党項七氏，是阻擋不住的。」

木魁摩拳擦掌地道：「少主，咱們乾脆趁趙官家伐漢，騰不出手來料理西北之事，直接殺去夏州算了，先下手為強，後下手遭殃啊。」

楊浩搖頭：「正面為敵，我如今尚不是李光睿對手。如果我引兵去夏州，夏州只須堅守不出，調綏州、宥州、靜州兵馬伐我銀州、蘆嶺州，那時我就要進退失據了。」

蕭儼道：「這還只是其一。趙光義單憑宋軍實力，如今要滅漢國，也是易如反掌，太尉如果主動出兵伐夏州，出師無名，趙光義得了漢國，馬上就可以名正言順伐我銀州平亂，那時太尉苦心經營的局面就要蕩然無存了。」

「不錯……蕭大人所言有理。」楊浩說道：「現在不能和趙官家翻臉，他要調我的兵，我不但要去，而且必須親自去。唯有如此，才能教他空有數十萬雄師在手，卻拿我毫無辦法。我去漢國，還有一個好處，如果夏州主動發兵攻打我銀州、蘆嶺州，那我們在道義上便占住了腳，再要反擊夏州，趙官家也無話可說了。」

柯鎮惡遲疑道：「可是……如果大帥親率大軍赴漢國，夏州結束與吐蕃、回紇的戰事，攻打我銀州、蘆嶺州，我們是否一定守得住呢？銀州被李家統治了上百年之久，在這裡的勢力根深柢固，雖然表面上，我們現在已完全把持了銀州，但民心向背，不是那麼容易爭取的。李光睿不來倒也罷了，如果他來了……我銀州軍中有許多李氏舊部，也不需太多人譁變，只消其中有一路人馬起了反心，打開城門迎那李光睿進城，偌大一座堅城便不可守了，為求一個出師有名，咱們冒的風險太大了。」

眾人議論紛紛，有的贊成楊浩應詔赴漢國，有的主張應裝病不去，派三、五千老弱殘兵去充充門面，始終沒有統一的意見，楊浩不由漸漸煩躁起來，「砰」地一拍帥案道：「應詔出兵也不是，抗旨不去也不成，主動伐夏還是不成，那該怎麼辦才好？」

眾文武頓時肅然，楊浩驚覺自己脾氣有些暴躁，忙又緩頰一笑，滌清了思路，說道：「是本帥急躁了，諸位莫怪，咱們再好好商議一下。如今的情形是，夏州我們絕不能搶先進攻，否則失了道義之名，趙官家就有了插手的名目；其二，不管夏州和趙官家是否已經有了勾結，只消本帥一出兵，他必趁我後方空虛伐我根基，這一點毋庸置疑，而趙光家目前對夏州仍是以羈縻為主，必然縱容；第三，現在我們有夏州這個強敵，一時半晌絕不能和趙官家決裂，這塊招牌還得打下去，所以這軍令還得遵守。我們得怎生想個兩全齊美的法子才好。」

眾文武默然半晌，忽有一人越眾而出，昂然道：「大帥何必煩惱，夏州與吐蕃、回紇議和，趙官家伐宋令大帥出兵，這是天賜良機與大帥，大帥應該善加利用才是。」

眾人聞言，盡皆向此人望去，卻見此人正是半晌沉默不語的張浦。

楊浩雙眼一亮，急忙問道：「張將軍計將安出？」

張浦一直想扶保一位識英雄重英雄的明主，創一番大功業出來，可惜出身寒微，始終不得重用，好不容易找到一個重用他為將的李繼法，卻是個扶不上馬的阿斗，又飽受李繼法手下那些驕兵悍將的排擠。楊浩崛起於西域的時間尚短，急需將帥之才，又是誠心招納，張浦便投了楊浩。

楊浩對張浦倒是抱著用人不疑的態度，軍機大事也容他參謀。不過他手下兵馬成分複雜，必要的防範還是要的，所以對那五千明堂川的兵進行了整編，一是摻沙子，將那兵馬與自己本部兵馬互相穿插，一是換檯子，將原有兵馬的低級將校軍官與自己嫡系兵馬的將校軍官進行調換，確保了對這支軍隊的控制。

張浦投靠楊浩之後一直比較低調，平時上堂議政大多時候都保持沉默，這還是頭一回發言，想不到竟是一鳴驚人，所有人的目光都投注在他身上。

張浦拱手道：「將計就計，暗渡陳倉。出奇兵，奪夏州。夏州若到手，就算大帥把蘆嶺州、銀州都丟了，攻守也將從此易勢，西北王便非大帥莫屬。」

此言一出，眾皆譁然。夏州是什麼？那就相當於契丹的上京，宋國的汴梁，南唐的金陵，夏州近百年來一直是拓跋氏的大本營，如果占據了這個地方，就將嚴重打擊夏州李氏，給李氏政權以重重一擊。而且夏州是拓跋氏的根基，財力、物力盡集於此。控制了夏州，利用山川地理條件，就可東扼銀州，南扼橫山南線的龍州、洪州、鹽州、韋州，至於定州、懷州、興州、靈州都在夏州之西，更在其控制之中了。

張浦的說法，簡直就是和夏州李氏來了個大換防，可楊浩「換防」到夏州那是力量更形壯大，而李光睿若是被調虎離山，腹心處是楊浩，背後面是折楊兩藩，他可很難做到楊浩如今這般自在了。

楊浩聽了這番狂言，也是怔了一怔，這才奇道：「怎麼可能？如何可以奪夏州？」

張浦走到那巨大的沙盤前，說道：「大帥，李光岑大人在蘆嶺州，党項七氏歸附，銀州陷落於大帥之手，這皆是撼動李光睿根基之事，所以他必須得剷除大帥的勢力，除掉李光岑大人，重新控制党項七氏，消弭腹心之患。所以，大帥有不得不從趙官家的理由，而李光睿也有不得不大舉東進的理由。」

楊浩等眾將也都跟到了沙盤前，楊浩頷首道：「不錯，本帥不能不出兵伐漢，李光睿也不能不全傾其力，利用這個機會，一舉奪回銀州、占領蘆嶺州，除掉我義父、控制党項七氏。」

張浦道：「李光睿東進，夏州必然空虛，這時我們如使一路奇軍直插夏州，趁機奪取該城，西北局勢必然改變……」

一直默不作聲的丁承宗忽然說道：「李光睿起兵往銀州來，我自銀州起兵往夏州去，兵力少了難起作用，兵力多了，大隊人馬的調動怎麼可能瞞得過夏州耳目？如何能收奇兵之效？」

「副使請看，明堂川已在大帥控制之中，我等如明修棧道，大舉出兵伐漢，半途分兵北上，經明堂川入地斤澤，西穿毛烏素沙漠，南至黃洋萍入草原，經安慶澤、七里平、王亭鎮，以迅雷不及掩耳之勢直取夏州，如何？」

先北、再西、再南，整整走了一個半圓，中間還要穿越沼澤、沙漠，想及其中的凶險，丁承宗不由暗吸一口冷氣，其餘諸將誰不曉得這些地方的險惡，所以也是久久不發一語。

楊浩仔細看了半晌，問道：「諸位以為如何？」

柯鎮惡搖頭道：「勞師遠征，無久戰之力，縱然出其不意，且內有接應的話，也只有一攻即克的機會，一旦失敗，後果不堪設想，太冒險了。」

張浦不理他，只是望著楊浩，說道：「如今情形，恕卑職直言，夏州李氏，雄霸西域上百年，雖受重創，實力猶在，大帥雖是得道多助，想要消滅夏州，恐怕無數十年經營、發展，亦不可能。」

這句話雖然難聽，倒是一句實話，漫說夏州李氏，就算麟州、府州，實力遠不及夏州，讓楊浩去打打看，也不可能輕易就滅了人家，楊浩不禁點了點頭。

張浦又道：「假以時日，大帥的勢力自然更形壯大，可那時宋國的實力恐也非今日可比，到那時中原已然平靖，就算北有強敵，宋國不能貿然出兵插手西北之事，可是想在一定程度上左右西北局勢，卻也遠比現在更有可能。到那時，大帥銳氣已失，不過淚落為西北又一強藩罷了，西北四藩鼎立，各有忌憚，也不過就是這樣局面了。」

艾義海沒好氣地道：「你囉哩囉嗦說了半天，到底要講什麼？」

張浦道：「要成西北之主，就得行常人所不能，富貴險中求！」

艾義海道：「可這……這他娘的也太冒險了些，簡直就是一個賭徒。一旦李光睿有所防備，所有的本錢都要輸光了。」

張浦臉上露出一絲讓人心悸的笑容：「你們都覺得此計萬萬不可行，李光睿又怎會想得到呢？而且，依我之見，這兵家之事，就如同弈棋，無須計較一子得失，只要我們是最後的勝利者那就行了。所以……大帥自可暗中調動，將蘆嶺州的人集中到銀州，拚著失去一城，只要銀州守得住、拖得起，就算敗了，也只是元氣大傷，咱們還能保住一點薪火。」

丁承宗道：「這倒不必，只要把李光岑老爺子請來銀州，蘆嶺州又有達措活佛坐鎮，李光睿也懶得再去捅那個馬蜂窩，他必然要直奔銀州來的。只是……此舉太過凶險，我們先將自己置之死地，如果李光睿未曾精銳盡出，又怎麼辦？」

張浦道：「假使党項七氏竭力抵擋，還不能逼他精銳盡出嗎？」

柯鎮惡道：「這是孤注一擲的決戰了，一旦失敗，所有努力盡付流水。我們如何確定他能精銳盡出？馬上就要出兵伐漢了，遣一支孤軍穿越沼澤、沙漠，諸多準備來得及嗎？如果等到確定他精銳已出，再揮軍北上，還來得及嗎？」

張浦長長地吸了口氣，說道：「正是時間上有些倉卒，這一計才更增了幾分凶險。我只是覺得，這一計的凶險固然極大，可是一旦成功，回報卻是百倍、千倍，到底如何決斷，那只有請大帥定奪了。」

眾人的目光都向楊浩望去，楊浩的雙眼卻只是盯著那幅沙盤，半晌，才只吐出四個字：「容後再議！」

*　*　*

莽莽大地，沃雪千里，寒風捲著細碎的雪屑撲面而來，風嘯聲如同孤魂野鬼的嗚咽。

這樣的大雪，對霸州那裡農耕為生的百姓來說，是窩著過冬的好日子，坐在熱炕頭上，喝一壺老酒，守著老婆孩子，愜意得很。可是對以畜牧為生的牧人們來，卻是一個難熬的季節。朔風透骨生寒，氈帳也遠比不得農人的一幢茅屋，牲畜的照料也是一件麻煩事。

楊浩和木恩、木魁策馬雪原，前方一片營盤，嗚嗚的號角聲與風嘯爭鳴，兵甲鏗鏘，旌旗飛揚，一隊隊士兵正在操練，這是楊浩所建的常備軍，吃軍糧、領軍餉的，天氣再如何惡劣，每日的操練也不可停止，經過刻苦的訓練，已然呈現出一種森嚴有度的氣勢。

三個人下了馬，踱到高坡上面，侍衛在地上鋪了兩卷褥子，三個人坐在上面，看著遠處的士卒一絲不苟地進行操練，戰馬馳騁，飛騎遙射。

褥子都是狼皮的，密實的狼毛，厚厚的狼皮，最能保暖隔寒，鋪在雪地上能有效地阻絕寒氣侵襲，楊浩撫摩著光滑的狼毛，說道：「張浦的計畫的確瘋狂，可正因太過瘋狂，李光睿也很難想得到我敢如此行險。不過，難題也不是沒有，未慮勝、先慮敗，我們還沒到走投無路的時候，用這樣孤注一擲的手段，實在是……」

他沉默了片刻，忽然問道：「如果我們使一支奇軍，依張浦所言，北上明堂川，入地斤澤、穿毛烏素沙漠，有沒有可能？非戰損失會有多大？」

木恩道：「這些年，隨著主公到處流浪，什麼苦日子都過過，如果要冒著大雪嚴寒穿越沼澤、沙漠，雖然十分艱難，不過如果由屬下領兵，損失倒也不會太大。如果能有時間做些準備，讓士卒們弄一件狼皮褥子，或者黃羊、豚鼠皮製成的褥子，再配上羊毛氈、駝毛氈，這奇寒也不是不能抵擋，至少不會凍傷、凍死了人。

「至於食物，倒也好辦，我知道一種做乾牛肉的法子，是從契丹人那兒學來的，可以把一整頭牛都風乾成肉乾，然後搗輾成肉末，填塞進一只牛胃裡，吃的時候掏出一點就能煮一大鍋肉湯。水也好辦，沙漠中也不是每一處地方都沒有水的，只要有水，我就找得到，還可以多備皮囊儲水，弄些木犁載了冰塊帶進去……」

楊浩聽了點點頭，若有所思地道：「不過要想輕騎行軍，恐怕出了沙漠之後，糧食也就耗光了。」

木魁嘿嘿笑道：「出了沙漠的話，還怕找不到吃的？各個部族過冬總要積蓄些米麥肉食的，一出沙漠，就不成問題了。」

楊浩又點點頭，木魁的意思他明白，到時候就是撞見哪個部落，哪個部落就要被搜刮一空了。你可以說它是武力劫掠，也可以說它是以戰養戰，其實都是同一回事。當初衛青、霍去病馳騁草原，大戰匈奴，輕騎往來，追殺千里，就是這麼幹的，戰場上，講不得仁義。

木恩問道：「少主，你真打算按張浦說的這麼幹？」

楊浩苦笑道：「我只是想了解一下這麼幹能有多大的可能性。對夏州，恐怕真是要曠日持久的戰爭，才能決出勝負。如果有機會行致命一擊，我當然希望如此。不過……難啊，出兵伐漢、襲夏州，都需要人馬，蘆嶺州、銀州，勢必不能分兵作戰，如果真要行此險計，兩城只能保其一，集中兵馬於一處，同時，製作大批狼皮褥子、製作肉乾，做出戰和防禦的準備，都需要時間，時間上……可是來不及了。時間、時間啊……」

他嘆了口氣，起身說道：「走吧，回去！」

＊　　＊　　＊

回到楊府，到了後宅，花廳裡溫暖如春，好不熱鬧。

丁玉落和丁玉婷正在逗弄著楊浩的寶貝女兒，楊浩已給她起了名字叫雪兒，丁玉婷喚著她的名字，手裡拿著一個紅絨球，時而靠近，時而拿開，小傢伙努力地抬起手來，不時地想去抓。冬兒懷抱著一只南瓜型手爐，而焰焰、娃娃正在錦墩上說著什麼。

丁庭訓的三夫人蘇明嫵才二十三、四歲，一個人耐不得後庭寂寞，難得一家人都在，熱鬧得很，所以她也來了花廳，偎在白銅盆邊，和窅娘、杏兒低聲說著什麼，時而掩口輕笑。

「啊，二少爺回來了。」蘇明嫵第一個看到楊浩，連忙站了起來，臉上帶著討好的笑容，楊浩展顏一笑，向她和隨之站起的窅娘、杏兒點點頭，說道：「妳們聊妳們自己的，不必拘禮。」

話雖如此，一見他回來，三夫人還是和杏兒、窅娘識相地退了出去，丁玉落向二哥調皮地扮個鬼臉，也抱起楊雪兒出去了，給他夫妻騰出了空間。

冬兒和焰焰、娃娃不知在聊著什麼，直到楊浩走到近前才發現他，冬兒抿嘴一笑道：「聽說官人議完了公事就逕去城外閱兵了，可是有什麼煩心事嗎？」

楊浩搬過一只錦墩坐下，沒精打采地道：「回到家裡就莫談公事啦，說給妳們聽，妳們也沒有法子的。」

唐焰焰不服氣地道：「官人這話可有失公允，有些事我們女人做的可不比你遜色，甚至比你更有辦法呢。」

楊浩失笑道：「什麼事呀？生兒育女不成？」

這樣一說，娃娃也不服氣了，皺了皺鼻子道：「我們是女人嘛，女人要是坐上老爺這個位子，未見得就比老爺差了。你可別忘了，武則天就是一位女皇帝，比你如何呀？」

「哈哈，武則天嗎？五千年下來，不就出了這麼一位……」楊浩說到這兒，突然像中了邪似的，一下子定在那兒。冬兒著了慌，連忙伸手在他面前晃了晃，問道：「官人，怎麼了？」

楊浩喃喃地道：「時間……時間……女皇帝……」

這時妙妙從裡間屋裡走了出來，穿一件大袖對襟的紗羅衫，小蠻腰低束著曳地長裙，頭髮溼亮亮地垂在肩頭，剛剛沐浴的她肌膚白裡透紅，又嬌又俏，一眼看見楊浩，妙妙欣喜地迎上前道：「老爺回來了！」

楊浩目光落在她的胸口，小妮子年紀尚小，發育還未十分成熟，可是半袒胸的大袖羅衫裡，緋色的胸圍子緊緊一裹，欺霜賽雪、美如潤玉的酥胸上倒也擠出一道誘人的溝壑。

楊浩慢慢露出欣喜的神色，說道：「時間，嘿嘿，時間嘛……時間就像乳溝，擠一擠總是有的。」

冬兒暈了臉，輕啐道：「官人如今也算是一方封疆大吏了，說話還是這般……這般……」

楊浩哈哈大笑道：「這般怎樣？」他探身在娃娃頰上一吻，笑道：「好娃兒，一語驚醒夢中人吶。」

他一把攬過妙妙，把她輕盈若掌上舞的身子抱了起來，得意洋洋地道：「你要戰，我便戰，我拖天下一起戰，殺他個桃紅柳綠杏花煙雨江南，哈哈哈哈……」

妙妙又驚又笑：「老爺這是怎麼了？」

言者無心，聽者有意，焰焰和娃娃卻是一起紅了俏臉……

四百四九　縱橫睥睨

党項七氏首領、橫山諸羌首領，自蘆嶺州至銀州一線勢力輻射下的吐蕃、回紇、漢人城寨部落的首領、頭人、族長、寨主，陸陸續續趕到了銀州。這場大會由於即將出兵伐漢，以及暗自備戰夏州而顯得緊迫起來，不過功夫都做在暗處，表面上熱鬧繁榮之中仍是透著一派悠閒。

對於各路首腦在飲食、住宿各種條件上，楊浩事先做足了功夫，進了銀州城，你絕對看不出這裡曾遭受過連番的戰爭創傷，市井間一片繁榮，整個城池打理得井然有序，當然，軍紀鮮明、衣甲鏗鏘的威武之師也是必不可少的。

這一番不是結盟，而是號令群雄，確定歸屬，稱霸一方來著，不立軍威而只顯其富，那就成了旁人眼中一隻待宰的肥羊了，上位者的派頭和威風必須顯現出來，好在各路豪傑在此之前已經有了徹底投靠楊浩的心理準備，再親眼見到了銀州軍威和財力的雄厚，大多都心悅誠服，沒有敢來挑刺起釁的。

現在能做到讓各族、各堡、各寨的人服從於銀州這就夠了，時日尚短，所謂收服也有個循次漸進的過程，要他們奉楊氏號令、按時進貢、繳稅容易，要他們死心踏地地和楊浩綁在一起大敵當前也要生死與共，現如今是不用指望的，真正可靠的人，楊浩是利用大會為幌子，暗中進行的。所以楊浩這段時間異常忙碌，與各部頭人首領公開會見，引領他們視察閱軍之餘，楊浩還要見縫插針，私自會見党項七氏和橫山諸羌中已完全投向他的頭人，為即將到來的大戰做出種種安排，繁華喧囂背後，戰爭的硝煙已然悄悄瀰漫起來。

除了對外圍武力組織的祕密安排正在緊鑼密鼓地進行，銀州和蘆嶺州也在同步進行著戰爭準備。除了加強與派駐夏州、靜州、宥州、綏州等地的間諜密探的聯繫，行政體系也在進行著應急安排，以防因為戰爭和堅壁清野、通訊斷絕後，整個行政體系徹底癱瘓，失去應有的作用。

此外，統屬關係、人員委任、錢糧收支、各路武裝、糧秣供應，也都在范思棋、林朋羽等人的安排下有條不紊地進行著。楊浩可以打一場險仗，卻不想打一場無準備之仗，他在與時間賽跑，盡可能地做好各項戰爭準備，搶先一步，占取先機，大戰起來的時候就有意想不到的重大作用。

徐鉉、蕭儼也在忙碌，投靠楊浩的各路勢力成分複雜，有的可以直接納入楊浩的直接管轄之下，有的暫時要以羈縻為主，有的還要進一步進行籠絡，不管哪一路勢力，都是因為懾服於楊浩的強大，希圖得到他的庇護，相應的他們當然要付出代價，然後付出多少代價、得到多少利益，這就大可商榷了。

兩位一身才學，但是在唐國時只能學非所用的才子能臣，這一下終於有了施展拳腳的地方，在楊浩進行禮節性的接見之餘，全賴這兩位大人與各路首領頭人脣槍舌劍、軟硬兼施，把一項項既定政策與被實施者澈底敲定下來。

蕭儼和徐鉉分工明確，蕭儼不苟談笑，為人嚴肅，加上名士才子天生恃才傲物的性格，言語不但犀利，簡直稱得上刻薄了，這黑臉理所當然由他扮演了。由於事涉各方利益，談判桌上全然沒有了體面尊卑，西域各部的首領粗獷豪放，本來也不大懂得規矩的，要他們好好說話，你在帳外聽著都像吵架似的，何況是真的在爭吵。

老蕭儼外柔內剛，骨子裡就是一股性如烈火的勁頭，可惜在唐國軟綿綿的官場風氣中，他從來沒有施展的餘地，頂多見到實在看不過眼的事情，旁敲側擊、陰陽怪氣地說著刺話，這一回可不同，楊浩已全權授權予他，而且他是站在強勢的一方，那真是揚眉吐氣得很。

為了每一項談判項目，老蕭儼全力以赴，錙銖必較，把那些馬上的漢子趕進了絕地，雙方吹鬍子瞪眼睛、掀桌子摔茶壺，那是時常見到的場面，等到摸清了對方最終可以接受的底牌，扮紅臉的徐鉉便出場了。徐鉉做了這麼久的外事工作，那真是長袖善舞、八面玲瓏，經過一番討價還價，那些各部首領自覺得又有了面子又有了裡子，至於楊浩這邊，也得到了他想得到的最大限度的好處。

雖說這些事累得兩位老大人精疲力盡，可是那種成就感卻是從未體驗過的，尤其是以一個強勢者與弱勢者談判，那一股揚眉吐氣的感覺，前所未有，兩個人縱然心中還沒有下定從此死心踏地效忠楊浩的決心，但是卻已在潛移默化之下，不知不覺地成了他的死黨。

一紙契約到底作用多大？一紙契約，保證它能得到履行的條件有很多，即便沒有更多的強力措施，一方首腦輕易也是不會撕毀契約的，只因為信用兩字。信用是無形的，也是有形的，如果一方勢力派系的首腦人物烙上一個出爾反爾、言而無信的印記，這個人基本上就很難再得到其他勢力的認可和支持，所以除非萬不得已，哪怕是大奸大惡之輩，也是絕不情願輕易撕毀承諾的。

儘管如此，楊浩還是以強力手段，加強了他們對所做承諾的重視，哪怕來日銀州城被重兵圍困，暫時對他們失去控制力，他們想做出任何決定的時候，也得三思再三思，輕易不敢決定。楊浩的強力手段就是：絕對的武力威懾。蘆嶺州草創之初，橫山諸羌中主動挑釁、襲擊的部落受到血腥反擊的場面，在銀州再次上演了。

＊　＊　＊

荒原漠漠，原馳臘象。

山麓下一片緩慢的山坡，這是山麓的南面，陽光充足，而且左右是半探出的山坳，阻擋了寒風的侵襲，再加上厚重的駱駝氈、牛毛氈，足以讓牧民們抵禦這一冬的嚴寒。一條澗泉從山坡上傾瀉而下，泉水右側是一片稀疏的山林，可以讓牧人們伐木取火，汲取用水。氈帳大約有兩百餘帳，算是個中等規模的部落。

前邊一頂氈帳，日達木基穿著一件大皮袍子，正在帳前宰著一頭綿羊。今兒是他兒子百日之期，要請親朋友好友過來飲酒慶賀的。室外滴水成冰，如果手法慢一些，這頭羊沒宰完就得凍得硬邦邦的，可是這個大漢的手法顯然高明得很，一柄小刀在他手中上下翻飛，羊皮已被整個剝下來，此時羊肉還在冒著白騰騰的熱氣。

旁邊架著一口大鍋，他的婆娘蹲在灶旁，正往底下填著柴禾，鍋裡的水已經沸了，這時候，遠處忽然傳來一陣陣淒厲的號角聲：「嗚嗚嗚——」

這是報警的號聲，日達木基怵然一驚，急忙踏前兩步，將一整頭羊丟進了沸騰的開水之中，急急奔向一旁的駿馬。馬兒還未披上馬鞍，可是號角聲緊急，已經顧不得那麼多了，日達木基從放在地上的馬鞍旁，取下長弓掛在肩上，又取一壺箭斜著一挎，一縱身便躍上了馬背。

他的婆娘急急叫了一聲：「日達木基。」

日達木基回頭喝道：「抱著孩子，先躲起來，號角聲急，恐有強敵襲擊。」

與此同時，其他氈帳中的男人紛紛鑽了出來，不管是壯年還是老年，甚至十二、三歲的孩子，穿著一身肥大笨重的皮袍子，卻十分俐落地紛紛挎弓上馬，向前方快速聚攏過來。

兩側山頭上的報警號角還在吹響，而且越來越急促，緊跟著就見莽莽雪原上飛馳而來三匹駿馬，遠遠地揮舞著手中的兵器，大聲地吶喊著什麼。

「是美思子！」日達木基手搭涼棚望著他們，忽然叫了起來。

美思是太陽的意思，美思子就是太陽之子，這位太陽之子是這個部落族長的兒子，眼見他似乎遇到了危難，最前邊的戰士們紛紛摘弓搭箭，後邊的側拔出了長刀，近千騎倉卒湊成的隊伍已迅速形成鍥形陣，向前迎了上去。

「快走，快走。銀州大軍來了！」日達木基衝在最前面，已經聽清了美思子的吶喊，他剛剛一怔，就聽馬蹄如雷，無數的戰馬突然湧現在山口，無數的駿騎滾滾而來，金戈鐵馬，殺氣沖天。

緊接著，天空中的陽光突然一暗，無數的箭羽沖霄而起，鋪天蓋地地向他們飛來。

「美思子，鐙裡藏身！」

對方還遠在一箭之外，這時發箭，根本射不到他們的，日達木基連弓都懶得摘，雙手攏在嘴邊，只向正在射程之中的美思子大聲示警。可是隨即他就驚駭地發現，那些鐵騎的利箭竟然突破了他所認知的射程，鋪天蓋地的利箭黑壓壓地向他們射來，箭矢驟急如雨，甚至聽得清那破空而過的風聲。

更多的騎士如他一般驚恐地望向天空，無數的箭簇映在他們的瞳孔中，越來越近，越來越近，直到整個瞳孔完全被驟密如雨的利箭所覆蓋……

「殺！」

楊浩大軍沒有擺出鍥形衝陣，對面未曾接戰已經倒下一片，對方在頭兩撥完全一面倒的火力壓制下，已經喪失了大部分遠程攻擊能力，剩下的三撥對射之中，他們稀稀落落的箭矢已經很難發生什麼效用，對著這樣一支敵人，已經完全用不著破陣了，只要進行屠殺就行了。

他們同樣是千餘騎人馬，但是隊形整齊畫一，整個隊形成一個月弧形掩殺過來，日達木基還沒有死，他左肩中了一箭，右胸中了一箭，一邊用雙腿牢牢控制著同樣中了箭，正在焦躁地跳躍的胯下戰馬，一邊吃力地拔出了自己的佩刀，仰天嘶吼道：「殺了他們……」

他的一生，就在這一聲嘶吼中結束了，對面的騎士已經到了百步之內，他們也在向前衝，馬上就要進入短兵相接的肉搏戰了，對方衝鋒陣營中突然又飛出一柄柄三尺長的短標槍，對面的騎士固然臂力驚人，藉著前衝的馬力，脫手飛擲的標槍更如閃電一般，呼嘯而至。

這麼近的距離，脫手飛擲的標槍就算鐵葉盾也無法抵擋，何況當面之敵大多根本連盾牌也沒有，日達木基一聲吶喊未了，一柄標槍就洞穿了他的胸口，餘力把他碩大的身子帶得向後滑去，飛跌到馬股下，偏那戰馬身上中箭，正痛極跳躍，一失了控制，雙足向後飛起，又將那已然氣絕的日達木基屍身飛踹出一丈多遠。

「噗噗噗……」標槍勢大力沉，一旦射中，根本無從抵擋，再壯碩的身子，在那鋒利的標槍下，都像紙糊的一般被紛紛貫穿……

「殺！」

楊浩這支統兵的將領杜懶兒拔出了長刀，身邊的騎士們紛紛應聲拔刀挾矛，做好了衝鋒準備。他們都穿著輕便的皮甲，左挎弓、右挎箭，鞍掛鐵盾，如今完全都用不上了，只需用手中的兵器做最後的清掃就成了。

迎面之敵已不足二百，望著呼嘯而來的銀州鐵騎兩股顫顫，面無人色，他們撥轉馬頭就欲逃跑，可是比起疾衝過來的敵人已經沒有速度優勢，他們很快就以一個勇士最可恥的死法被棄屍雪原：他們是背後中刀而死的。

騎士們迅速兵分兩翼，將那兩百餘帳完全包圍起來。杜懶兒策騎當中，率領三十餘騎直趨中軍，這個部落所有的族人正在四下騎士們的壓制下向那裡集中。

婦孺們牽著孩子的手，默默地聽從著命令，自小生長在弱肉強食的草原上，她們已經見慣了屠戮和掠奪，他們之中不乏從其他部落掠奪而來，又成為這個部落一員的人。

一個白髮蒼蒼的老者老淚縱橫地站在族人最前面，張開雙臂，一步步向前走來，隔著十步遠，便在杜懶兒面前噗通一聲跪倒在雪地上，泣不成聲地道：「露佛子冒犯楊浩大人，甘願受死，請大人開恩，饒我族人性命！」

杜懶兒收起了長刀，大聲喝道：「莫說本指揮不教而誅。太尉早有諭令，凡我銀州轄境子民，願遵銀州號令者，正月二十八，頭人族酋便去銀州覲見，諸事都好商量。不願受我銀州轄制的，早早離開銀州境內，否則以圖謀不軌者侵襲我境論處。你露佛子既不順降，又不遷去，反大剌剌受了我銀州賑濟災糧，意欲何為？這是你自取滅亡，休怪我家大人手段。」

露佛子以頭觸地，連連叩頭，這一刻真是悔得心都在滴血，他知道夏州李光睿絕不會坐失銀州，他的部落在李氏統治下已逾百年，在他想來，楊浩不過一時得志，夏州大軍一到，楊浩就得灰飛煙滅，所以根本不想歸降楊浩。不過白災之下，銀州放賑，他倒是老實不客氣地遣了族人前去領糧。在他想來，銀州楊浩勢難持久，等到李光睿大軍一到，他的部落旗幟鮮明地站在李光睿這一邊，必將受到重用，想不到一念之差，招來滅族之禍，可是這時後悔已經晚了。

杜懶兒一擺手，不屑地道：「砍了他的狗頭。」

立即有一名騎士飛身下馬，提著血淋淋的彎刀走上前來，四下武士持刀戈虎視眈眈，露佛部落一眾男女誰敢妄動，眼睜睜看著那騎士走上前來，手起刀落，一刀斫下露佛子的人頭，揪住他的辮子，把人頭提了起來。

杜懶兒又道：「所有器仗氈幄、牛羊馬匹、財帛子民，統統帶回銀州，聽憑大帥發落！」

很快，露佛部落就從山坳中消失了，所有的東西都被掃蕩一空，原本白皚皚的草原只剩下一片片鮮血和死狀淒慘的屍體，遠遠看去，就像一匹巨大的白絹上染上了處處桃花……

同樣的大清洗在其他各處也在陸續上演，木恩、木魁、艾義海各自居中調度，將屬下分成一個個千人隊，掃清銀州轄下所有不肯馴服的部落，同時把他們的器帳牛羊、財帛子民盡皆擄入銀州，這也算是以戰養戰了，楊浩現在缺錢用吶。

雖說楊浩立於蘆嶺州後著意發展工商，積累了大量的財富，打下銀州後又獲得了銀州府庫的大量積蓄，同時又有繼嗣堂的全力支持，可是迅速的擴張之下，建立基本的行政體系，募兵、練兵，打造、購買兵器甲仗，修繕、改造城池，大量籌集糧秣物資，每一樣都要錢，簡直是花錢如流水。

尤其是建在蘆嶺州的譯經院、譯書館、印書館、書院，前期投入也相形巨大，就是一座金山也要花光了。而回報最快的要一年，最慢的要十年、二十年才能顯現，要支撐一支龐大的軍隊，要建立一個實力雄厚的地方勢力，眼下最快的資源管道就是掠奪。這種掠奪還能產生懾服群夷的作用，何樂而不為？

* * *

月華宮，蕭綽逗弄著白胖胖的兒子。要是有人看見，絕不會相信，他們眼中威儀無限、殺伐決斷的皇太后居然會扒著眼角、吐著舌頭向人扮鬼臉，小傢伙被逗得咯咯直笑，不時伸手去摸母親的臉蛋。

忽然，小傢伙蹙起眉頭，抿緊了嘴巴，小鼻翅一翕一合的好像在運氣一般，蕭綽因為國事繁忙，平時總要讓奶媽幫著帶孩子的，還有點不太熟悉自己兒子的肢體語言，她好奇地側著臉龐，猜測似地問道：「寶貝兒子，是要拉了還是要尿呀？」

小傢伙的胖臉蛋忽然鬆弛下來，一道亮晶晶的水注沖天而起，「哎呀哎呀！」蕭綽飛身跳了起來，險險地避過了頭面，卻已被兒子尿了一手，蕭后又氣又笑，嗔道：「你這臭小子，存心暗算娘親是不是呀？」

一向愛潔的蕭綽，倒不嫌棄自己兒子的尿，她取過一方手帕，拭淨了手上尿液，正要試著親自給兒子換塊尿布，侍衛女官塔不煙躡手躡腳地走了進來，站在門口低聲稟道：「太后娘娘，西域祕函。」

「哦？」蕭綽目光一閃，急忙迎上前來，自她手中接過了用竹筒藏著的祕柬，吩咐道：「皇上尿了，叫人給他換件衣服。」

「是。」

蕭太后急急回到自己的書案旁，使銀刀剖開竹筒，取出祕信看了一番，臉上露出一絲似笑非笑的神氣：「哼，你倒知道分寸，從不向我提出過分的要求……」

她抬頭看看正在榻邊忙碌的奶媽子一眼，對仍侍立在門口的塔不煙吩咐道：「召耶律休哥入宮，在勤政殿候朕。」

勤政殿，耶律休哥踱來踱去，猜度不出皇太后急詔有何吩咐。如今新君年幼，契丹連年內戰損耗不小，基本國策已定為休養生息，維繫根本，不啟事端，外不作戰，內撫百部，他這位統兵大將除了操練兵馬，還真沒什麼事做。

「太后娘娘駕到——」

殿外一聲唱報，蕭太后盛裝走了進來，蕭綽在臣子們面前一向注重儀表，哪怕只在宮中會見一個客人，也絕不隨意的。耶律休哥只聽聲音，便已搶前三步，拜倒在地，高呼道：「臣耶律休哥，見過太后娘娘。」

眼見只見靛青雲龍紋的袍裾一閃，入鼻一股淡淡香氣，蕭綽的聲音已在頭頂響起：

「休哥大人少禮，平身。」

蕭綽到書案後坐下，耶律休哥起身上前一步，恭謹地道：「臣奉詔而來，未知太后有何吩咐？」

蕭綽漫聲道：「休哥大人，你調部族軍、五京鄉丁和屬國軍的一部分人馬，在武清、永清、興城一帶調遣運動，聲勢造得越大越好。偶爾經白溝河、拒馬河，稍入宋境也無所謂。」

耶律休哥瞿然一驚，蕭太后微微一笑，又道：「不妨找些名義，就說德王餘孽逃至那一帶，朝廷出兵剿匪。不過這個理由不必聲張，等到宋國遣使交涉，再著鴻臚寺出面就是了。」

耶律休哥本以為宋國要對契丹用兵，抑或契丹要對宋用兵，聽蕭綽這麼一說，卻有點摸不著頭腦了，不禁訥訥地道：「太后……太后這是何意？還請明白示下，臣心中有數，才好做的得當，以免出了差池，壞了太后的大事。」

蕭綽道：「宋國就要對漢國用兵了，朕要你做的，只是對宋國略作牽制，拖延它一些時日，這火候要掌握得好，不可真的與宋國輕啟事端。」

耶律休哥訝然道：「太后已然遞了國書，承諾不再干涉宋伐漢國之事，莫非……如今改了主意，還要保住漢國不成？」

蕭綽搖搖頭：「漢國，是塗不上牆的一塊爛泥，扶不起來啦。就算不曾做過承諾，朕也無意再為漢國與宋國用兵，這一番作為，只是為銀州楊浩爭取些時間，西北……恐怕是要有一番大動作了。」

提起這個情敵，耶律休哥心中未免有些不痛快：「太后，前些日子伐銀州，我迭剌六院部損失不小，可是楊浩卻是坐享其成，得了銀州。咱們如今還要為楊浩多方策應，所為何來？」

蕭綽美目一瞟，義正詞嚴地道：「伐銀州，若無楊浩用計破城，我迭剌六院部恐怕損失殆盡，也未必便打得下來。他得銀州，我取耶律盛首級，各取所需，卻不能攬功諉過。漢國日漸凋零，已經沒有牽制宋國的作用了，在西北，咱們必須得重新扶持起一股勢力來。趙光義已然與李光睿有所勾結，除了楊浩，還有何人可用呢？休哥大人，朕對你甚是器重，倚為柱國，你……可要公私分明呀！」

耶律休哥一點私心被蕭綽當場點破，不禁為之赧然，連忙拱手，唯唯稱道：「太后教訓的是，臣……知錯了。」

*　　*　　*

楊浩忙碌一天，精疲力盡地回到府邸，往花廳搖椅上一坐，妙妙和娃娃立即迎了上來，一個捧了蔘茶來，一個在他身邊錦墩上坐下，把他一條大腿搬到自己膝上，輕輕為他捶著大腿。

楊浩自妙妙手中接過茶來喝了兩口，往籐椅上一躺，問道：「冬兒和焰焰呢？」

妙妙為他按摩著腦袋，答道：「大娘和二娘與大小姐一起巡視城防去了，四城走一遭，各處的兵力配給、器械準備都了解一番，總需要些時辰的，想必也快回來了。」

楊浩唔了一聲，閉著眼睛享受著兩雙玉手的溫存，又問道：「娃兒，回覆官家的題奏和附送樞密院的揭帖已經送出去了嗎？」

娃兒道：「嗯，按老爺的意思，奴家潤色一番，又讓大老爺看過後，用了印信，已快馬呈遞京城了。」

楊浩吁了口氣，點點頭沒有再說話。

室內火盆燃得正旺，溫暖如夏，娃娃和妙妙都穿著紗羅對襟的窄袖衫襦，薄如蟬翼，春光無限，妙妙還透著些稚嫩清純的氣息，娃娃一張天生可愛的娃娃臉，胴體卻是曼妙異常，酥胸飽滿，裂衣欲出，曲線勾魂懾魄，童顏巨乳，教人眼餳耳熱。

可是這幾日的忙碌，楊浩看來真的是累了，如此活色生香、嬌豔欲滴的兩個美人就在身邊，他卻連眼都不睜，兩位娘子看在眼裡，憐在心頭，娃娃不禁幽幽地道：「老爺這幾日著實辛苦，各部各寨的族酋們已陸續散去，老爺把事情交代給范大人、徐大人他們，好生歇養一下吧。」

楊浩嘆了口氣，喃喃地道：「歇不得，明兒我就祕密離開銀州，麟州、蘆嶺州、府州，都要走一遭，大戰在即，要做的事太多了，我是天生的勞碌命啊……」

《步步生蓮》卷十八荷破葉猶青完